Título original: *The Violets of March*
Traducción: María Altana
1.ª edición: octubre, 2013

© Sarah Jio, 2011
© Ediciones B, S. A., 2013
   para el sello B de Bolsillo
   Consell de Cent, 425-427 - 08009 Barcelona (España)
   www.edicionesb.com

Printed in Spain
ISBN: 978-84-9872-882-8
Depósito legal: B. 18.638-2013

Impreso por NOVOPRINT
            Energía, 53
            08740 Sant Andreu de la Barca - Barcelona

Violetas de marzo

SARAH JIO

*A mis abuelas, Antoinette Mitchell y
Cecilia Fairchild (i.m.), quienes me inculcaron
el amor por el arte y la escritura,
y una fascinación por la década de 1940*

... É a chuva chovendo, é conversa ribeira
das águas de março, é o fim da canseira.
... São as águas de março fechando o verão
É a promessa de vida no teu coraçao.

Águas de março,
ANTONIO CARLOS JOBIM

1

—Bueno, supongo que es todo —dijo Joel, asomándose a la entrada de nuestro apartamento.

Su mirada lo abarcaba todo como si quisiera memorizar cada detalle del edificio neoyorkino de dos pisos, construido a comienzos del siglo, que habíamos comprado cinco años atrás y renovado en épocas más felices. Era realmente espectacular: el recibidor, con su arcada de curva delicada, la repisa de chimenea —una pieza de época que descubrimos en una tienda de antigüedades de Connecticut y llevamos a casa como un tesoro—, y la suntuosidad de las paredes del comedor. Fue un martirio elegir el color de la pintura, pero al final optamos por un colorado terracota, un tono entre triste y chillón, un poco como era nuestro matrimonio. Pero, en cuanto Joel lo vio puesto sobre las paredes, juzgó que era demasiado anaranjado. Yo pensé que quedaba bien.

Nuestras miradas se cruzaron un instante, pero yo bajé la vista de inmediato y miré el rollo de cinta de embalaje que tenía en mis manos; como un robot, despegué lo que quedaba y me apresuré a cerrar la última caja con sus pertenencias, que Joel había pasado a retirar esa mañana.

—Espera —dije.

Recordaba haber visto un poco del color azul de una tapa encuadernada en piel en la caja que acababa de cerrar. Lo miré con reprobación.

—¿Has cogido mi *Años de gracia*?

Yo había leído esa novela durante nuestra luna de miel, en Tahití, seis años antes. Sin embargo, no era el recuerdo de nuestro viaje lo que yo deseaba glorificar con las hojas manoseadas de aquel libro. Ahora que lo pienso, nunca sabré cómo la novela de la difunta Margaret Ayer Barnes, ganadora del premio Pulitzer en 1931, fue a parar a la pila de libros polvorientos puestos a disposición de los clientes en el vestíbulo del hotel de veraneo, pero, cuando la saqué del cajón y se resquebrajó su frágil lomo, se me encogió el corazón al sentirme inexplicable y profundamente vinculada a ese libro. La conmovedora historia narrada en sus páginas, una historia de amor, de pérdida y aceptación, de pasiones secretas y de pensamientos inconfesables, cambió para siempre la manera como yo abordaba mi propia escritura. Puede que haya sido la razón por la que dejé de escribir. Joel nunca había leído el libro; mejor así, pues era demasiado íntimo como para compartirlo. Para mí fue como si leyera las páginas del diario que nunca escribí.

Joel me observaba mientras yo despegaba la cinta, abría la caja y rebuscaba en su interior hasta dar con la vieja novela. Cuando la encontré dejé escapar un suspiro: estaba emocionalmente agotada.

—Perdona —dijo un poco aturdido—, no me di cuenta que tú...

No se dio cuenta de un montón de cosas acerca de mí. Cogí el libro sujetándolo con fuerza y volví a cerrar la caja con la cinta de embalaje.

—Ya está, creo que ahora está todo —dije mientras me incorporaba.

Me miró con circunspección y entonces sí le devolví la mirada. Por unas pocas horas más, al menos hasta que yo fuera a firmar los documentos del divorcio, esa misma tarde, seguiría siendo mi marido. No obstante, era difícil mirar aquellos ojos marrones, casi negros, sabiendo que el hombre con quien me había casado me dejaba por otra. ¿Cómo llegamos a esta situación?

Las escenas de nuestro deceso desfilaban por mi mente como una película trágica, tal como habían pasado un millón de veces desde que nos habíamos separado. Empezaba una mañana lluviosa de un lunes de noviembre. Yo estaba preparando huevos revueltos bañados en salsa de tabasco, su plato preferido, cuando me habló de Stephanie. Me contó cómo ella lo hacía reír. Cómo ella lo entendía. Cómo estaban ambos «conectados». Me representé la imagen de dos piezas de un Lego ensambladas y sentí un escalofrío. Es gracioso: cuando pienso en aquella mañana siento olor a huevos con tabasco quemados. Si hubiera sabido que el final de mi matrimonio olería a eso, habría preparado unas *crêpes*.

Miré una vez más el rostro de Joel. Había tristeza e indecisión en su mirada. Sabía que si me levantaba y me echaba en sus brazos, me abrazaría con el amor de un marido arrepentido que no se marcharía, que no acabaría con nuestro matrimonio. Pero, no, me dije. El daño estaba hecho. Nuestra suerte estaba echada.

—Adiós, Joel —dije.

Es posible que mi corazón deseara prolongar aquel momento, pero mi cerebro sabía más que mi corazón: era preciso que se fuera.

Joel parecía herido.

—Emily, yo...

¿Esperaba mi perdón? ¿Una segunda oportunidad? No sabía cómo interpretarlo. Con un gesto de la mano le impedí que siguiera.

—Adiós —repetí, reuniendo todas mis fuerzas.

Dijo que sí con la cabeza, su expresión era solemne, y se volvió hacia la puerta. Cerré los ojos y escuché cuando la cerró suavemente al salir. La cerró con llave por fuera, y eso me paralizó el corazón. Todavía se preocupa... Por mi seguridad, al menos. Sacudí la cabeza y me dije que no debía olvidarme de cambiar la cerradura, luego escuché el sonido cada vez más débil de sus pasos que se alejaban, hasta que el ruido de la calle los tapó por completo.

Un rato después sonó mi teléfono y cuando me levanté para cogerlo me di cuenta de que me había quedado sentada en el suelo, absorta en la lectura de *Años de gracia*, desde que Joel se había marchado. ¿Había transcurrido un minuto? ¿Una hora?

—¿Vienes? Me prometiste que no ibas a firmar los documentos de tu divorcio sola.

Era Annabelle, mi mejor amiga.

Desorientada, miré el reloj.

—Perdona, Annie —dije mientras buscaba en mi bolso las llaves y el sobre de papel manila. Hacía cuarenta y cinco minutos que tenía que haberme encontrado con ella en el restaurante—. Voy hacia allá.

—Bien. Pediré algo de beber para ti —dijo.

El Calumet, nuestro restaurante preferido, quedaba a cuatro manzanas de mi apartamento, y cuando llegué, diez minutos más tarde, Annabelle me recibió con un abrazo.

Nos sentamos a la mesa.

14

—¿Tienes hambre? —preguntó.

—No —suspiré.

Annabelle frunció el ceño.

—Carbohidratos —dijo, pasándome la cesta del pan—. Necesitas carbohidratos. Bien; ¿dónde están esos papeles? Vamos, acabemos con esto.

Saqué el sobre de mi bolso y lo puse sobre la mesa, mirándolo con una suerte de prevención, como si fuera dinamita.

—¿Te das cuenta de que tú tienes la culpa de todo esto? —dijo Annabelle esbozando una sonrisa.

La miré disgustada.

—¿Qué quieres decir?

—Una no se casa con un hombre que se llame Joel —prosiguió con un retintín de amonestación en la voz—. Nadie se casa con los Joeles. Con los Joeles sales, dejas que te inviten a una copa y que te compren regalos en Tiffany, pero no te casas con ellos.

Annabelle estaba haciendo un doctorado en antropología social. Durante sus dos años de investigación había analizado los datos sobre los matrimonios y los divorcios de una manera poco convencional. Según sus hallazgos, se podía predecir con exactitud el índice de éxito de un matrimonio por el nombre del varón.

Cásate con un Eli y probablemente disfrutarás de felicidad conyugal durante más o menos 12 años y 3 meses. Los Steve no pasan de cuatro. Y, según Annabelle, nunca, jamás, te cases con un Preston.

—Bueno, ¿y qué dicen tus datos sobre los Joel?

—Siete años y dos meses —dijo con la mayor naturalidad.

Asentí con la cabeza. Habíamos estado casados seis años y dos semanas.

15

—Tienes que conseguirte un Trent —prosiguió mi amiga.

Hice una mueca de desagrado.

—Detesto el nombre de Trent...

—De acuerdo, entonces, un Eduardo o un Bill o, no, mejor un Bruce; son nombres que auguran longevidad conyugal —dijo.

—Está bien —acepté, y añadí con sarcasmo—: me podrías acompañar a elegir marido a un hogar de ancianos.

Annabelle es alta, delgada y hermosa, una belleza del tipo Julia Roberts, con su cabello largo, oscuro y ondulado, su piel de porcelana y la mirada intensa de sus ojos negros. A los treinta y tres años todavía no se había casado nunca. Decía que la razón era el jazz. No podía encontrar a un hombre que le gustara Miles Davis y Herbie Hancock tanto como a ella.

Le hizo una seña al camarero.

—Dos más, por favor.

El chico retiró mi copa de Martini y dejó un anillo de humedad en el sobre.

—Ha llegado la hora —dijo Annabelle con dulzura.

Me temblaba un poco la mano cuando extraje del sobre el fajo de papeles de más de un centímetro de espesor. El auxiliar de mi abogado había señalado tres hojas con notas adhesivas color rosa que decían: «Firme aquí.»

Metí la mano en mi bolso para buscar la pluma y se me hizo un nudo en la garganta cuando firmé la primera hoja, y luego la segunda, y la siguiente con mi apellido de soltera. Emily Wilson, con una *y* alargada y la *n* marcada. Así firmaba yo desde quinto grado. Después garabateé la fecha, 28 de febrero de 2005, el día en que fue inhumado nuestro matrimonio.

—Buena chica —dijo Annabelle, acercándome la copa

de martini que me acababan de traer—. Entonces, ¿vas a escribir sobre Joel?

Annabelle, como todas las personas que yo conocía, creía que, porque soy escritora, mi mejor venganza sería escribir una novela apenas velada sobre mi relación con Joel.

—Podrías inventar una historia en torno a él, cambiándole un poco el nombre, claro... —prosiguió—; llámalo Joe, por ejemplo, y hazlo aparecer como un absoluto gilipollas. —Casi se atraganta de risa con lo que estaba comiendo, pero añadió—: No, un gilipollas con disfunción eréctil.

El único problema es que si me hubiera propuesto escribir una novela para vengarme de Joel, que por supuesto no escribí, habría sido un libro malísimo. Cualquier cosa que hubiera puesto sobre un papel, si es que aún era capaz de poner algo sobre un papel, habría sido carente de imaginación. Lo sé porque, en los últimos ocho años, me había levantado cada día, me había sentado a mi escritorio y me había quedado mirando la pantalla en blanco. A veces paría una frase estupenda, o escribía varias páginas seguidas, pero después me atascaba. Y una vez que me congelaba, no había manera de derretir el hielo.

Bonnie, mi psicóloga, lo llamaba el bloqueo clínico del escritor. Mi musa se había enfermado y su pronóstico no era bueno.

Hace ocho años escribí una novela que se vendió muchísimo. Yo era flaca —no es que hoy sea gorda (bueno, los muslos, sí, un poco)— y figuré en la lista de *best-sellers* del *New York Times*. Y si hubiera habido algo parecido a una lista del *New York Times* de los que llevaban la mejor vida, también habría figurado en ella.

Después de la publicación de mi libro, *Llamando a Alí*

Larson, mi agente me alentó para que escribiera una segunda parte. Los lectores, me dijo, deseaban una continuación. Y mi editor ya me había ofrecido el doble como anticipo por un segundo libro. Pero, por mucho que lo intentava, no tenía nada más que decir. Entonces, mi agente dejó de llamarme por teléfono. Los editores no insistieron más. Y los lectores perdieron el interés por mis libros. La única prueba de que mi vida anterior no fue una quimera eran los cheques a cuenta de mis derechos de autor que encontraba a menudo en mi buzón, y alguna que otra carta de un lector perturbado que respondía al nombre de Lester McCain y decía que estaba enamorado de Alí, el personaje principal de mi libro.

Todavía me acuerdo del subidón que me dio cuando Joel se me acercó durante la fiesta de presentación de mi libro, en el hotel Madison Park. Asistía a no sé qué cóctel en un salón contiguo cuando me vio en el vestíbulo. Yo llevaba un vestido Betsey Johnson, que, en 1997, era el último grito. Era un traje negro, escotado, por el que había pagado una fortuna. Pero, eso sí, lo valía. Seguía en mi armario. De pronto me entraron ganas de ir a casa y quemarlo.

«Estás deslumbrante», dijo, bastante atrevido, por cierto, pues aún no se había presentado. Me acuerdo cómo me sentí cuando se lo oí decir. Podía haber sido su frase habitual para ligar, y, para ser franca, probablemente lo era. Pero me hizo sentir maravillosa, divina. Muy típico de Joel.

Unos meses antes, *GQ* había dedicado varias páginas a los solteros del tipo «tío normal» más cotizados de América. No, no era la lista que cada dos años siempre presenta a George Clooney, sino la que incluía a un surfista de San Diego, a un dentista de Pensilvania, a un maestro de Detroit y, sí, a un abogado de Nueva York: Joel.

Figuraba entre los diez primeros. Y, en cierto modo, yo lo había enganchado.

Y perdido.

Annabelle agitaba sus manos delante de mis ojos.

—A tierra, Emily —dijo.

—Lo siento —contesté, temblando un poco—. No, no voy a escribir sobre Joel. —Sacudí la cabeza, volví a meter los papeles dentro del sobre y lo guardé en mi bolso—. Si vuelvo a escribir algo, no tendrá nada que ver con ninguna de las historias que haya intentado escribir hasta ahora.

Annabelle me miró desconcertada.

—¿Y qué pasa con la segunda parte de tu último libro? ¿No la vas a terminar?

—No —contesté, mientras doblaba en cuatro la servilleta.

—¿Por qué?

—No puedo seguir con eso —suspiré—. No me puedo forzar a producir en cadena 85.000 palabras mediocres, aunque eso signifique contrato con un editor. Aunque signifique miles de lectores leyendo mi libro en la playa de vacaciones. No, si me decido a escribir otra vez —si es que vuelvo a escribir— será algo diferente.

—¡Mírate! —exclamó Annabelle, como si quisiera ponerse de pie y aplaudir—. ¡Has dado un gran paso!

—No, no —repetí, obcecada.

—¡Pues claro que sí! —replicó—. Vamos a analizarlo. —Juntó las manos y añadió—: Has dicho que quieres escribir algo diferente, pero creo que lo que quieres decir es que, en tu último libro, tu corazón no estaba.

—Puede ser —dije, encogiéndome de hombros.

Annabelle cogió la aceituna que había en su copa de martini y se la llevó a la boca.

—¿Por qué no escribes sobre algo que realmente te importe? —dijo al cabo de un rato—. Un lugar, por ejemplo, o una persona que te inspire.

Negué con la cabeza.

—¿No es eso lo que tratan de hacer todos los escritores?

—Sí —respondió mientras despedía al camarero con una mirada que significaba «estamos bien y no queremos que nos traiga la cuenta». Luego, volviendo hacia mí sus intensos ojos oscuros, me preguntó—: Pero, en realidad, ¿lo has intentado? Quiero decir, tu libro fue fantástico, de verdad lo fue, Emi..., pero, ¿había en él algo tuyo, algo que fuera parte de ti?

Annabelle tenía razón. La historia era buena. ¡Vaya, por Dios, fue un *best-seller*! ¿Por qué, entonces, no podía sentirme orgullosa? ¿Por qué no me sentía conectada con ese libro?

—Te conozco desde hace mucho —prosiguió— como para saber que esa historia no salió de tu vida, de tus experiencias.

Era cierto. Pero, ¿qué podía yo extraer de mi vida? Pensé en mis padres y en mis abuelos.

—Ahí está el problema —dije—. Los demás escritores tienen muchas cosas que pueden explotar: malas madres, abusos, infancias llenas de aventuras. Mi vida ha sido tan normalita. Ninguna muerte. Ningún trauma. Ni siquiera la muerte de una mascota. *Oscar*, el gato de mi mamá, tiene veintidós años. No hay nada que merezca ser narrado, créeme. Ya lo he pensado.

—Me parece que te restas méritos —dijo—. Alguna cosa debe de haber. Algo en lo que puedas inspirarte.

Esta vez dejé vagar mis pensamientos y me acordé de mi tía abuela Bee, la tía de mi madre, y de su casa en la isla

Bainbridge, en el estado de Washington. La añoraba, así como también añoraba la isla. ¿Cómo había podido dejar pasar tantos años desde mi última visita? Bee, que tenía ochenta y cinco años y aparentaba veintinueve, no había tenido hijos, de manera que mi hermana y yo fuimos sus nietas por sustitución. Nos enviaba postales para nuestros cumpleaños con billetes de cincuenta dólares dentro del sobre, estupendos regalos de Navidad y golosinas para el día de San Valentín. Cuando, desde nuestro Portland natal, en Oregón, íbamos a visitarla los veranos, a escondidas nos ponía chocolates debajo de la almohada antes de que nuestra madre pudiera gritar: «¡No, que ya se han lavado los dientes!»

Bee era ciertamente una mujer fuera de lo común. Pero era, también, un poco rara. Porque hablaba demasiado. O hablaba demasiado poco. Por su forma de ser, a la vez acogedora y petulante, generosa y egoísta. Y por sus secretos. Yo la amaba porque tenía secretos.

Mi madre siempre decía que las personas que viven solas la mayor parte de sus vidas acaban siendo inmunes a sus propias rarezas. Yo no estaba segura de estar de acuerdo con su teoría, tal vez porque me preocupaba pensar que yo también podía convertirme en una solterona. De momento me contentaba con observar los signos.

Bee. Me la podía representar inmediatamente en la isla Bainbridge, sentada a la mesa de su cocina. Porque, durante todo el tiempo en que yo la he tratado, cada día ha comido lo mismo a la hora del desayuno: tostadas de pan integral sin sal, con mantequilla y miel. Corta el dorado pan tostado en cuatro cuadraditos y los coloca sobre una servilleta de papel que previamente ha doblado en dos. Unta cada pedacito con una generosa capa de mantequilla baja en calorías, tan gruesa como el glaseado sobre una magdalena, y derrama una buena cucharada de miel. La vi hacerlo cientos de veces cuando yo era niña y, ahora, cuando me pongo enferma, las tostadas integrales sin sal, con mantequilla y miel, son mi medicina.

Bee no es una mujer hermosa. Es más alta que la mayoría de los hombres y tiene una cara demasiado ancha, hombros demasiado anchos y dientes demasiado grandes. En cambio, en las fotografías en blanco y negro, de cuando ella era joven, su rostro irradia un destello de algo, esa belleza que todas las mujeres tienen a los veinte años.

A mí me encantaba una foto de ella precisamente a esa edad, que tenía un marco adornado con conchas marinas y estaba colgada en la pared del pasillo de mi casa cuando yo era pequeña. No era lo que se dice un lugar de honor, pues había que subirse a una escalera taburete para verla bien. Aquella foto vieja, de rebordes festoneados, no mostraba la misma Bee que yo conocía. Sentada sobre una toalla, en la playa, con un grupo de amigos, aparecía despreocupada y con una sonrisa seductora. Junto a ella otra mujer le estaba diciendo algo al oído. Un secreto. Bee se tocaba un collar de perlas que pendía de su cuello y miraba a la cámara como yo nunca la había visto mirar a tío Bill. Me preguntaba quién estaría detrás del objetivo aquel día, tanto años atrás.

—¿Qué le dijo? —le pregunté a mi madre un día, de pequeña, contemplando la foto.

Mamá no apartó los ojos de la ropa sucia con la que lidiaba en el pasillo.

—¿Qué le dijo quién?

Señalé con el dedo a la mujer que estaba al lado de Bee.

—La hermosa señora que le está diciendo algo a Bee al oído.

Mamá se acercó y limpió el polvo del marco y del vidrio con la manga de su jersey.

—Nunca lo sabremos —dijo mirando la foto.

Era evidente que lo lamentaba.

Bill, el difunto tío de mi madre, fue un héroe de la segunda guerra mundial, muy guapo. Todos decían que se había casado con Bee por su dinero, pero es una teoría que nunca me convenció. Yo había visto cómo él la besaba, cómo rodeaba con sus brazos la cintura de ella en aquellos veranos de mi infancia. La amaba, no me cabía la menor duda.

Sin embargo, por el tono que empleaba mi madre, yo me daba cuenta de que desaprobaba aquella relación, que estaba convencida de que Bill hubiera podido encontrar a alguien mejor. Según ella, Bee era demasiado original, muy poco distinguida, demasiado hortera, demasiado todo.

No obstante, seguimos yendo a visitar a Bee, verano tras verano. Incluso después de que murió tío Bill, cuando yo tenía nueve años. El lugar tenía algo de etéreo, con las gaviotas volando sobre nuestras cabezas, sus jardines colgantes, el olor del estrecho de Puget, la amplia cocina con sus ventanas que daban a las aguas grises, el murmullo inolvidable de las olas que rompían en la orilla. A mi hermana y a mí nos encantaba, y a pesar de lo que pudiere sentir mi madre por Bee, yo sé que a ella también le encantaba. Producía en todos nosotros el efecto de un bálsamo.

Annabelle puso cara de entendida y me dijo:

—Ya tienes una historia, ¿no te parece?

Suspiré.

—Tal vez —dije, evasiva.

—¿Por qué no viajas? —sugirió—. Necesitas alejarte por un tiempo, despejarte la cabeza.

Fruncí la nariz ante la idea.

—Pero, ¿adónde?

—A alguna parte lejos de aquí.

Annabelle tenía razón. La Gran Manzana es amiga solo cuando le conviene. La ciudad te ama cuando vuelas alto y te patea cuando estás en el suelo.

—¿Te vienes conmigo?

Nos imaginé a las dos en una playa tropical, bebiendo cócteles decorados con parasoles.

—No —contestó.

—¿Por qué no?

Me sentí como un perrito perdido y asustado que lo único que deseaba era que apareciera alguien que le pusiera un collar y le enseñara por dónde ir, qué hacer, cómo vivir.

—No puedo ir contigo porque tú necesitas hacer esto sola.

Sus palabras me crisparon. Me miró a los ojos, como si yo necesitara absorber cada gota de lo que me iba a decir:

—Emi, tu matrimonio ha terminado y, bueno, no has derramado una sola lágrima.

Andando por la calle, de vuelta a mi apartamento, reflexioné en lo que Annabelle me había dicho y de nuevo pensé en Bee. ¿Cómo he podido dejar pasar tantos años sin ir a visitarla?

Oí un chirrido por encima de mi cabeza, el ruido inconfundible del choque de un objeto metálico contra otro objeto metálico, y alcé la vista. Una veleta de cobre, con forma de pato, que el desgaste del tiempo había cubierto de una gruesa pátina verdigris, se erguía airosa sobre el tejado de un café cercano. Giraba estrepitosamente con el viento.

El corazón me dio un vuelco. ¿Dónde la había visto antes? De pronto me acordé. El cuadro. El cuadro de Bee. Me había olvidado por completo del lienzo de cinco por siete que ella me había regalado cuando yo era niña. Bee solía pintar, y me acuerdo del gran honor que sentí cuando ella me eligió para que yo fuera la encargada de conservar aquella obra de arte. Fui yo quien dijo «obra de arte» y ella sonrió ante mis palabras.

Cerré los ojos y pude ver perfectamente aquel paisaje pintado al óleo: el pato-veleta, encaramado en lo alto del tejado de una casa antigua en la playa, y la pareja en la orilla, tomada de la mano.

Me embargó un sentimiento de culpa. ¿Dónde estaba el cuadro? Lo guardé cuando nos mudamos al apartamento, porque Joel decía que desentonaba con la decoración. Así como había tomado distancia de la isla que tanto había amado de niña, también había guardado en cajas todas las reliquias de mi pasado. ¿Por qué? ¿Para qué?

Aceleré el paso hasta alcanzar un ritmo de *jogging*. Pensé en *Años de gracia*. ¿Acaso el cuadro también había ido parar a una de las cajas de Joel? O, peor, ¿lo había metido por error en una caja de libros y ropa que había preparado para las hermanas de la caridad? Al llegar a la puerta de mi apartamento, metí la llave en la cerradura, entré, subí corriendo por la escalera hasta el dormitorio y abrí de par en par las puertas del armario. Allí, en el estante superior, había dos cajas. Bajé una de ellas y rebusqué en su interior: un par de peluches de mi infancia, una caja con viejas Polaroids, varias libretas con recortes de la época —dos años— en que escribía para el periódico del colegio. Pero el cuadro no estaba.

Bajé la segunda caja y miré dentro. Había una muñeca Raggeddy Ann, una caja con los mensajes de los novios de la secundaria y mi querido diario Strawberry Short-cake de la escuela primaria. No había nada más.

¿Cómo había podido perderlo? ¿Cómo había podido ser tan negligente? Revisé por última vez el armario, de punta a punta. Súbitamente mis ojos tropezaron con una bolsa de plástico metida al fondo, en un rincón. El corazón me latía con fuerza cuando la saqué de allí para examinarla a la luz.

Dentro de la bolsa, envuelto en una toalla playera rosa y turquesa, estaba el cuadro. La veleta. La playa. La casa antigua. Tal como lo recordaba. La pareja, en cambio, no. Había algo diferente. Yo siempre había imaginado a aquellas personas como Bee y mi tío Bill. La mujer era Bee, sin duda, con sus piernas largas y sus eternos pantalones capri azul bebé. Sus «pantalones de verano», como ella decía. Pero el hombre no era mi tío Bill. No. ¿Cómo no me di cuenta antes? Bill tenía el pelo lacio, rubio como la arena. Y el de aquel hombre era abundante, ondulado y oscuro. ¿Quién era? ¿Y por qué Bee se había pintado con él?

Dejé todo tirado por el suelo y bajé, con el cuadro, a buscar mi agenda. Cogí el teléfono y marqué los números que tan bien conocía. Respiré hondo y escuché el primer «ring», luego el segundo.

—¿Diga?

Su voz era la misma: profunda, fuerte, suavemente modulada.

—Bee, soy yo, Emily —dije con la voz algo quebrada—. Perdóname, ha pasado tanto tiempo, es que yo...

—Bobadas, cariño —dijo—. No necesitas disculparte. ¿Has recibido mi postal?

—¿Tu postal?

—Sí, la envié la semana pasada, después de enterarme de tus novedades.

—¿Te enteraste?

Yo no le había contado a casi nadie lo de Joel, ni siquiera a mis padres, que vivían en Portland, estaba segura. Tampoco a mi hermana, que vive en Los Ángeles, con sus niños perfectos, su marido que la adora y su huerta ecológica. Ni siquiera a mi psicóloga. Sin embargo, no me sorprendió que la noticia hubiera llegado a la isla Bainbridge.

—Sí —dijo—. Y me preguntaba si vendrías a visitarme. —Tras una pausa, añadió—: La isla es un lugar maravilloso para cicatrizar heridas.

Pasé un dedo por el borde del cuadro. Me hubiera gustado estar allí en aquel preciso instante, en la isla Bainbridge, en la cocina grande y cálida de Bee.

—¿Cuándo vienes?

Bee nunca malgastaba sus palabras.

—¿Mañana es muy pronto?

—Mañana —dijo— es primero de marzo; es el mes en que mejor está el estrecho. Está absolutamente *vivo*.

Sabía lo que quería decir con eso. Las aguas grises revueltas. Las kelp, las algas marinas y los percebes. Ya casi sentía el sabor de la sal en la boca. Bee creía en las virtudes curativas del estrecho de Puget. Y yo sabía que, en cuanto llegara, insistiría para que me descalzase y fuera a meterme en el agua, por más que el reloj marcase la una de la mañana y el termómetro, seis grados de temperatura exterior.

—¿Y? ¿Emily?

—¿Sí?

—Tenemos que hablar de algo importante.

—¿Qué es?

—Ahora, no. Por teléfono, no. Cuando estés aquí, cariño.

Después de colgar el auricular, bajé a buscar mi correo al buzón . Había una factura de tarjeta de crédito, un catálogo de Victoria's Secret —dirigido a Joel— y un gran sobre cuadrado. Reconocí la dirección del remitente y no tardé un instante en recordar dónde la había visto: en los documentos del divorcio. Y porque la había buscado en Google la semana anterior. Era la nueva casa de Joel en la ciudad, en la calle 57. La casa que compartía con Stephanie.

Me empezó a subir la adrenalina cuando me detuve a considerar la posibilidad de que Joel quisiera entrar en contacto conmigo. Tal vez era una carta, una tarjeta... no, el comienzo romántico de una búsqueda del tesoro: una invitación para encontrarme con él en un lugar de la ciudad, donde seguramente habría otra carta dándome otra cita, y luego, después de otras cuatro, en la última estaría él, parado delante del hotel donde nos habíamos conocido hace muchos años. En la mano llevaría una rosa... no, un cartel, donde habría escrito: LO SIENTO, PERDÓNAME. Exactamente así. Podía ser el final perfecto para una historia de amor trágica. «Danos la posibilidad de un final feliz, Joel —me oí murmurar, mientras pasaba un dedo por el sobre—. Aún me quiere. Todavía siente algo por mí.»

Pero cuando abrí el sobre y extraje cuidadosamente la tarjeta dorada que había en su interior, la fantasía se hizo añicos. Mi única reacción fue contemplarla.

La calidad del grueso papel de la tarjeta. La elegante caligrafía. Era la invitación a una boda. «Su boda.» A las 18:00 horas. Cena. Baile. La celebración del amor. Carne o pollo. Asistiré con gusto / Lamento no poder asistir. Fui a la cocina, con calma dejé atrás el cubo del reciclado y eché aquel pedazo de papel dorado directamente al cubo de la basura. Cayó encima de una caja sucia de restos de pollo *chow mein*.

Tanteando con la mano el resto del correo, dejé caer una revista. Cuando me agaché para recogerla, vi la postal de Bee entre las páginas del *The New Yorker*. Era la foto de un transbordador blanco con una franja verde, que entraba al puerto Eagle. La di la vuelta y leí:

Emily:

La isla tiene su manera de llamarnos de vuelta cuando es hora. Ven a casa. Te he echado mucho de menos, cariño.

Con todo mi amor,

Bᴇᴇ

Apreté la tarjeta contra mi pecho y exhalé un profundo suspiro.

2

1 de marzo

La isla Bainbridge, aun envuelta en la oscuridad de la noche, no podía disimular su esplendor. La contemplaba por la ventana del ferry a medida que éste se aproximaba al puerto de Eagle, dejando atrás las costas de arena y guijarros de la isla y las casas de tejados de tablillas de madera que colgaban intrépidas en la ladera de la montaña. Desde el interior de aquellos hogares provenían destellos anaranjados, como si sus habitantes nos avisaran de que había lugar para uno más en torno a la chimenea donde estaban todos reunidos bebiendo vino o chocolate caliente.

Los isleños se enorgullecían de ser una banda de eclécticos: madres al volante de sus Volvos, cuyos maridos ejecutivos viajaban diariamente a Seattle en el transbordador, artistas y poetas que habían optado por apartarse del mundo y un puñado de famosos. Se rumorea que, antes de separarse, Jennifer Aniston y Brad Pitt compraron nueve acres en la costa oeste, y, como todo el mundo sabe, varios actores y actrices de *La isla de Gilligan* consideran a Bainbridge como su hogar. No cabe duda de que es el sitio ideal para desaparecer. Y eso era, precisamente, lo que yo estaba haciendo.

La isla, de norte a sur, tiene apenas dieciséis kilómetros de largo, pero da la sensación de ser toda ella un continente. Cuenta con bahías y ensenadas, calas y marismas, un viñedo, una granja dedicada al cultivo de frutos rojos, una granja de cría de llamas, dieciséis restaurantes, un café que sirve bollos de canela caseros y el mejor café que he probado en mi vida, un mercado que vende, entre otras cosas, vino de grosella de producción local y acelgas ecológicas, cosechadas pocas horas antes de que hagan su aparición en las tiendas de hortalizas y verduras.

Respiré hondo y miré mi rostro reflejado en el cristal de la ventana, y una mujer cansada y seria me devolvió la mirada, muy distinta de la niña que años antes había hecho su primer viaje a la isla. Me dio vergüenza recordar algo que Joel me había dicho hacía unos meses. Nos disponíamos a salir a cenar con unos amigos.

—Em —dijo, inspeccionándome con una mirada crítica—. ¿Te has olvidado de maquillarte?

Sí, muchísimas gracias, me había maquillado, pero el espejo del recibidor reflejaba una cara pálida, fea... Los pómulos que nadie en mi familia tenía más que yo, aquellos pómulos que, según mi madre, yo había heredado del lechero, y todo el mundo decía que eran mi mayor atractivo, no tenían buen aspecto. «Yo no tenía buen aspecto.»

Bajé del ferry a la rampa que llevaba a la terminal donde Bee estaría esperándome en su escarabajo Volkswagen de 1963 color verde. El aire olía a mar, a gases del motor del ferry, a almejas podridas y abetos. Así era exactamente como olía cuando yo tenía diez años.

—Deberían embotellarlo, ¿no cree? —dijo un hombre detrás de mí.

Debía de tener como mínimo ochenta años y vestía un traje de pana marrón. Parecía un profesor con las gruesas gafas de leer que le colgaban del cuello. Era guapo, como un osito de peluche

No estaba segura de que me hubiera hablado a mí.

—El olor —dijo guiñándome un ojo—. Deberían embotellarlo.

Dije que sí con la cabeza. Sabía perfectamente a qué se refería y estaba de acuerdo con él.

—Hace diez años que no vengo por aquí. Había olvidado lo mucho que lo echaba de menos.

—Ah, ¿es usted forastera?

—Sí —contesté—. Me quedaré todo el mes.

—Bueno, bienvenida, pues —dijo—. ¿A quién viene a visitar, o viene en plan aventura?

—A mi tía Bee.

Se quedó con la boca abierta.

—¿Bee Larson? —preguntó.

Esbocé una sonrisa. Como si hubiera otra Bee Larson en la isla.

—Sí. ¿La conoce?

—Claro —dijo, como si ese hecho fuera obvio—. Es mi vecina.

Sonreí. Ya habíamos llegado a la terminal, pero yo no veía el coche de Bee por ninguna parte.

—Sabe —prosiguió—, pensé que la conocía cuando la vi la primera vez, y yo...

Ambos miramos en la misma dirección cuando oímos las explosiones y el traqueteo inconfundibles del motor de un Volkswagen. Bee conduce excesivamente rápido para su edad, en honor a la verdad para cualquier edad.

Se supone que a los ochenta y cinco años uno debiera temerle al acelerador o al menos respetarlo. Pero Bee, no. Patinó hasta detenerse a escasos centímetros de nuestros pies.

—¡Emily! —exclamó, saliendo como una tromba del coche con los brazos abiertos. Iba vestida con tejanos oscuros, levemente pata de elefante, y una túnica verde pálido. Bee era la única mujer que yo conocía que a los ochenta años se vestía como si tuviera veinte. Bueno, veintitantos, de los años sesenta, quizás. El estampado de su camisa era de diseño de Cachemira.

Sentí un nudo en la garganta cuando nos abrazamos. Ni una lágrima, solo un nudo.

—Estaba conversando con tu vecino... —dije, dándome cuenta de que no conocía su nombre.

—Henry —dijo sonriéndome y tendiéndome la mano.

—Mucho gusto, Henry. Soy Emily —había algo en él que me resultaba familiar—. Nos habíamos visto antes, ¿verdad?

—Sí, pero eras una niña.

Miró a Bee y movió la cabeza con expresión de asombro.

—Debemos irnos, pequeña —dijo Bee adelantándose a Henry—. Deben de ser por lo menos las dos de la mañana. Hora de Nueva York.

Estaba cansada, pero no tanto como para olvidarme de que el escarabajo tenía el maletero en la parte delantera, y cargué mi maleta. Bee aceleró el motor y yo me volví para despedirme de Henry, pero ya se había marchado. Me preguntaba por qué Bee no le había ofrecido a su vecino llevarlo hasta su casa.

—¡Qué estupendo tenerte aquí, cariño! —dijo mientras arrancaba a toda pastilla de la terminal. Los cinturones del coche no funcionaban, pero no me importó. En la isla, con Bee, me sentía segura.

Mientras el escarabajo avanzaba dando tumbos por la carretera, yo miraba por la ventanilla el cielo invernal cargado de estrellas. La carretera de Hidden Cove serpenteaba cuesta abajo en dirección de la costa y sus curvas pronunciadas me recordaban la calle Lombard, en San Francisco. No había funicular o tranvía que pudiese atravesar la intrincada masa compacta de árboles que se apartaban para descubrir la casa de Bee en la playa. Aun cuando uno pasara la vida entera viéndola cada día, seguiría pareciéndole impresionante aquella vieja casona colonial con su entrada flanqueada por columnas y los postigos color ébano de las ventanas del frente. Tío Bill había insistido para que ella los pintara de verde. Mamá decía que tenían que haber sido azules. Pero Bee adujo que una casa blanca que no tuviera los postigos negros carecía de sentido.

Yo era incapaz de ver si las lilas estaban florecidas o si el rododendro era tan exuberante como lo recordaba, o si había la marea baja o alta. Pero, incluso en la oscuridad, el lugar me pareció efervescente y chispeante, como si el tiempo no hubiera transcurrido.

—Hemos llegado —dijo Bee, y frenó con tal fuerza que tuve que sujetarme—. ¿Sabes lo que deberías hacer?

Yo había anticipado sus exactas palabras :

—Deberías ir a mojarte los pies en el estrecho —dijo, señalando la playa—. Te haría bien.

—Mañana —contesté sonriendo—. Lo único que deseo esta noche es entrar y hundirme en un sofá.

—Está bien, cariño —me dijo, arreglándome una mecha de pelo rubio detrás de la oreja—. Te he echado mucho de menos.

—También yo —dije, y apreté su mano entre las mías.

Saqué mi maleta del baúl y la seguí por el sendero de ladrillos que llevaba a la casa. Bee había vivido allí mucho tiempo antes de casarse con tío Bill. Sus padres habían muerto en un accidente de automóvil cuando ella estaba en la facultad, y, como era hija única, le dejaron una fortuna, con la cual efectuó una compra singular y significativa: la mansión Keystone, la antigua casona colonial de ocho habitaciones que había estado clausurada durante años y por la que pagó una suma astronómica. Desde 1940 los lugareños vivían discutiendo acerca de cuál había sido el acto más excéntrico de Bee: comprar aquella casa enorme o restaurarla por dentro y por fuera.

Prácticamente todas las habitaciones gozaban de la vista del estrecho gracias a sus grandes ventanas a la francesa, de dos hojas, cuyas bisagras chirriaban en las noches de viento. Mi madre siempre decía que aquella casa era demasiado grande para una mujer sin hijos. Pero yo creo que estaba celosa, porque ella vivía en una casa estilo rancho californiano de tres dormitorios.

La gran puerta principal crujió cuando Bee y yo entramos.

—Ven —dijo—, encenderé la chimenea y después nos serviré una copa.

La observé mientras acomodaba los leños en la chimenea. Pensé que debía ser yo y no ella quien lo hiciera. Pero me sentía demasiado cansada como para moverme. Me dolían las piernas. Me dolía todo.

—Es gracioso —dije—. Todos estos años en Nueva York y nunca he venido a visitarte. Soy una mala sobrina.

—Has tenido la cabeza en otra parte —dijo—. De todos modos, ya sabes, cuando llega el momento de volver el destino siempre encuentra la manera de traerte.

Me acordé de su frase en la postal. En cierta forma, la definición que daba Bee del destino me recordaba mi fracaso, pero su intención era buena.

Recorrí con la mirada el salón y suspiré.

—A Joel le habría gustado estar aquí —dijo—, pero nunca lo pude convencer de olvidarse un tiempito del trabajo como para hacer un viaje.

—Qué bien —dijo.

—¿Por qué?

—Porque no creo que nos hubiéramos llevado bien.

Sonreí.

—Probablemente tengas razón.

Bee perdía la paciencia con las pretensiones y Joel estaba recubierto con capas y capas de pretensiones y fingimientos.

Se puso de pie y se dirigió a un cuarto que ella llamaba «lanai», donde tenía un bar muy bien provisto. Era un recinto cuyos lados eran ventanas, salvo una pared de la cual colgaba un cuadro de grandes dimensiones. Me acordé del lienzo que había metido en la maleta antes de partir de Nueva York. Quería hacerle algunas preguntas al respecto, pero no era el momento. Hacía mucho tiempo que yo sabía que hablar con Bee de su arte, como de muchos otros temas de su vida, estaba prohibido.

Pensé en la noche, cuando yo tenía quince años, en que mi prima Raquel y yo entramos a hurtadillas en el lanai, fuimos hasta donde se encontraba el mueble de oscuras puertas de mimbre, muy británicas, y nos bebimos cuatro tragos de ron cada una mientras los mayores jugaban a las cartas en la habitación contigua. Me acuerdo de haber rogado por que la habitación dejara de girar. Fue la última vez que bebí ron.

Bee regresó con dos Gordon Green, una mezcla de

lima y pepino rehogados en ginebra, sirope y una pizca de sal.

—Bien, cuéntame cosas tuyas —dijo, alcanzándome la copa.

Bebí un sorbo. Hubiera deseado tener algo que contarle a Bee, una historia cualquiera. Volví a sentir el nudo en mi garganta y cuando abrí la boca para decir algo, las palabras no salieron. Bajé la vista y me miré las rodillas.

Bee movió la cabeza asintiendo como si yo hubiera dicho algo con algún sentido.

—Ya sé —dijo—, ya sé.

Nos quedamos calladas, sentadas, contemplando las llamas como hipnotizadas, hasta que sentí que me pesaban los párpados.

2 de marzo

No sé qué fue lo que me despertó a la mañana siguiente, si las olas que rompían en la orilla, tan fuerte que era como si fueran brazos del mar golpeando a la puerta, o el olor del desayuno que venía de la cocina: *crêpes*, que ya no come nadie, desde luego no los adultos, y mucho menos los adultos de Nueva York. O quizá fue mi móvil, que estaba sonando entre los almohadones del sofá, lo que me obligó a abrir los ojos. No había podido llegar hasta el cuarto de invitados la noche anterior. La fatiga pudo conmigo, la fatiga o un cansancio emocional. O ambos.

Me quité de encima el edredón —Bee debió de taparme cuando me quedé dormida— y me puse a buscar frenéticamente mi móvil por todas partes.

Era Annabelle.

—Hola —dije en voz baja.

—¡Hola! —dijo, anonadándome con su desbordante alegría—. Solo quería estar segura de que llegaste bien. ¿Todo en orden?

A decir verdad, me hubiera gustado mucho ser como Annabelle y poder exteriorizar mis sentimientos. Ansiaba poder llorar, con lágrimas verdaderas, abundantes y estupendas. Quién sabe, a lo mejor era precisamente eso lo que necesitaba.

Annabelle se había instalado en mi apartamento durante el mes que iba a estar fuera, pues sus vecinos del piso de arriba habían recomenzado con los ejercicios de trompeta.

—¿Ha llamado alguien? —pregunté dando por descontado que Annabelle entendería perfectamente a quién me refería. Era consciente de que le iba a parecer patética, pero hacía tiempo que nos habíamos dado permiso la una a la otra para ser patéticas.

—Lo siento, Em, ninguna llamada.

—Bien —dije—. Por supuesto. ¿Y cómo está todo por allí?

—Bien —dijo—. Me encontré con Evan en el café esta mañana.

Evan es el ex de Annabelle, aquel con quien no se casó porque no le gustaba el jazz y, bueno, también por otras cosas. Veamos: roncaba. Y comía hamburguesas, lo cual era un problema porque Annabelle es vegetariana. Y luego estaba la cuestión de los nombres. Evan no es un nombre como para casarse.

—¿Hablasteis?

—Algo así —contestó. De pronto su voz sonó distante, como si estuviera haciendo dos cosas a la vez—. Pero fue raro.

—¿Qué dijo?

—Bueno, me presentó a su nueva novia, «Vivien».

Dijo «Vivien» como si fuera la denominación de una condición de salud espantosa, como un sarpullido o una infección por estafilococos.

—¿Noto algo de celos, Annie? Recuerda que fuiste «tú» quien rompió con él.

—Lo sé. Y no me arrepiento de la decisión.

No me convenció.

—Annie, conozco a Evan —dije—, y sé que si lo llamaras ahora mismo y le dijeras lo que realmente sientes, sería tuyo. Aún te ama.

Se hizo un silencio del otro lado de la línea, como si estuviera reconsiderando mi idea.

—¿Annie? —pregunté—. ¿Estás ahí?

—Sí —dijo—. Lo siento, he tenido que dejar el auricular. El chico de UPS acaba de tocar el timbre y he tenido que firmar para recibir el paquete. ¿Siempre recibes esta cantidad de correo?

—Entonces ¿no has escuchado ni una palabra de lo que acabo de decirte?

—Lo siento —dijo—. ¿Era importante?

—No —suspiré.

A pesar de que ella estaba convencida de que era una romántica incurable y de sus investigaciones, cuando se trataba de amor, Annabelle había perfeccionado el arte de sabotear la relación.

—Bueno, llámame si deseas hablar —dijo.

—Lo haré.

—Te quiero.

—Yo también a ti, y no te acerques a mi crema hidratante Laura Mercier —dije, medio en broma, medio en serio.

—Creo que puedo, «si» tú prometes que procurarás trabajar un poco en la sección lágrimas.

—Trato hecho.

Cuando descubrí cómo llegar a la cocina, me sorprendió no encontrar a Bee atareada cocinando. En cambio, había una bandeja con *crêpes*, unas lonchas de beicon muy bien dispuestas y un frasco de dulce de frambuesa casero sobre la mesa. Y una nota:

Emily:

He tenido que ir a la ciudad a hacer unos recados y no he querido despertarte. Te he dejado una fuente con tus *crêpes* favoritas de trigo sarraceno y beicon (caliéntalas en el microondas, cuarenta y cinco segundos como máximo). Estaré de regreso por la tarde. He dejado tus cosas en el dormitorio del fondo del pasillo. Ponte cómoda. Y debes salir a caminar después del desayuno. Hoy el estrecho está hermoso.

Un beso,

Bee

Dejé la nota sobre la mesa y miré por la ventana. Las aguas azul grisáceas, el mosaico de arena y rocas de la orilla: era imponente. Sentí un deseo imperioso de salir corriendo a coger almejas, o remover las piedras en busca de cangrejos, o desnudarme y nadar hasta la boya, como en los veranos de mi infancia. Quería sumergirme en el hermoso cuerpo, vasto y misterioso, del estrecho. Por un segundo, aquel pensamiento me hizo sentir viva de nuevo, pero no duró más que un segundo. Entonces, unté la *crêpe* con mucho dulce de frambuesa de Bee, y me la comí.

La mesa estaba puesta como yo la recordaba: un mantel de hule amarillo estampado con ananás, un servilletero ornado con conchas de mar y una pila de revistas. Bee lee cada número del *The New Yorker* de cabo a rabo, recorta sus cuentos preferidos, les pega notas adhesivas con sus comentarios y me los envía por correo, sin importarle las veces que yo le diga que no debería molestarse, que estoy suscrita a la revista.

Una vez que hube metido mi plato en el lavavajillas, recorrí el pasillo y me asomé a cada una de las habitaciones hasta que di con aquella donde Bee había dejado mi equipaje. Nunca, en todos los años en que yo había venido a visitarla de pequeña, había puesto los pies en *esa* habitación. En realidad, no recordaba haber entrado allí jamás. Pero Bee tenía la costumbre de mantener algunos cuartos cerrados con llave por razones que Danielle, mi hermana, y yo nunca entendimos.

Sí, me dije, me acordaría. Las paredes estaban pintadas de rosa, lo cual era extraño, porque Bee detestaba ese color. Cerca de la cama había un tocador, una mesilla de noche y un armario grande. Miré a través de los cristales de la ventana que daba al mar por el poniente y recordé la sugerencia de Bee de salir a caminar por la orilla. Decidí desempacar más tarde e ir a la playa. Era tal su magnetismo que me sentía incapaz de resistirlo un minuto más.

3

No me molesté en cambiarme de ropa ni en peinarme, algo que con toda seguridad habría hecho en Nueva York. Me puse encima un jersey, me calcé un par de botas de goma color verde militar, que Bee siempre guardaba en el cuarto destinado a los zapatos y la ropa de playa o del jardín.

Caminar por la arena mojada tiene algo curiosamente terapéutico; la sensación de blandura fangosa debajo de los pies le envía al cerebro la señal de que está bien abandonarse por un rato. Eso fue lo que hice aquella mañana. No me reñí las veces que mi mente volvió a Joel y a los mil recuerdos de nuestra vida juntos que resurgían al azar. Pisé con mis botas el caparazón agujereado de un cangrejo y lo aplasté en mil pedazos.

Levanté una piedra y la lancé al agua, tan lejos como pude. «Mierda. ¿Por qué nuestra historia tiene que terminar así?» Cogí otra piedra, y luego otra y otra, lanzándolas con violencia a las aguas del estrecho, hasta que me desplomé sobre un pedazo de madera que había allí tirada. «¿Cómo ha podido? ¿Cómo he podido?» A pesar de todo, había una pequeña parte de mí que deseaba recuperarlo, y me odiaba a mí misma por ello.

—Nunca vas a conseguir que una piedra salte si la lanzas de esa forma.

Me sobresalté al oír una voz de hombre. Era Henry, que venía caminando despacio hacia mí.

—¡Ah, hola! Solo estaba... —dije, cohibida.

¿Había presenciado mi rabieta? ¿Desde cuándo?

—... Jugando a las cabrillas —dijo—. Pero tu técnica, querida, es completamente errónea.

Se agachó y recogió un guijarro liso y fino como un dólar de arena y lo puso a contraluz examinando cada uno de sus ángulos.

—Sí —dijo—, este servirá —me miró y añadió—: Bien, ahora lo coges de esta forma y luego dejas que tu brazo suba y baje con fluidez como cuando derrites mantequilla.

Lanzó el guijarro a la orilla y pasó rasando sobre la superficie del agua, pero rodó dando seis pasitos de baile, y se hundió.

—¡Caray! —dijo—. Estoy perdiendo el pulso. Seis es muy poco.

—¿De veras?

—Claro —dijo—. Mi récord fueron catorce.

—¿Catorce? No lo dices en serio.

—Como que estoy vivito y coleando —exclamó, poniéndose la mano sobre el corazón, como un chico de once años. O un miembro de un grupo de Scouts—. Fui campeón de cabrillas de la isla.

No tenía ganas de reírme, pero no pude contenerme.

—¿Hacían competiciones de cabrillas?

—¡Claro que sí! —exclamó—. Ahora, prueba tú.

Busqué en la arena y encontré un guijarro plano.

—Aquí va —dije, revoleando el brazo y lanzándolo. La piedra pegó en el agua y se hundió—. ¿Lo ves? Soy muy mala.

—No —dijo—. Te hace falta práctica, es todo.

Sonreí. Tenía un rostro arrugado y seco como un libro antiguo encuadernado en piel. Pero sus ojos... bueno, me decían que en algún recoveco de aquella sonrisa anidaba un hombre joven.

—¿Te apetecería un café? —preguntó señalando una casita blanca que se veía al otro lado del malecón. Le chispeaban los ojos.

—Sí —dije—, excelente idea.

Subimos por los peldaños de cemento que desembocaban en un sendero cubierto de musgo. El caminito jalonado por seis piedras nos llevó a la entrada de la casa de Henry, a la sombra de dos gigantescos cedros viejos que montaban guardia.

Abrió la puerta mosquitera, cuyo chirrido rivalizó con el grito chillón de las gaviotas en el tejado, las cuales, enfadadas, se echaron a volar hacia el mar.

—Debería reparar esta puerta —dijo, limpiándose las botas en el porche antes de entrar. Lo seguí e hice lo mismo.

El calor del fuego que ardía y crepitaba en la sala me devolvió el color a las mejillas.

—Ponte cómoda —me dijo—. Voy a preparar el café.

Dije que sí con la cabeza y me acerqué a la chimenea, sobre cuya repisa de caoba oscura había un montón de conchas marinas, guijarros relucientes y fotos en blanco y negro enmarcadas con sencillez. Una de las fotos me llamó la atención. Era el retrato de una mujer con el pelo rubio ondulado y peinado como se usaba en la década de 1940. Irradiaba *glamour*, como una modelo o una actriz, de pie en la playa, con el viento que le pegaba el vestido al cuerpo, resaltando sus pechos y su fina cintura. Había una casa al fondo, la casa de Henry, y los cedros, mucho más pequeños, pero reconocibles. Me pregunté si habría sido su esposa. Su pose era demasiado sugestiva como para ser su hermana. Quienquiera que fuese, Henry la adoraba. No me cabía duda.

Se acercó con dos jarros de café, uno en cada mano.

—Es hermosa —dije, cogiendo la foto y sentándome en el sofá para verla más de cerca—. ¿Tu esposa?

Mi pregunta pareció sorprenderle.

—No —contestó sin más.

Me alcanzó un jarro y permaneció de pie pasándose los dedos por la barbilla, como hacen los hombres cuando se sienten confundidos o inseguros por algo.

—Perdona —dije, volviendo a colocar rápidamente la fotografía sobre la repisa—. No ha sido mi intención entrometerme.

—No, no —dijo, y sonrió—. Es una tontería, supongo. Han pasado ya más de sesenta años, es lógico pensar que puedo hablar de ella.

—¿Ella?

—Fue mi novia —prosiguió—. Nos íbamos a casar, pero... las cosas no fueron bien. —Hizo una pausa, como si cambiara de idea—. Probablemente no debería...

Ambos nos miramos al oír un golpe en la puerta.

—¿Henry? ¿Estás en casa?

Era una voz de hombre.

—Es Jack —me dijo Henry, como si yo lo conociera.

Desde el salón vi que abría la puerta y entraba un hombre de cabello oscuro de más o menos mi edad. Era alto, tan alto que tuvo que agacharse un poco cuando entró a la casa. Vestía tejanos y un jersey de lana gris, y, aunque era de mañana, una sombra apenas visible en el mentón indicaba que aún no se había afeitado ni duchado.

—Hola —dijo, un poco tímido cuando sus ojos encontraron los míos—. Soy Jack.

Henry habló por mí.

—Es Emily. Ya sabes, la sobrina de Bee Larson.

Jack me miró, y luego se dirigió a Henry:

—«¿La sobrina de Bee?»

—Sí —confirmó Henry—. Ha venido a visitarla y se quedará todo el mes.

—Bienvenida —dijo Jack, tirando del puño de su jersey—. Lo siento, no quería interrumpiros. Estaba cocinando y en la mitad de mi receta me di cuenta de que no tenía huevos. ¿Tendrías dos?

—Claro —dijo Henry y se dirigió a la cocina.

Cuando Henry se marchó, mis ojos encontraron los de Jack, pero rápidamente miré hacia otro lado. Se frotó la frente. Yo, nerviosa, me puse a jugar con la cremallera de mi jersey. El silencio era tan pesado y agobiante como la arena sucia de la playa que se veía por la ventana.

Resonó una zambullida en el agua. Me asusté y me golpeé el pie con el canto de la mesa, mientras miraba impotente cómo el vasito blanco que estaba apoyado sobre una pila de libros se caía al suelo y se partía en cuatro.

—¡Oh, no! —exclamé, moviendo la cabeza, preocupada porque había roto una de las reliquias de Henry y también por sentirme turbada en presencia de Jack.

—Ven, te ayudaré a ocultar la prueba —dijo sonriendo. Y me agradó inmediatamente.

—Soy la mujer más torpe del mundo —dije, tapándome la cara con las manos.

—Yo soy el hombre más torpe del mundo, comentó, remangándose el jersey para enseñarme un morado azul y negro.

Sacó de su bolsillo una bolsa de plástico y con precaución recogió los pedazos del vaso.

—Luego los pegaremos —añadió.

Me reí.

Henry regresó con una caja de huevos y se la dio a Jack.

—Siento la demora, he tenido que ir a buscarlos al frigorífico del garaje —explicó.

—Gracias, Henry —dijo Jack—. Te los debo.

—¿No te quedas?

—No puedo —dijo—. Tengo que volver a casa, de verdad, pero, gracias —me dirigió una mirada cómplice—. Encantado de conocerte, Emily.

—Encantada, Jack —dije, pensando que era una lástima que tuviera que irse tan pronto.

Henry y yo lo miramos por la ventana alejarse en dirección de la playa.

—¡Qué tío más raro este Jack! —dijo—. Tengo en mi salón a la chica más bonita de la isla y él no puede quedarse ni a tomar un café.

Sentí que me sonrojaba.

—Eres demasiado generoso —dije—. ¡Mírame! Acabo de salir de la cama.

Me guiñó un ojo.

—Lo he dicho en serio.

—Eres un sol —dije.

Conversábamos bebiendo una segunda taza de café, cuando un vistazo a mi reloj me confirmó que habían transcurrido casi dos horas.

—Debería marcharme —dije—, Bee empezará a preocuparse.

—Sí, claro —contestó.

—Te veré en la playa.

—Cualquier día de estos, si pasas por aquí, ven a verme, por favor —dijo.

Había bajado la marea, desvelando su capa oculta de vida sobre la arena. Me fui andando, recogiendo del suelo conchas y grandes pedazos de algas vivas color verde esmeralda, y sacándoles las burbujas de aire de la piel fina, como acostumbraba en los veranos de tantos años atrás. Una piedra centelleó al sol y me arrodillé para cogerla, que fue cuando oí pisadas detrás de mí. Las pisadas de un animal y luego un grito.

—¡*Russ*! ¡Ven aquí, chico!

Me volví y se me echó encima con la fuerza de un defensor de la Liga Nacional de Fútbol.

—¡Vale, vale! —grité, tratando de evitar sus lametazos en mi cara.

—Lo siento —dijo Jack—. Se escapó por la puerta trasera. Espero que no te haya asustado. Es inofensivo, a pesar de sus ochenta kilos.

—Estoy bien —dije sonriendo, sacudiéndome la arena de los pantalones, y me arrodillé para saludar correctamente al chucho.

—Y tú debes de ser *Russ* —dije—. Encantada de conocerte, chico. Soy Emily.

Miré a Jack.

—Voy a casa de Bee.

Jack agarró la correa sujeta al collar de *Russ*.

—No vuelvas a repetir la proeza, chico... —le dijo al perro. Y luego a mí—: Te acompaño, vamos en la misma dirección.

Transcurrió un minuto, tal vez un poco más, antes de que alguno de los dos hablara. Yo estaba entretenida con el ruido de nuestras botas pisando los guijarros de la playa.

—¿Así que vives aquí, en Washington? —preguntó Jack.

—No —contesté—. En Nueva York.

—Nunca he estado allí.

—¡Bromeas! —exclamé—. ¿Cómo que nunca has estado en la ciudad de Nueva York?

Se encogió de hombros.

—Supongo que no he tenido motivos para ir. He vivido aquí toda mi vida. Nunca he pensado èn irme.

Asentí con la cabeza, mirando la vasta extensión de playa.

—Bueno, te diré que ahora, de vuelta otra vez en la isla —hice una pausa y miré a mi alrededor—, me pregunto por qué me fui. En este preciso instante no añoro en absoluto Nueva York.

—¿Y qué te trae por aquí este mes?

«¿No le dije antes que he venido a visitar a mi tía? ¿No fue suficiente explicación?» No iba a explicarle que estaba huyendo de mi pasado, algo que, en cierto sentido, era cierto, o que intentaba imaginar mi futuro, o, ¡eso no, por Dios!, que acababa de divorciarme. En cambio, respiré hondo y dije:

—He venido a documentarme para mi próximo libro.

—Ah —dijo—, ¿eres escritora?

—Sí —repuse, tragando saliva.

No me gustó la suficiencia de mi tono de voz. «¿Podía realmente referirme a este viaje como a un trabajo de investigación?» Como de costumbre, en cuanto empecé a hablar de mi carrera, me sentí vulnerable.

—¡Qué bien! —dijo—. ¿Qué escribes?

Empecé a contarle acerca de *Llamando a Alí Larson* y Jack, de repente, se detuvo y dijo:

—¡Vaya! Con ese libro hicieron una película, ¿verdad?

Dije que sí con la cabeza.

—¿Y tú? —pregunté, ansiosa por cambiar de tema—. ¿A qué te dedicas?

—Soy artista —contestó—. Pintor.

Abrí muy grandes los ojos.

—¡Fantástico! Me encantaría ver tu trabajo.

Mientras lo decía, sentía que me ardían las mejillas. «¿Por qué era tan torpe, tan grosera? ¿Acaso me he olvidado de cómo hablar con un hombre?»

En lugar de agradecer lo que yo acababa de decirle, una media sonrisa iluminó su cara y pateó la arena desenterrando un pedazo de madera.

—Mira cómo está la playa, ¿te lo puedes creer? —dijo, señalando la basura desparramada a lo largo de la orilla—. Debió de haber tormenta anoche.

Me encantaba la playa después de las tormentas. Cuando yo tenía trece años, el mar arrojó a esa misma playa una bolsa de banco que contenía trescientos diecinueve dólares exactamente —lo sé porque conté cada uno de los billetes—, y un revólver que se había llenado de agua. Bee llamó a la policía, que siguió la pista de aquellos vestigios hasta el robo de un banco ocurrido diecisiete años antes. «Diecisiete años.» El estrecho de Puget es como una máquina del tiempo: oculta cosas y luego las arroja a sus costas en el tiempo y lugar que mejor le parece.

—Dices, pues, que has vivido aquí, en la isla, toda tu vida. Entonces, seguro que conoces a mi tía.

—¿Conocerla? Es una manera de decirlo.

Nos encontrábamos a pocos pasos de la casa de Bee.

—¿Quieres pasar? —pregunté—. Podrías saludar a Bee.

Titubeó, como si recordara algo o a alguien.

—No —dijo, entrecerrando los ojos mientras alzaba la vista mirando con recelo las ventanas—. No, mejor no.

Me mordí el labio inferior.

—De acuerdo —repliqué—. Bueno, te veré un día de estos, entonces.

Ya está, me dije mientras me encaminaba a la puerta trasera. «¿Qué fue lo que lo puso tan incómodo?»

—¡Espera, Emily!

Jack me gritó desde la playa instantes después.

Me volví.

—Perdona —dijo—, me falta práctica. —Se apartó de los ojos una mecha oscura y el viento volvió a ponerla donde estaba—. No sé, ¿te gustaría venir a cenar —dijo—, a mi casa? ¿El sábado, a las siete?

Me quedé mirándolo, sin atinar a abrir la boca. Me tomó unos segundos recuperar la voz, y mi cabeza.

—Me encantaría —dije, asintiendo con la cabeza.

—Hasta el sábado, Emily —repuso, con una amplia sonrisa.

Yo había notado que Bee nos observaba desde la ventana, pero cuando entré a la casa después de pasar por el cuartito donde dejábamos los zapatos, ella había vuelto al sofá.

—Veo que has conocido a Jack —dijo, con la mirada puesta en su crucigrama.

—Sí —contesté—. Esta mañana, en casa de Henry.

—¿En casa de Henry? —dijo, levantando la vista—. ¿Y qué hacías tú allí?

—Salí muy temprano a caminar y me encontré con él en la playa —dije, afectando indiferencia—. Me invitó a tomar un café.

Bee parecía preocupada.

—¿Qué sucede? —pregunté.

Apoyó el lápiz y me miró.

—Ten cuidado —dijo—, especialmente con Jack.

—¿Cuidado? ¿Por qué?

—Las personas no siempre son lo que aparentan —dijo, metiendo sus gafas de leer en el estuche de terciopelo azul que guardaba en la mesilla junto al sofá.

—¿Qué quieres decir?

Hizo caso omiso de mi pregunta, en esa forma tan característica de ella.

—Bueno, ya son las doce y media —suspiró—. Es la hora de mi siesta.

Se sirvió media taza de jerez.

—Mi medicina —me explicó guiñándome un ojo—. Te veré por la tarde, cariño.

Era evidente que había algo entre Bee y Jack. Lo había adivinado en el rostro de él y lo había advertido en la voz de ella.

Me recliné contra el respaldo del sofá y bostecé. Tentada por la deliciosa perspectiva de una siesta, fui al cuarto de invitados, me eché en la cama grande y me tapé con el edredón rosa que la cubría. Cogí la novela que había comprado en el aeropuerto, pero luego de batallar con dos capítulos tiré el libro al suelo.

Liberé mi muñeca de la presión del reloj de pulsera —no puedo dormir con adornos de ninguna clase— y abrí el cajón para guardarlo en la mesita de noche. Pero, cuando iba a meterlo dentro, toqué algo.

Era un cuaderno, una suerte de diario. Lo cogí y pasé mi mano por el lomo. Era antiguo, y su curiosa tapa de terciopelo rojo estaba muy gastada, deshilachada. Al tocarlo instantáneamente me sentí culpable. ¿Y si se trataba de un antiguo diario de Bee? Me estremecí y lo volví a poner con cuidado en su sitio dentro del cajón. Pero al cabo de unos instantes tenía otra vez el diario en mis manos. Era demasiado irresistible. «Una ojeada a la primera página, nada más.»

Las hojas, amarillentas y quebradizas, poseían esa pureza prístina que sólo puede otorgar el paso del tiempo. Examiné deprisa la primera en busca de un indicio, y lo encontré en el ángulo inferior derecho: CUADERNO DE

EJERCICIOS MANUSCRITOS, en letras de imprenta negras, y la frase habitual concerniente al editor. Me acordé de un libro que había leído hacía mucho tiempo, en el cual un personaje de comienzos del siglo XX se servía de un cuaderno similar para escribir una novela. «¿Es el borrador de una novela o un diario íntimo?» Fascinada, pasé la página, extinguiendo mis sentimientos de culpa con ingentes cantidades de curiosidad. «Solo una página más y lo devuelvo a su lugar.»

Me dieron palpitaciones cuando leí, en la página siguiente, las palabras escritas con la más hermosa caligrafía que había visto en mi vida: «La historia de lo que sucedió en la pequeña ciudad de una isla en 1943.»

Bee nunca había escrito, al menos que yo supiera. ¿Tío Bill?

No, era ciertamente una letra de mujer. ¿Por qué estaba allí... en aquel cuarto *rosa*? ¿Y quién se había olvidado de firmarlo, y por qué?

Respiré hondo y pasé la página. «¿Qué mal podía haber en seguir leyendo unos renglones?» Al comenzar el primer párrafo, ya no pude resistirme.

Nunca fue mi intención besar a Elliot. Las mujeres casadas no se comportan así, al menos no las casadas como yo. Pero había marea alta y soplaba una brisa fresca, y los brazos de Elliot envolvían mi cuerpo como un chal abrigado y me acariciaban donde no debían, y ya no pude seguir pensando en otra cosa. Era como antes. Y, a pesar de que yo estaba casada y que las circunstancias habían cambiado, mi corazón se las había arreglado para quedarse fijado en el tiempo —congelado, como si hubiera estado esperando aquel momento— el momento en que Elliot y yo pudimos volver a este lugar. Bobby nunca me abrazó así. O quizá sí, pero si lo hizo sus caricias no me provocaban esta especie de pasión, esta especie de fuego.

Y, sí, nunca me propuse besar a Elliot aquella fría noche de marzo y tampoco planifiqué las cosas inconfesables que sucedieron después, la cadena de hechos que serían mi perdición, nuestra perdición. Pero esta fue la cadena de hechos que empezó en el mes de marzo de 1943, hechos que cambiarían para siempre mi vida y las vidas de los me rodeaban. Mi nombre es Esther y esta es mi historia.

Levanté la vista. «¿Esther? ¿Quién es Esther? ¿Acaso un pseudónimo? ¿Un personaje de ficción?» Oí que llamaban a la puerta e instintivamente tiré del edredón para esconder el cuaderno que estaba leyendo.

—¿Sí? —pregunté.

Bee abrió la puerta.

—No puedo dormir —dijo, restregándose los ojos—. ¿Por qué no salimos y vamos al mercado?

—Claro —dije, aunque en realidad lo que quería era quedarme y seguir leyendo.

—Cuando estés lista ven a encontrarme fuera, en la puerta principal —dijo, mirándome durante unos segundos, más de lo debido, antes de apartar los ojos.

Empezaba a tener la sensación de que la gente de la isla ocultaba un gran secreto, uno que nadie entre ellos tenía la menor intención de compartir conmigo.

4

El mercado quedaba a menos de un kilómetro de la casa de Bee. Cuando yo era niña, solía ir andando con mi hermana y mis primas, o, a veces, sola, cogiendo flores de trébol moradas por el camino hasta tener en mis manos un gran ramo redondo, que, cuando me lo llevaba a la nariz, olía a miel. Antes del paseo, siempre mendigábamos a nuestros mayores veinticinco céntimos y regresábamos con los bolsillos llenos de chicles Bazooka. Si el verano tenía un sabor, era el de aquellos chicles rosados.

Bee y yo íbamos calladas en el coche que corría por la sinuosa carretera en dirección de la ciudad. La belleza de un viejo Volkswagen reside en que si no deseas hablar, no necesitas hacerlo. El ruido del motor infunde, con su bonito canturreo reconfortante, una suerte de intranquila quietud.

Bee me dio la lista de la compra.

—Tengo que hablar con Leanne en la panadería. ¿Puedes empezar con esta lista, cariño?

—Claro —dije, sonriendo.

Estaba segura de que todavía era capaz de ubicarme en aquel mercado, aun cuando habían transcurrido diecisiete años desde la última vez que había puesto un pie allí.

El Otter Pops probablemente seguía en el pasillo tres, y, por supuesto, allí estaría el tío guapo del puesto de frutas y verduras con las mangas de su camiseta levantadas para lucir sus bíceps.

Leí rápidamente la lista de Bee —salmón, arroz para risotto, puerros, berro, chalotas, vino blanco, ruibarbo, nata montada—, e intuí que la cena sería deliciosa. Ya se me hacía la boca agua. Empecé por el vino, que era lo que quedaba más cerca.

La tienda de vinos de aquel Town & Country se parecía más a una bodega de restaurante exclusivo que a la limitada selección propia de una tienda normal. Debajo de un breve tramo de escalera había un recinto cavernoso y en penumbra de cuyas paredes colgaban peligrosamente las botellas llenas de polvo.

—¿Puedo ayudarla?

Miré sorprendida y vi a un hombre de mi edad que venía hacia mí. Retrocedí abruptamente y casi choco contra la vitrina de los vinos blancos.

—¡Oh, por Dios, lo siento! —dije inmovilizando una botella que vacilaba como un bolo.

—No se preocupe —dijo—. ¿Busca un blanco de California o tal vez un vino de esta región?

Como había poca luz en la habitación, al principio no pude verle la cara.

—Bueno, en realidad, yo estaba...

Justo en ese momento se acercó y me alcanzó una botella, que bajó del anaquel superior, y entonces vi su cara. Me quedé con la boca abierta.

—Dios mío, ¿eres tú, «Greg»?

Me miró y movió la cabeza como si no se lo creyera.

—¿Emily?

Era inquietante, fascinante e incómodo, todo a la vez. Allí, frente a mí, con un delantal de vendedor de tienda puesto, se hallaba el chico por el que tan colgada estuve en mi adolescencia. Y aunque habían transcurrido casi veinte años desde la última vez que nos habíamos visto, lo había reconocido, porque su rostro seguía siendo el mismo, no había cambiado desde aquel día en que le permití quitarme el top de mi biquini Superwoman y manosearme los senos. Estaba segura de que él me amaba de veras y creía que un día nos casaríamos. Estaba tan segura de eso que grabé «Emily + Greg = Amor» con un sujetapapeles en la parte de atrás del dispensador de toallas de papel del lavabo de damas del mercado. Pero, el verano acabó y yo volví a mi casa. Miraba el buzón cada día, durante cinco meses, pero sus cartas no llegaron. Ni llamó por teléfono. Entonces, en el verano siguiente, cuando fui a casa de Bee, atravesé la playa hasta su casa y llamé a la puerta . Su hermana menor, que no me agradaba, me informó de que había abandonado el colegio y que tenía una novia nueva. Dijo que se llamaba Lisa.

Greg seguía siendo increíblemente guapo, aunque más viejo, ahora, más curtido. Me pregunté si yo tendría también aquel aspecto de persona *curtida*. Miré instintivamente su mano izquierda buscando el anillo de boda. No tenía.

—¿Qué haces aquí? —pregunté.

No se me había ocurrido pensar que trabajaba allí. Siempre me había imaginado a Greg como piloto de alguna línea aérea o guardabosques; algo más audaz, más grande, algo, bueno, más Greg. Pero, ¿empleado de tienda de comestibles? No encajaba.

—Trabajo aquí —dijo, sonriendo orgulloso. Señaló con el dedo la placa con su nombre que llevaba prendida al delantal y se pasó la mano por el pelo rubio oxigenado—. ¡Vaya, qué alegría volver a verte! —añadió—. Hace... ¿cuántos?, ¿quince años?

—Sí —dije—. Espera, tal vez más. ¡Qué locura!

—Estás espléndida —dijo, y yo me sentí algo cohibida.

—Gracias —repliqué, jugueteando con mi collar.

Bajé la vista y me miré los pies. Ay, Dios mío. Las botas de goma. Todas las mujeres fantaseamos con encontrarnos con antiguas pasiones justo cuando salimos vestidas con ceñidos trajes de noche. Y allí estaba yo, enfundada en un maldito jersey que había sacado del armario de Bee. ¡Ay!

Sin embargo, Greg, con su misma mirada de buen chico y sus ojos azules agrisados, del mismo color del estrecho en los días de tormenta, me hacía sentir tan bien y tan en forma como él.

—¿Qué te trae de vuelta a la isla? —preguntó sonriendo, apoyando el codo contra la pared—. Pensé que eras una escritora famosa de Nueva York.

Me reí.

—He venido a visitar a Bee; me quedaré todo el mes.

—Ah —comentó—. La veo de vez en cuando, cuando viene de compras. Siempre he querido preguntarle por ti —hizo una pausa—, pero me ha faltado decisión.

—¿Tú?

Se pasó la mano por la frente.

—No lo sé —dijo—. Supongo que en el fondo todos seguimos teniendo dieciséis años, ¿no? Fuiste tú quien rompió conmigo, ¿no te acuerdas?

Sonreí.

—No, tú dejaste el colegio.

Había en él cierta calidez, cierta energía que me agradaba.

—Entonces, ¿por qué aquí, por qué ahora, después de tantos años? —dijo.

Suspiré.

—Bueno, es un poco complicado.

—Soy capaz de entender algo complicado.

Me froté el dedo donde tiempo atrás llevaba mi anillo de boda.

—Estoy aquí porque... —me interrumpí, busqué la aprobación en su rostro, o la desaprobación, una verdadera locura, porque, ¿qué podía importarme lo que pensara mi novio de hacía millones de años de mi situación matrimonial. Al final lo solté—: Estoy aquí porque acabo de divorciarme y necesitaba salir de ese infierno que es Nueva York.

Me puso una mano en el hombro.

—Lo siento —dijo.

Me pareció sincero, por lo que pensé que Greg-Adulto me gustaba muchísimo más que Greg-Adolescente.

—Estoy bien —dije, rogando que no fuera de esos que leen en la mente.

Movió la cabeza con incredulidad.

—No has cambiado.

Como no sabía qué contestar, dije:

—Gracias.

Greg sólo había dicho lo que cualquier persona le dice a otra persona con quien alguna vez ha tenido una historia romántica, pero a mí me levantó la autoestima, que en esos días tenía por los suelos, como si me hubiera inyectado una dosis de epinefrina. Me arreglé nerviosamente el pelo y me acordé de que hacía tres meses que no me lo cortaba.

—Podría decir lo mismo de ti —dije—. ¡Te veo muy bien! —Y añadí tras una pausa—: ¿Cómo te ha tratado la vida? ¿Has tenido mejor suerte que yo en la sección matrimonio?

No sé por qué, pero me había representado a Greg felizmente casado, llevando una vida agradable en la isla Bainbridge. Una casa grande. Una esposa bonita. Media docena de críos bien sujetos con los cinturones de seguridad a los asientos del Chevrolet Suburban azul marino.

—¿Suerte? —se encogió de hombros—. No, ninguna. Pero soy feliz. Estoy sano. Es lo que importa, ¿verdad?

—Claro, por supuesto.

Tengo que admitir que me hacía bien saber que yo no era la única con una vida que no había resultado tal como la había planeado.

—Entonces, ¿de verdad estás bien? Porque si necesitas hablar con alguien, yo...

Agarró una toalla que colgaba de su delantal y se puso a desempolvar algunas botellas ubicadas en el estante inferior.

Puede que fuera la poca luz o la cantidad de vino que allí había, pero yo me sentía cómoda allí con Greg.

—Sí —dije—. Mentiría si te dijera que no es duro. Aunque me tomo las cosas con calma y solo vivo el momento. ¿Hoy? Hoy me siento bien —tragué saliva—. ¿Ayer? No tanto.

Asintió con la cabeza y volvió a sonreír, mirándome con afecto. Su rostro resplandecía de recuerdos.

—¿Te acuerdas de cuando te llevé a Seattle a un concierto?

Dije que sí con la cabeza. Tuve la sensación de que había pasado un siglo desde la última vez que pensé en aquella noche. Mi madre me había prohibido ir, pero Bee, la eterna hacedora de milagros, la convenció de que era una excelente idea que Greg me acompañara a la «sinfónica».

—Casi no regresamos a casa aquella noche —dijo, los ojos como dos portales que se abrieron a los recuerdos olvidados de mi juventud.

—Bueno, recuerdo que yo quería pasar la noche contigo en el colegio mayor de tu hermano —dije, poniendo los ojos en blanco como cuando era adolescente—. ¡Mi madre me hubiera matado!

Se encogió de hombros.

—Bueno, ¿culparías a un tío por intentarlo?

Todavía conservaba aquella chispa que tanto me había atraído desde el comienzo.

Greg acalló el extraño silencio que se impuso dirigiendo nuestra atención al vino.

—Entonces, ¿buscabas una botella de vino?

—Ah, sí —dije—. Bee me ha pedido que compre un blanco. ¿Qué pinot podría ser? Tratándose de vinos, soy completamente idiota.

Sonrió e hizo correr su dedo por el botellero. Lo detuvo en el centro y extrajo una botella con la precisión de un cirujano.

—Prueba este —dijo—. Es uno de mis favoritos: un pinot gris, hecho con uvas cultivadas aquí, en la isla. Te va a encantar cuando lo pruebes.

De pronto apareció otro cliente detrás de Greg.

—¿Me dejas que te lleve a cenar? Una vez. Sólo una vez antes de que te marches —dijo rápidamente antes de dejarme para ir a atenderlo.

—Por supuesto —repuse automáticamente, sin detenerme a pensar en la invitación, porque si lo hubiera hecho, probablemente, no, ciertamente, habría dicho que no.

—Estupendo —dijo—. Te llamaré a casa de tu tía.

Me sonrió y vi brillar dos hileras de dientes blanquísimos. Yo me pasé la lengua por los míos.

—Bueno —contesté, algo mareada.

¿Qué acababa de suceder? ¿Era real? Me dirigía a la tienda de frutas y verduras para coger el berro cuando vi a Bee.

—¡Ah, aquí estás! —exclamó, haciéndome una seña con la mano—. Ven, cariño, quiero presentarte a alguien.

Junto a Bee había una mujer de su misma edad, más o menos, con el cabello oscuro, visiblemente teñido, y los ojos del mismo color oscuro. Eran casi negros, y contrastaban con su piel, que era pálida, lechosa. No había nada en aquella mujer que evocara un geriátrico, salvo el hecho de que tendría, según mis cálculos, unos ochenta añitos.

—Te presento a Evelyn —dijo Bee con orgullo—. Una de mis más queridas amigas.

—Es un placer conocerla —dije.

—Evelyn y yo nos conocemos desde hace mucho tiempo —explicó Bee—. Somos amigas desde la escuela primaria. La conociste, Emily, cuando eras pequeña, pero es posible que no te acuerdes.

—Lo lamento —dije—, no. Me temo que en los veranos de aquella época yo solo pensaba en nadar y en chicos.

—Me alegra volver a verte, querida —dijo, sonriendo, como si me conociera. Y, efectivamente, algo había en ella que me resultaba familiar, pero ¿qué era?

A diferencia de Bee, que iba con tejanos y sudadera, Evelyn iba tan elegante que parecía la anciana modelo. No llevaba esos típicos pantalones de talle muy alto ni esos zapatos de suela de goma. Nada de eso. Lucía un elegante vestido cruzado y calzaba francesitas. A pesar de ello, me dio la impresión de una persona auténtica, con la cabeza bien puesta, como Bee. Era lógico que fueran muy amigas. Me cayó bien de entrada.

—¡Oye, ya me acuerdo! —exclamé.

El brillo de sus ojos y la diafanidad de su sonrisa me transportaron instantáneamente al verano de 1985, cuando Danielle y yo viajamos solas a la isla y paramos en casa de Bee. Nos habían dicho que nuestros padres partían de viaje, pero luego supimos que aquel verano se habían separado. Papá había dejado a mamá en julio, y para septiembre ya habían hecho las paces. Mami perdió siete kilos y papi se dejó crecer la barba. Parecían dos extraños cuando estaban juntos. Danielle me contó que papá tenía una amiguita, pero yo no le creí, y, aunque lo hubiera creído, no podía culpar a papá por ello, ni por ninguna otra cosa, después de haber soportado a mamá tantos años dándole la lata, fastidiando y gritando tanto. Pero papá tenía la paciencia de Ghandi.

Sin embargo, no era la separación de mis padres lo que me consumía la mente en aquella época. Era el jardín de Evelyn. Bee nos llevaba de pequeñas , y ahora me volvía a la memoria: un mundo mágico de hortensias, rosas y dalias, y galletas mantecadas de limón en el patio de Evelyn. Me parecía que había sido ayer que mi hermana y yo nos sentábamos en el banco, a la sombra de la pérgola, mientras Evelyn se inclinaba sobre su caballete para reproducir en un lienzo uno de los pimpollos que florecían en los canteros exuberantes.

—Tu jardín —dije—, me acuerdo de tu jardín.

—Sí —sonrió Evelyn.

Asentí, sorprendida de que este recuerdo, sepultado en mi mente, hubiera aflorado a la superficie justo en aquel momento, como un fichero perdido de mi subconsciente. Era como si la isla lo hubiera abierto. Allí, frente a la tienda de frutas y verduras, yo me acordaba de los lirios de día y de las galletas mantecadas de sabor delicioso... y, entonces, se levantó la niebla. Yo estaba sentada en un viejo banco de teca color gris, en su patio, usando aquel par viejo de zapatillas de lona Keds, que no eran auténticas Keds, sino una marca genérica con una imitación del cuadrado azul en el talón. Un par de Keds verdaderas hubieran costado exactamente once dólares más, y, madre mía, vaya si yo las quería. Le prometí a mi mamá que limpiaría el baño todos los domingos durante un mes. Pasaría la aspiradora. Quitaría el polvo. Plancharía las camisas de papá. Pero ella se limitó a decir que no con la cabeza y trajo a casa un par de imitaciones baratas que había comprado en Payless Shoe Source. Todas las chicas que yo conocía tenían un par de Keds auténticas, con la etiqueta azul de goma de la marca. Y allí, en el patio de Evelyn, yo toqueteando la etiqueta azul que se despegaba del talón de mi zapatilla derecha.

Mientras Bee daba una vuelta por el jardín con Danielle, a quien no le interesaba nada de lo que Bee le mostraba, Evelyn se sentó a mi lado.

—¿Qué te preocupa, cariño?

Me encogí de hombros.

—Nada.

—Está bien —dijo, cogiéndome una mano entre las suyas—. Puedes contármelo.

Suspiré.

—Bueno, en realidad me da un poco de vergüenza, pero, ¿no tendrías un tubo de pegamento, por casualidad?

—¿Pegamento?

Le mostré mi zapatilla.

—Mami no quiere comprarme las Keds y la etiqueta de atrás se está cayendo... —me puse a llorar.

—Bueno, bueno —dijo Evelyn, dándome un pañuelo que llevaba en el bolsillo—. Cuando yo tenía tu edad, una chica que conocía vino a clase calzada con un par de bellísimos zapatos rojos. Su padre era muy rico y ella contó a todos que se los había traído de París. Yo quería tener un par como aquellos; era lo que más deseaba en el mundo.

—¿Los tuviste? —le pregunté.

Ella movió la cabeza.

—No, y ¿sabes qué? Aún querría tener un par. Ahora, cariño, tú me has pedido pegamento, pero no preferirías tener un par de... ¿cómo las llamas?

—Keds —dije dócilmente.

—Ah, sí, Keds.

Dije que sí con la cabeza.

—Pues, entonces, ¿qué tienes que hacer mañana?

Abrí grandes los ojos.

—Nada.

—Está resuelto, pues. Mañana iremos en el ferry a Seattle y te compraré las Keds.

—¿De veras? —pregunté, tartamudeando.

—De veras.

No sabía qué decir, sólo atiné a sonreír y a arrancar el resto de la etiqueta del talón de mi zapatilla. Ya no me importaba. Mañana podría ponerme las auténticas.

—Evelyn —dijo Bee, mirando el carrito de la compra—. Prepararé una cena esta noche, ¿por qué no vienes?

—¡Oh, no! —dijo—. No puedo. Emily acaba de llegar y tú...

Sonreí.

—Nos encantaría que nos acompañaras.

—Bueno, entonces, de acuerdo, iré.

—Perfecto —dijo Bee—. Ven a las seis.

—Os veré luego —dijo, volviéndose para mirar las patatas.

—Bee —susurré—. No podrás creer con quién acabo de encontrarme.

—¿Quién?

—Greg —dije en voz baja—, Greg Attwood.

—¿Tu antiguo novio?

Asentí.

—Creo que me ha invitado a salir.

Bee sonrió como si ello fuera parte del plan. Cogió una cebolla roja, la examinó y luego sacudió la cabeza arrojándola de vuelta a la pila. Repitió lo mismo varias veces antes de encontrar una que le covenciera. Dijo algo muy bajito, entre dientes, y cuando le pedí que lo repitiera, ya había cruzado enfrente y estaba llenando una bolsa con puerros. Miré hacia la escalera de la tienda de vinos y sonreí para mí misma.

Un minuto antes de las seis de la tarde, Bee sacó tres copas de vino del mueble del bar y descorchó la botella de blanco que Greg había elegido para nosotras.

—¿Quieres encender las velas, cariño, por favor?

Cogí las cerillas y pensé en las cenas de mi infancia en casa de Bee. Bee nunca sirvió una cena sin velas. «Una cena como es debida exige velas», nos había dicho a mi hermana y a mí años atrás. A mí me parecía elegante y divertido, y cuando le pregunté a mi mamá si podíamos iniciar la misma tradición en casa, me dijo que no: «Las velas son para los cumpleaños, me explicó, que se festejan una vez al año.»

—Muy bonita —dijo Bee al inspeccionar la mesa antes de examinar el pinot gris que había recomendado Greg—. Pinot *grigio* —dijo, aprobándolo, al ver la etiqueta.

—Bee —dije, sentándome a la mesa mientras ella abría un puerro con un cuchillo grande de carnicero—, he estado pensando en lo que me dijiste el otro día sobre Jack. ¿Qué ha pasado entre vosotros?

Levantó la vista, algo sorprendida, y súbitamente dejó caer el cuchillo y se apretó la mano.

—¡Ay! —dijo—. Me corté.

—¡Oh, no! —exclamé, acudiendo a ella deprisa—. ¡Cuánto lo siento!

—No —respondió—. No es culpa tuya. Estas manos viejas ya no trabajan como antes.

—Trae, déjame picar a mí.

Bee fue a vendarse el dedo y yo terminé de cortar los puerros en daditos, luego removí el risotto, aspirando el vapor sabroso que salía de la olla y me envolvía la cara.

—Bee, no tiene mucho sentido que...

Me interrumpió el ruido de los pasos de Evelyn en la puerta principal.

—¡Hola, chicas...! —dijo entrando a la cocina con una botella de vino en una mano y en la otra un ramo de lilas moradas envueltas en papel de estraza y atadas con un cordel.

—¡Son preciosas! —dijo Bee recibiéndolas con una sonrisa—. Pero, dime, ¿dónde has podido encontrar estas lilas tan tempranas?

—En mi jardín —respondió, como si Bee le hubiera preguntado de qué color era el cielo—. Mi mata de lilas florece siempre antes que la tuya.

Lo dijo en un tono de competitividad amistosa que solo una amistad de más de sesenta años podía tolerar.

Bee le preparó un trago —algo con bourbon— y luego nos pidió que fuéramos al salón mientras ella le daba los últimos toques a la cena.

—Tu tía es todo un personaje, ¿verdad? —dijo Evelyn una vez que Bee ya no podía oírnos.

—Es una leyenda —dije, sonriendo.

—Lo es —respondió Evelyn.

El hielo de su bebida tintineaba contra el cristal de la copa, pero no entendía si lo hacía a propósito o si le temblaban las manos.

Me miró y dijo:

—Iba a contarle mis novedades esta noche.

Lo dijo con indiferencia, como si se refiriera a la compra de un coche o a las vacaciones que había reservado. Pero noté sus ojos llenos de lágrimas.

—De camino hacia aquí —prosiguió— decidí que se lo diría esta noche. Pero, ahora, al verla tan bien esta noche, he pensado «¿por qué arruinar una velada tan perfecta?».

Yo estaba perpleja.

—¿Decirle qué?

—Tengo cáncer. Un cáncer terminal.

Lo dijo como quien dice «tengo un resfriado», con simplicidad, directamente y sin dramatismos. Luego, en voz baja, añadió:

—Me queda un mes de vida, tal vez menos. Lo sé desde hace un tiempo, desde las Navidades. Pero no hallé la forma de decírselo a Bee. Supongo que he pensado que tal vez sería más fácil que lo sepa cuando yo ya no esté.

—Evelyn, cuánto lo siento —dije, cogiéndole una mano—. Pero ¿cómo puedes pensar que Bee no querría saberlo? Ella te quiere.

Evelyn suspiró.

—Yo sé que ella querría saberlo. Pero yo no deseo que la nuestra sea una amistad en la que solo se hable de muerte y agonía, cuando nos queda tan poco tiempo. Prefiero beber bourbon, jugar al bridge y tomarle el pelo como siempre he hecho.

Asentí con la cabeza. No estaba de acuerdo con su decisión, pero la entendía.

—Perdóname —dijo—. Es tu primer día en la isla; no debería preocuparte con mis problemas. ¡Qué vergüenza!

—No tiene importancia —contesté—. En rigor a la verdad, me alegro de no hablar por una vez de mis problemas.

Bebió un gran sorbo de su copa y luego exhaló un hondo suspiro.

—¿Qué harías tú si estuvieras en mi lugar? ¿Se lo dirías a tu mejor amiga y arruinarías los últimos días que vais a pasar juntas, o seguirías mostrándote feliz y despreocupada, como siempre, hasta que todo se acabe?

—Bueno, yo necesito decir la verdad, pero por motivos puramente egoístas. Necesito el respaldo de mis amigos. Pero tú eres muy fuerte —me atraganté un poco—. Admiro tu fortaleza.

—¿Fortaleza? Tonterías. Cuando me duele algo, tengo la tolerancia de una niña de cuatro años —se rio y luego suspiró—. Ven, vamos a cotillear un poco. ¿Qué quieres que te cuente sobre tu tía que tú no sepas?

Pensé mentalmente en un millón de preguntas sin respuesta, pero me centré en un tema de mayor importancia: el misterioso cuaderno que había encontrado en la mesilla de noche.

Antes de responderle, me cercioré de que Bee seguía en la cocina. El ruido de las ollas me lo confirmó.

—Una sola cosa —dije.

—¿Qué es, tesoro? —preguntó.

—Sabes —dije en voz muy baja—, hoy encontré un cuaderno de tapas de terciopelo rojo, un diario , en la mesilla de noche de mi cuarto. Es viejo, creo que está fechado en 1943. No he podido resistir la tentación y he leído la primera página. Estoy fascinada.

Por un segundo creí percibir un destello de reconocimiento en los ojos de Evelyn, o quizás era un recuerdo, pero la luz se extinguió rápidamente.

—Me pregunto si no lo habrá escrito Bee —susurré—. Pero yo no tenía idea de que fuera escritora; estoy segura de que, conociendo mi carrera y todo lo demás, me lo habría dicho.

Evelyn apoyó su copa sobre la mesa.

—¿Me puedes decir algo más acerca de este... este diario? ¿Cuánto llevas leído hasta ahora?

—Bueno, no leí más que la primera página, pero sé que empieza con un personaje llamado Esther —dije; y, tras una pausa, añadí—: y Elliot, y...

Evelyn se apresuró a ponerme una mano en los labios.

—No debes hablar de esto con Bee —se apresuró a decir—. Todavía, no.

Se me antojó que tal vez se trataba de los prolegómenos de una novela que nunca llegó a tomar forma. Sabe Dios todas las que yo empecé antes de publicar mi libro. Pero, ¿por qué el anonimato? No tenía sentido.

—Evelyn, ¿quién lo escribió?

Me pareció que las sombras debajo de sus ojos eran más oscuras que horas antes, cuando nos había visto en el mercado. Respiró hondo y se puso de pie. De la repisa de la chimenea de Bee cogió una estrella de mar delicadamente conservada.

—Las estrellas de mar son muy enigmáticas, ¿no te parece? Carecen de huesos en el cuerpo, solo tienen cartílagos, aunque son frágiles, son combativas y tenaces. De colores brillantes, son flexibles y longevas. ¿Sabías que cuando a una estrella de mar se le lastima un brazo le crece otro?

Evelyn devolvió la estrella de mar a su hábitat, sobre la repisa.

—Tu abuela adoraba las estrellas de mar —dijo—. Así como adoraba el mar —hizo una pausa y sonrió—. Se quedaba horas en la playa, juntando pedacitos de vidrios e imaginando historias sobre las vidas de las colonias de cangrejos que anidaban bajo las piedras.

—Es sorprendente —dije—. Yo tenía la impresión de que a mi abuela no le gustaba el estrecho. ¿No fue la razón por la que ella y mi abuelo se trasladaron a Richland? ¿Algo relacionado con el aire de mar y su sinusitis?

—Sí, pero..., perdóname... —dijo—, me he perdido en mis recuerdos.

Volvió a sentarse, me miró y añadió.

—Bien, este diario. Sí, ha caído en tus manos. Debes leerlo, Emily. La historia es importante, ya comprenderás por qué.

Dejé escapar un profundo suspiro.

—Ojalá tuviera más sentido.

—Ya he dicho demasiado, cariño —dijo—. No me corresponde hablar de ello. En cambio a ti sí; es justo que tú conozcas esa historia. Sigue leyendo y encontrarás las respuestas.

Por un instante pareció perdida, como si su mente hubiera viajado al año en que comenzó la historia de Elliot y Esther.

—¿Y qué pasa con Bee? ¿Cómo puedo yo ocultarle esto? —pregunté.

—A los que amamos los protegemos de ciertas cosas —replicó.

Hice con la cabeza un gesto de confusión.

—No entiendo por qué podría herirla leyendo este cuaderno.

Evelyn cerró los ojos y volvió a abrirlos.

—Hace muchísimo tiempo que no pienso en todo esto,

y, créeme, en una época nos ocupaba la mente con su carga ineludible. Pero el tiempo cura todas las heridas, y esas páginas, bueno, supuse que habían desaparecido, o que habían sido destruidas. No obstante, siempre confié en que saldrían a la superficie en el momento oportuno. —Y, tras una pausa, preguntó—: ¿En qué cuarto me has dicho que estás, cariño?

Señalé el fondo del pasillo.

—El cuarto rosa.

—Ya veo. Sigue leyendo ese cuaderno, querida. Y cuando llegue el momento de hablar con Bee, lo sabrás, pero sé dulce con ella cuando lo hagas.

Bee apareció llevando entre sus manos una fuente humeante.

—La cena está lista, chicas —dijo—, y aquí tengo una botella de vino blanco de Bainbridge. Ya podemos llenar las copas.

Era cerca de medianoche cuando me fui a acostar. Bee y Evelyn me habían cautivado con sus historias libertinas y sus dramas. El día que hicieron novillos durante la clase de francés para compartir una botella de ginebra con dos chicos del equipo de fútbol, y cuando le robaron los pantalones a un profesor de matemáticas particularmente buen mozo que en esos momentos estaba nadando en la piscina. La amistad que había entre ellas, tan franca, tan chispeante, me recordaba a Annabelle. La echaba de menos: nuestras diarias conversaciones, a veces dos veces al día, hasta echaba de menos su rigor cuando se proponía estimularme.

Acomodé la almohada y me metí en la cama, pero segundos después me encontraba revolviendo mi maleta en busca del cuadrito que había traído conmigo de Nueva York. Lo encontré metido debajo de un jersey y me puse a examinarlo nuevamente. Daban la sensación de ser una verdadera pareja, hasta parecían estar hechos el uno para el otro. Había armonía en la composición: las manos asidas, las olas rompiendo en la orilla y la veleta girando. «¿Qué dirá Bee cuando lo vea de nuevo?» Era una ventana a un rincón lejano del mundo de Bee, del que yo sabía muy poco. Volví a envolverlo con el jersey y lo guardé.

El diario me hacía señas desde el cajón y yo obedecí y lo saqué. Pensé en lo que me había dicho Evelyn, pero sobre todo pensé en Bee y en esa misteriosa historia ocurrida hacía mucho tiempo, una historia que en cierto modo estaba relacionada con ella.

Bobby era un hombre fino. Honesto y trabajador. Y cuando me regaló un anillo y me pidió que me casara con él aquel día del mes de enero, demasiado templado para la época, en el ferry de regreso de Seattle, lo miré a los ojos y dije que sí, de manera clara y sencilla. No había otra respuesta que dar. Habría sido una estúpida si hubiera rechazado su proposición.

Estábamos en guerra, pero Bobby estaba exento por razones médicas. Era prácticamente ciego desde el punto de vista legal, e incluso con sus gafas, esas de lentes muy gruesas que daban la impresión de pesar como cinco kilos, el Ejército no le permitió entrar. A él, justamente, cuyo mayor deseo era alistarse. Me odio a mí misma ahora cuando pienso que si se hubiera marchado a la guerra a lo mejor ninguno de nosotros estaría metido en este desastre.

Pero Bobby se quedó en casa y continuó con su

carrera. Así las cosas, mientras muchas personas estaban sin trabajo, él tenía un empleo: un buen puesto en Seattle. Podía mantenerme y cuidarme, y supongo que eso era todo lo que cualquier muchacha pedía en aquellos tiempos.

Me acuerdo de su actitud cuando acepté su proposición: sonreía y se reía, todo a la vez, con las manos en los bolsillos del pantalón de pana marrón, que parecía que le colgaba, como si lo llevara mal puesto. El viento le tiraba a un costado su pelo fino y lacio, y hasta me pareció guapo cuando me tomó la mano. Aceptablemente guapo.

La suerte, o la mala suerte, quiso que Elliot también estuviera en aquel barco aquel día... con otra mujer. Elliot vivía rodeado de mujeres. Lo rodeaban como moscas. Me acuerdo de esta porque llevaba una bufanda de seda al cuello y un vestido rojo ceñido al cuerpo como un guante.

Antes de que el barco atracara, Bobby y yo pasamos delante de sus asientos, es una manera de decir, porque la mujer no estaba sentada en el suyo sino que estaba prácticamente colgada de Elliot.

—Hola, Bobby, Esther —dijo Elliot, saludándonos con la mano—. Os presento a Lila.

Bobby dijo algo cortés. Yo me limité a una inclinación de cabeza.

—Bueno, ¿se lo digo yo o se lo dices tú? —me preguntó Bobby.

Sabía exactamente a qué se refería, pero instintivamente escondí el dedo con el anillo en un pliegue de mi vestido, y me lo apreté tanto contra la pierna que sentí las puntas del engarce en mi piel. Era un anillo hermoso: una simple alianza de oro con una admirable gema de medio quilate. No, lo que me frenaba no era el anillo sino mi historia con Elliot.

—¡Estamos comprometidos!

Bobby lo dijo antes de que yo pudiera intervenir. Fue una exclamación tan fuerte que varios pasajeros que estaban sentados allí cerca volvieron la cabeza para mirarnos.

Cuando mis ojos se cruzaron con los de Elliot advertí la tormenta que se avecinaba: un oleaje de traición, o de tristeza, se agitó en aquellos ojos marrones que tan bien conocía. Luego desvió la mirada, se puso de pie y palmeó a Bobby en la espalda.

—¡Vaya, mira por dónde! —dijo—. Bobby ha conseguido a la chica más bonita de la isla. ¡Felicidades, amigo mío!

Una gran sonrisa iluminó la cara de Bobby. Elliot se volvió hacia mí y me miró. No dijo una palabra.

Lila se aclaró la garganta y frunció el ceño.

—Perdona, Elliot, ¿has dicho la chica más bonita de la isla?

—Después de mi Lila, por supuesto —completó Elliot, cogiéndola por la cintura, tan provocativamente que tuve que apartar la mirada.

No la amaba. Ambos lo sabíamos, así como ambos sabíamos que Elliot me pertenecía, y que yo pertenecía a Elliot.

Podía sentir el dolor de su corazón que en aquel momento se le estaba destrozando. Pero yo le había dado el sí a Bobby. Había tomado mi decisión. Dentro de dos meses sería la señora de Bobby Littleton, aun cuando yo amara a Elliot Hartley.

Eran casi las dos de la mañana y había leído tres capítulos. Efectivamente, Esther se había casado con Bobby. Habían tenido una hija. En cuanto a Elliot, fue movilizado al Pacífico Sur trece días después de la boda de Bobby y Esther; los vio intercambiar sus votos nupciales desde la penumbra de la iglesia, sentado en los últimos bancos. Cuando Bobby deslizó el anillo en el dedo de Esther, ella pensó en Elliot, y cuando Esther pronunció sus votos, miró hacia el fondo de la nave y sus ojos se encontraron con los de Elliot.

Nadie volvió a saber de él desde que fue movilizado. Esther iba cada día al ayuntamiento, empujando el cochecito de su hijita, para ver si figuraba el nombre de Elliot en la lista de muertos en combate.

Se me cerraban los ojos, pero pensé en Bee: Has debido de conocer el amor y el mal de amores para escribir de esta manera.

5

3 de marzo

—¡Emily! —llamó Bee desde el pasillo.

Oía su voz que se acercaba y entonces la puerta se abrió, crujiendo un poco, y yo abrí los ojos y vi la cara de Bee que se asomaba.

—¡Oh! Lo siento, cariño, no sabía que estabas durmiendo. Son casi las diez. Es Greg por teléfono.

—Está bien —dije un poco grogui—. Voy enseguida, un segundo.

Me levanté y me desperecé, me puse mi recatada bata de lana floreada y salí para dirigirme al salón, donde me esperaba Bee con el teléfono en la mano.

—Aquí tienes —murmuró Bee—, parece feliz de hablar contigo.

—¡Chsss!

No quería que Greg pensara que yo estaba sentada esperando su llamada, porque no lo estaba. Además, aún no había tomado mi café y mi nivel de paciencia estaba por debajo de cero.

—¿Diga?

—Emily, hola.

—Hola —dije.

Me animé al oír su voz. Me produjo el mismo efecto de un café doble.

—Sabes —dijo—, aún me estoy recuperando de la impresión que me ha causado verte y saber que estás de vuelta en la isla. ¿Te acuerdas de cuando encontramos aquella cuerda vieja de columpio cerca de la playa del señor Adler?

—Sí —dije, sonriendo, acordándome de pronto del color de su bañador: verde, con un ribete azul.

—Tenías miedo de probarla —dijo—, pero yo te prometí que permanecería a en el agua esperándote para agarrarte.

—Sí, pero olvidaste decirme que me iba a caer de panza al agua.

Nos reímos y me di cuenta de que nada y todo había cambiado.

—Oye, ¿qué haces esta noche? —preguntó, con cierta inhibición o timidez, algo que no tenía el Greg que yo había conocido en el verano de 1988. O bien había perdido la confianza en sí mismo o había ganado humildad. No podía decirlo con certeza.

—Bueno, nada —respondí.

—Estaba pensando en que, si tú quieres, podríamos cenar en el Robin's Nest. Un amigo mío abrió el restaurante el año pasado y, bueno, no tiene el nivel de un restaurante de Nueva York, pero, para nosotros los isleños, está bastante bien. Tiene una carta de vinos excelente.

—Maravilloso —dije riéndome.

Sentía los ojos de Bee clavados en mí.

—¡Qué bien! —dijo—. Entonces, ¿qué te parece si quedamos a las siete? Puedo pasar a buscarte.

—Bueno —contesté—, estaré aquí.

—Genial.

—Hasta luego, Greg.

Colgué y me volví para mirar a Bee, que había escuchado nuestra conversación desde la cocina.

—¿Y? —preguntó.

—Y, ¿qué? —repliqué.

Bee me miró.

—Vamos a salir. Esta noche.

—Buena chica.

—No lo sé —dije, haciendo una mueca—. Me siento, bueno, rara.

—No seas tonta —dijo Bee, doblando el periódico—. ¿Qué otra cosa pensabas hacer esta noche?

—Justamente, como tú dices —repliqué, metiendo la mano en una jarra que había sobre la mesa del café y que contenía una colección de diminutas conchas marinas—. Sólo que, bueno, primero Greg, luego Jack, estoy tan alejada de todo esto, me falta práctica.

Cuando pronuncié el nombre de Jack, Bee miró la costa por la ventana, como suele hacer cuando se ha mencionado algo sobre lo cual no desea seguir hablando. Lo hace, por ejemplo, cuando alguien menciona a su difunto marido, Bill, o cuando alguien le pregunta por su trabajo artístico.

—Bueno —dije, rompiendo el silencio—, si no deseas hablar de ello, no importa. Pero si no apruebas a Jack, al menos dime por qué.

Sacudió la cabeza y se pasó una mano por el cabello gris. Me encantaba que llevara un corte de pelo bob y que no hubiera sucumbido al peinado con moño de las demás mujeres de más de setenta años que conozco. Todo lo que tenía que ver con mi tía provocaba una reacción, incluso su nombre. Una vez, siendo niña, le pregunté por qué la llamaban Bee —abeja— y me dijo que se lo habían puesto porque ella era como las abejas: dulce, pero con un tremendo aguijón.

Suspiró.

—Lo siento, cariño —dijo con una voz distante—, no es que no lo apruebe. Yo solo deseo que cuides de tu corazón. A mí me lastimaron una vez, profundamente, y, después de lo que te ha ocurrido, no me gustaría verte sufrir otra vez.

Las prevenciones de Bee tenían sentido. Yo había venido a Bainbridge para escapar al dolor, tan agudo, tan presente en la ciudad de Nueva York, y no para correr riesgos que podrían hacerme aún más vulnerable. Sin embargo, parte de mi viaje, como me lo había pedido Annabelle, consistía en aceptar la vida tal como venía, no en cuestionarme o corregirme a mí misma, como lo hacía cada vez que me sentaba delante del ordenador y escribía una frase mediocre. Mi vida, durante aquel mes de marzo, era pura escritura libre.

—Solo prométeme que tendrás cuidado —dijo Bee con suavidad.

—Lo tendré —dije, con la esperanza de poder cumplir mi promesa.

Greg se retrasó veinte minutos en pasar a recogerme. Pensé en aquellos veranos, ahora tan lejanos, cuando no acudía a sus citas conmigo en el columpio, o en el cine o en la playa. Por un instante llegué a desear que no viniera. Era más que ridículo lo que estaba por hacer: cenar con un novio de los tiempos del instituto. ¿Quién hace estas cosas? Me entró pánico. ¿Qué estoy haciendo? Entonces vi los faros de un coche que bajaba por la carretera. Conducía rápido, como si quisiera recuperar los minutos perdidos.

Agarré el pomo del picaporte y respiré hondo.

—Pásalo bien —dijo Bee, saludándome con la mano.

Salí al patio y lo observé mientras aparcaba el coche en la entrada: el mismo viejo Mercedes celeste de cuatro puertas, modelo 1980, que conducía cuando iba al instituto. Los años no habían sido tan amables con aquel coche como lo habían sido con Greg.

—Siento llegar tarde —dijo, apeándose del coche de un salto. Metió las manos en los bolsillos y las volvió a sacar, un gesto que denotaba su nerviosismo—. Mucho trabajo en la tienda, sabes, justo cuando estaba por acabar mi turno. He tenido que ayudar a una clienta que no encontraba una botella de Châteauneuf-du-Pape y se lanzó en una discusión eterna sobre si la cosecha del ochenta y dos era mejor que la del ochenta y seis.

—¿Y cuál se llevó?

—La del ochenta y seis —dijo.

—Un año muy bueno —dije burlonamente.

Una vez salí con un hombre que trataba los vinos como una cuestión científica. Hacía girar la copa, la olía y tras el primer sorbo decía cosas como «una cosecha de primera» o «un brillante *meritage* de sabores». Por esa razón dejé de contestar sus llamadas.

—Fue un «buen año» —dijo, sonriendo como un crío—. Fue el año en que nos conocimos.

No podía creer que se acordara. Yo misma casi lo había olvidado. Pero, al recordarlo, me acordé de «todo».

Yo tenía catorce años, era lisa como una tabla de planchar y tenía el pelo rubio, tan fino y lacio que parecía alambre. Greg era el ídolo del segundo de bachillerato, bronceado y con las hormonas que le «bombeaban» en la sangre, y digo bombeaban en el sentido literal de la palabra. Vivía en una casa junto a la playa, no muy lejos de de Bee. No fue exactamente un amor a primera vista, al menos no para Greg. Pero, al final del verano, cuando empecé a maquillarme y me puse un sujetador con relleno, que me cedió gentilmente mi prima Rachel, Greg se fijó por primera vez en mí.

—Bonito brazo —dijo un día, en la playa, al verme lanzar a Rachel el disco volador.

Me quedé tan sorprendida que no atiné a contestarle. Un chico acababa de hablarme. Y encima era guapo. Rachel dejó caer el disco y se vino corriendo a mi lado para darme un codazo.

—Gracias —musité por fin.

—Soy Greg —dijo y me tendió la mano.

A Rachel no le dijo nada, lo cual, en aquel momento, me descolocó. Los chicos siempre se fijaban primero en ella, pero, por alguna razón, esta vez Greg me miraba a mí, solo a mí.

Mi voz se oyó como un chillido cuando dije:

—Soy Emily.

Él se acercó y me preguntó:

—¿Quieres venir a mi casa esta noche?

Olía a bronceador Banana Boat. Mi corazón latía con fuerza. Casi no escuché la segunda parte, cuando dijo:

—Vendrán algunos amigos. Haremos una fiesta con hoguera.

Yo no sabía qué clase de fiesta era esa. Me sonó a algo prohibido, es decir, lógicamente, algo que no se hacía, como fumar marihuana. Pero acepté igual. Me sentía capaz de seguir a ese chico adonde fuera, incluso a una fiesta prohibida, con fogata incluida alimentada a pura droga.

—Bien, te guardaré un lugar... —dijo, añadió con un guiño—: a mi lado.

Era chulo y seguro de sí mismo, por lo que me gustó todavía más. Y cuando se fue, alejándose por la playa hacia su encantadora casa destartalada, Rachel y yo nos quedamos con la boca abierta mirando fascinadas sus músculos que se tensaban a cada paso que daba.

—Pues, sí, qué quieres que te diga —comentó Rachel algo ofendida—, me parece un verdadero cretino.

Yo estaba completamente en la luna, muda. «Un chico guapo acababa de invitarme.» Pero si hubiera sido capaz de abrir la boca, habría dicho: «A mí me parece absolutamente perfecto.»

Greg dio la vuelta y me abrió la portezuela del lado del acompañante.

—Espero que tengas hambre —sonrió—, porque este restaurante te va a encantar.

Asentí y subí al coche, que no estaba precisamente limpio. Antes de sentarme, con la mano quité del asiento algo que parecía una patata frita petrificada. El interior del coche tenía el mismo olor a Greg que yo recordaba: un fuerte perfume a pelo sin lavar, aceite de motor y un toque de colonia.

Cuando puso el cambio automático en Drive, su mano rozó la mía.

—Perdona —dijo.

Me callé, con la esperanza de que no viera que la piel del brazo se me había puesto carne de gallina.

El restaurante, situado a menos de un kilómetro de distancia, debía de ser uno de los favoritos en la isla, ya que el parking estaba prácticamente lleno. Bajamos del coche y me llevó por una cuesta empinada hacia lo que de lejos parecía una casita de árbol posada sobre una colina con vista al estrecho. De mi bolso saqué dos aspirinas y discretamente me las metí en la boca.

—Agradable, ¿verdad? —dijo Greg mirando a su alrededor, mientras la *maître* se alejó para comprobar cuál era nuestra mesa.

—Sí —contesté.

Pero no dejaba de preguntarme si había sido una buena idea salir con Greg esa noche.

Le dijo algo a la *maître*, quien sacó de un mostrador dos menús y nos condujo a una mesa situada en el sector que daba al poniente.

—He pensado en que sería bonito ver la puesta de sol —dijo Greg sonriendo.

No recordaba cuál había sido la última vez que yo había mirado una puesta de sol. Se me antojó que debía de ser una de esas cosas que hacía la gente en la isla Bainbridge, y que los neoyorquinos habíamos olvidado hacía mucho tiempo. Sonreí a Greg y miré afuera por el ventanal: dos rayos de sol anaranjados asomaban entre las nubes.

Nuestra camarera nos trajo la botella de vino tinto elegida por Greg, y nos quedamos mirándola mientras llenaba nuestras copas. Reinaba una atmósfera de silencio y frescura, «inquietante», habría dicho Annabelle. El ruido del vino vertiéndose en nuestras copas era inusualmente fuerte.

—¿Algo más? —preguntó la camarera.

—No —dije, tapando el «sí» de Greg.

Reí. Se disculpó. Extraña situación.

—Quise decir: «Sí, estamos muy bien» —dijo tocándose el cuello de la camisa.

Cogimos nuestras copas.

—Bueno, Emmy, ¿estás contenta de haber vuelto?

Me relajé un poco en mi silla. No me llamaba Emmy desde, bueno, 1988. Me agradó oírselo decir.

—Sí —contesté sin ambages, untando un panecillo con una delgada capa de mantequilla.

—Es gracioso, nunca pensé que volvería a verte.

—Lo sé —dije.

Ahora que el vino me había entrado en el cuerpo podía mirarlo a la cara.

—Entonces, ¿cómo te fue con Lisa? —pregunté, después de beber un gran sorbo.

—¿Lisa?

—Sí, Lisa, la chica con la que salías cuando ibas al instituto. Tu hermana la mencionó el día que fui a buscarte a la playa, al verano siguiente.

—¡Ah, Lisa! Bueno, aquello duró tanto como... Inglés 101.

—En fin —dije, con una media sonrisa—, podrías haber llamado.

—¿No te llamé?

—No.

—Seguro que sí.

Negué con la cabeza, fingiendo enfado.

—No, no, no lo hiciste.

Trató de sonreír.

—Cuando pienso que si te hubiera llamado, estaríamos sentados aquí, casados. Un viejo matrimonio de la isla Bainbridge.

Lo dijo como chiste, pero ninguno de los dos se rio.

Tras una tensa pausa, Greg vertió un poco más de vino en nuestras copas.

—Perdona —dijo—. No puedo creer lo que acabo de decir después de lo que has pasado, lo de tu matrimonio y todo lo demás.

Sacudí la cabeza.

—No necesitas disculparte. De verdad.

—Bien —dijo Greg, con expresión de alivio—. Pero debo decir que, sentado aquí ahora, contigo, creo que me gustaría poder rebobinar la historia, volver atrás y hacerlo todo bien. Y tenerte a ti.

No pude evitar sonreírme.

—¡El vino te hace decir unas cosas!

—Hay algo que me agradaría mostrarte esta noche —dijo Greg mirando su reloj de pulsera cuando la camarera le trajo la cuenta—. No es muy tarde como para dar una vuelta, ¿verdad?

—No, claro que no —respondí.

Puso su tarjeta de crédito sobre el platillo antes de que yo pudiera empezar a protestar. Me sentía culpable. Si bien era cierto que yo no había publicado un libro en años, sabía que probablemente era más rica que él. Pero no importaba. Eso no tenía la menor importancia en la isla Bainbridge. Allí yo era simplemente Emmy, la sobrina de Bee. Y prefería esa imagen a la de la ex famosa escritora divorciada a la pesca de un tema para su próximo libro. Deslicé mi bolso debajo de la mesa y Greg firmó orgulloso el recibo de la tarjeta.

Recorrimos algo menos de un kilómetros hasta un paraje que parecía un parque. Greg detuvo el coche.

—¿Has traído abrigo? —me preguntó.

Negué con la cabeza.

—Solo este jersey.

—Ten —me alcanzó una chaqueta de lana azul marino—, la vas a necesitar.

De no haber sido por que me encontraba en la isla y con él me habría sentido rara, incómoda, con aquella chaqueta y mis tacones altos. Lo seguí por un sendero pedregoso, cuya pendiente era tan abrupta que me cogí de su mano para mantenerme en equilibrio, y cuando lo hice, él me tomó por la cintura con su otro brazo para sujetarme mejor.

Estaba oscuro, pero, cuando estábamos por alcanzar la orilla, vi el resplandor de la luna sobre el agua y oí el murmullo de las olas, que rompían suavemente, como si no quisieran despertar a ninguna de las almas durmientes de la isla.

Cuando llegamos a la playa, mis tacones se hundieron en la arena.

—¿Por qué no te los quitas? —sugirió Greg.

Me los quité y los limpié un poco. Greg los cogió y los metió uno en cada bolsillo de su chaqueta.

—Por aquí —dijo, señalando un objeto lejano envuelto en la oscuridad.

Anduvimos unos metros más. Los dedos de mis pies se hundían un poco más en la arena. A pesar de los escasos siete grados de temperatura, me encantaba sentir los granitos de arena entre mis dedos.

—Es aquí —dijo.

Era una roca —una roca grande y redonda— del tamaño de una casita, plantada en medio de la playa. Lo que más me sorprendió no fue su tamaño sino su forma. Aquella roca tenía la forma perfecta de un corazón.

—¡Vaya, este debe de ser el sitio de donde traes a todas las chicas con las que sales! —dije con sarcasmo.

Lo negó con la cabeza.

—No.

Lo dijo con mucha seriedad. Dio un paso hacia mí, pero retrocedió en el acto.

—La última vez que estuve aquí, yo tenía diecisiete años —añadió, señalando algo con el dedo—. Escribí esto.

Se agachó y extrajo del bolsillo una mini linterna, con

la cual iluminó una inscripción que había en la pared lateral de la roca.

«Amo a Emmy, para siempre. Greg.»

Permanecimos en silencio: dos observadores del presente escuchando a hurtadillas a sus yoes del pasado.

—¡Vaya! —dije al fin—. ¿Tú escribiste eso?

Asintió.

—Resulta un poco extraño verlo ahora, ¿verdad?

—¿Me prestas tu linterna?

Me la dio y examiné la inscripción a la luz.

—¿Cómo lo hiciste?

—Con un abridor de botellas —explicó—. Después de haber bebido varias cervezas.

Agrandé el diámetro de la luz y observé que había cientos de inscripciones más, todas eran declaraciones de amor. Escuché los murmullos de todos los amantes de la isla a través de las generaciones.

Greg se volvió hacia mí y yo no me resistí cuando se inclinó para besarme, con firmeza y determinación. Llevé mis manos a su cuello y me aflojé mientras él me besaba, tratando de no escuchar la voz que por dentro me decía «basta, no sigas». Después del beso, permanecimos un rato como enganchados en un abrazo bastante curioso: como si Campanilla y Hulk Hogan fueran a bailar un vals.

—Perdona, yo... —tartamudeó, dando un paso atrás—. No he querido apresurar las cosas.

—No, no te disculpes.

Y puse la punta del dedo en sus labios suaves y carnosos. Lo besó con dulzura, luego envolvió con sus manos las mías.

—Debes de estar helándote —dijo—, regresemos.

El viento me entraba por el jersey y mis pies, me dije, no estaban fríos sino entumecidos. Nos dirigimos al sendero y una vez allí me puse los zapatos, indiferente a la arena que llevaba en los pies. Subir fue menos difícil de lo que creía, incluso con los tacones. Tres minutos después ya habíamos llegado al parking y estábamos dentro del coche.

—Gracias por esta noche —dijo Greg al aparcar su coche en la entrada para vehículos de la casa de Bee. Apoyó su cabeza en la curva de mi cuello y me besó en la clavícula de tal manera que sentí que me mareaba. Era feliz, sentada en aquel viejo Mercedes con olor a humedad, delante de la casa de Bee. El viento se filtraba por las rendijas de las ventanillas silbando débilmente, con una melancolía solitaria. Algo faltaba. Lo sentía en mi corazón, pero no deseaba enfrentarlo. Todavía no.

Apreté su mano.

—Gracias —dije—. Me alegro de que nos hayamos permitido esto.

Lo había dicho con sinceridad.

Era muy tarde; Bee ya se había acostado. Colgué mi jersey y miré mis manos vacías. «Mi bolso. Mi bolso. ¿Dónde está mi bolso?» Repasé mentalmente los lugares donde había estado. El coche de Greg, la roca, el restaurante. Sí, el restaurante, debió de quedar debajo de la mesa, donde lo había dejado.

Miré por la ventana. El coche de Greg se había marchado hacía rato. Entonces, cogí las llaves de Bee que estaban colgadas en la cocina. Detestaba separarme de mi teléfono móvil. «No le va a importar que yo me lleve su coche», pensé. Si conducía deprisa, podía llegar al restaurante antes de la hora de cierre.

El Volkswagen respondía igual que antes, en la época del instituto, cuando yo lo conducía. Escupía y se ahogaba a cada cambio de marcha, pero logré llegar indemne al restaurante. Justo cuando abrí las puertas y entré, salía una pareja mayor. «Qué monos», pensé. El brazo derecho del hombre rodeaba la frágil cintura de la mujer, sujetándola con firmeza cada vez que ella daba un paso. El brillo del amor iluminaba los ojos de ambos. Mi corazón lo reconoció en cuanto lo vio: era el amor que yo anhelaba.

Al pasar junto a mí, el hombre me saludó tocando el ala de su sombrero y la mujer sonrió.

—Buenas noches —les dije, apartándome para cederles el paso.

La *maître* me reconoció enseguida.

—Su bolso —dijo, alcanzándome mi Coach blanco—. Estaba donde usted lo dejó.

—Gracias —dije, menos agradecida por haber encontrado mi bolso que por haber presenciado aquella enternecedora muestra de amor.

Ya en casa de Bee, me desvestí y me metí en la cama, bien tapada con las mantas, deseosa de seguir leyendo aquella historia de amor que había descubierto en el diario encuadernado en terciopelo rojo.

Mucha gente recibía cartas de los soldados. Amy Wilson recibió por lo menos tres en una semana de su novio. Betty, en la peluquería, se jactaba de las largas cartas con flores de un soldado llamado Allan, destinado en Francia. Yo no recibí ni una sola. No esperaba recibirlas, es cierto, pero procuraba estar en casa a las dos y cuarto cada día, pues a esa hora exactamente pasaba el cartero por nuestro portal. Quizá, pensaba. Quizá me escriba.

Pero nadie tenía noticias de Elliot. Ni su madre. Ni Lila. Ni ninguna de las mujeres con quienes había salido (y fueron muchas) después de mí. Por eso, el día que llegó la carta, me quedé estupefacta.

Fue una oscura tarde a comienzos de marzo, más fría y gris que de costumbre, aunque el azafrán y los tulipanes ya querían brotar de la tierra helada, ansiosos por ser el preludio de la primavera. Sin embargo, el Viejo Invierno se negaba a soltar el timón.

El cartero llamó a mi puerta y me entregó una carta certificada dirigida a mí. Me quedé allí, con mi vestido celeste de estar por casa, de pie en el portal decorado con macetas de flores —pensamientos, las preferidas de Bobby— y tragué saliva. El sobre estaba arrugado, manoseado, como si hubiera padecido un viaje horroroso antes de llegar al umbral de mi casa. Cuando vi «Teniente Primero Elliot Hartley» escrito en el remitente, rogué por que el cartero no viera que mis manos temblaban al firmar el recibo.

—¿Está usted bien, señora Littleton? —preguntó.

—Si —respondí—. Hoy estoy un poco nerviosa. Demasiado café. No he dormido en toda la noche, por la niña.

Le habría dicho cualquier cosa con tal de sacármelo de encima.

Sonrió de una manera que evidenciaba que sabía. Todos en la ciudad, hasta el cartero, conocían mi historia con Elliot.

—Buenos días —dijo.

Cerré la puerta y me precipité a la mesa. La niña estaba en su cuarto, llorando. Pero no fui a verla. Solo era capaz de hacer una cosa en ese momento: abrir la carta.

Querida Esther:

Está oscureciendo, aquí, en el Pacífico Sur. Se pone el sol y, sentado bajo una palmera, tengo que hacerte una confesión: no puedo dejar de pensar en ti.

He pensado mucho en si debía o no escribirte, y mi conclusión es la siguiente: la vida es demasiado corta para preocuparse de las consecuencias cuando se ama a alguien como yo te amo a ti. De manera que te escribo esta carta como lo haría un soldado, sin miedo, sin hacerme preguntas y sin saber si será la última que escriba.

Ha transcurrido casi un año, ¿verdad? ¿Te acuerdas? Aquel día, en el transbordador, de vuelta de Seattle, yo vi la vacilación y la indecisión en tus ojos cuando Bobby anunció vuestro compromiso. Dime que fue así, porque me he exprimido el cerebro durante meses preguntándome por qué no acabamos juntos tú y yo, por qué no fuimos tú y yo en lugar de Bobby y tú. Esther, desde el día en que grabamos nuestros nombres en la Roca Corazón, cuando teníamos diecisiete años, supe que nos pertenecíamos, para siempre.

Me senté en la cama y puse el cuaderno boca abajo. ¿La Roca Corazón? ¿No era la misma roca que Greg me había mostrado esa noche? Sentí una inquietante conexión entre aquellas páginas y yo, y seguí leyendo.

Debí habértelo dicho hace mucho tiempo. Antes de que todo sucediera. Antes de que dudaras de mí. Antes de Bobby. Antes de aquel día espantoso en Seattle. Y eso me atormentará toda la vida.

No sé si volveré a verte un día. Es la realidad de la guerra, y supongo que es también la realidad del amor.

No importa lo que suceda, quiero que sepas que mi amor perdura. Mi corazón es y será siempre tuyo.

No sé cuánto tiempo más permanecí sentada a la mesa, mirando la carta, releyéndola una y otra vez, analizándola en busca de más indicios. Algo. Entonces me fijé en el sello de correos: 4 de septiembre de 1942. Había sido enviada casi seis meses atrás. O bien el sistema postal de los militares se movía a paso de tortuga, o, ¡Dios mío!, Elliot podría... Tragué saliva, no quise ni pensar en ello siquiera.

No sé cuánto tiempo dejé llorar a la niña —¿minutos?, ¿horas?—, pero, cuando sonó el teléfono, me puse de pie, me arreglé el vestido y contesté.

—¿Diga? —pregunté mientras me enjugaba las lágrimas.

—¿Cariño? —era Bobby—. ¿Te encuentras bien? Pareces alterada.

—No, no lo estoy —mentí.

—Solo quería avisarte de que trabajaré hasta tarde esta noche, otra vez. Llegaré en el ferry de las ocho.

—Está bien —dije, sin la menor emoción.

—Dale un beso a nuestra dulzura de ángel de mi parte.

Colgué el auricular y encendí la radio. La música me ayudaría. La música aplacaría mi dolor. Me senté a la mesa, de cara a la pared, cuando empezó *Body and Soul*. Era la canción a cuyo ritmo habíamos bailado Bobby y yo el día de nuestra boda. Yo pensaba en Elliot todo el rato mientras bailábamos, porque aquella había sido nuestra canción, y, ahora, en el salón de mi casa, bailaba sola, dejaba que la música me aliviara ya que Elliot no podía.

My heart is sad and lonely
For you I pine, for you dear only...*

Al escuchar el segundo verso, aquella canción se me antojó inquietante, cruel. Apagué la radio, metí la carta en el bolsillo de mi vestido y fui a buscar a la niña. La acuné hasta que volvió a dormirse, y, mientras la arrullaba, pensaba cuán trágico era estar casada con el hombre equivocado.

Quería seguir leyendo. Quería saber qué había sucedido entre Esther y Elliot que los había llevado a esa situación. Y, lo mismo que Esther, yo también quería saber si el amor de su vida aún vivía. Me preocupaban Bobby, aquel hombre bueno y decente, y la pequeña. ¿Los abandonaría Esther si Elliot volvía del frente? ¿Volvería Elliot? Pero el día había sido largo y se me cerraban los ojos.

* Mi corazón está triste, solo, / por ti suspiro, sólo por ti, amor...

6

4 de marzo

—Tu madre llamó anoche —dijo Bee sentada a la mesa del desayuno, con la cabeza oculta detrás del *Seattle Times*. Su cara no reflejaba expresión alguna, como siempre que mencionaba a mi madre.

—¿Ha llamado mamá… aquí? —pregunté, untando mi tostada con una generosa capa de mantequilla—. Qué raro, ¿cómo sabe que yo estoy aquí?

Mi madre y yo no teníamos una relación estrecha, no en el sentido tradicional de la relación entre madres e hijas. Hablábamos por teléfono, eso sí, y yo iba a menudo a Portland, a visitarlos, a ella y a mi papá, pero siempre una parte de ella se mantenía distante y cerrada. Nuestra relación estaba teñida de una suerte de tácita desaprobación, que yo no podía entender. Le apenó muchísimo que eligiera escritura creativa en la facultad. «Escribir es un oficio ingrato», me dijo. «¿Estás segura de que realmente es lo que quieres hacer?» En aquella época no le di importancia ni le hice caso. ¿Qué podía saber mi madre acerca de la vida literaria? Sin embargo, sus palabras me persiguieron a lo largo de los años, a tal punto que llegué a preguntarme si no tendría razón.

Mientras me debatía contra la censura de mi madre, me daba cuenta de que ella tenía una relación normal, natural, con mi hermana Danielle, que era dos años menor que yo. Cuando me comprometí con Joel, le pregunté si podía llevar el velo de mi abuela Jane el día de la boda, ese velo que yo me había enganchado en el pelo mil veces de pequeña, cuando nos disfrazábamos. En vez de darme su consentimiento, mi madre dijo que no con la cabeza y sentenció: «No, no me parece que te vaya a quedar bien con la cara que tienes. Además, está estropeado.» Me dolió, y me dolió aún más cuando, tres años más tarde, Danielle se encaminó al altar llevando aquel velo de encaje, muy bien cosido y planchado.

—Llamó a tu apartamento y tu amiga Annabelle le dijo que estabas aquí —explicó Bee.

Pude detectar en su voz que le complacía saber que mi madre no estaba al corriente de mi vida.

—¿Ha dicho si se trata de algo importante?

—No —contestó, pasando la página del periódico—. Solo quiere que la llames en cuanto puedas.

—Bien —dije mientras bebía mi café. Tras una pausa, volví a mirarla—: Bee, ¿cuál es el problema entre tú y mi madre?

Abrió mucho los ojos. La había cogido desprevenida. Al fin y al cabo, yo nunca le hacía preguntas sobre la familia. Y ahora mi pregunta abría un territorio nuevo para las dos. Creo que mi atrevimiento se debió al lugar donde me hallaba y a lo que me estaba ocurriendo.

Dejó el periódico.

—¿Qué quieres decir?

—Bueno, yo siempre he sentido cierta tensión entre

vosotras y me pregunto por qué será que no simpatizáis.

—Quiero mucho a tu madre, siempre la he querido.

Fruncí la nariz.

—No tiene sentido —dije—. Entonces, ¿por qué no os habláis casi nunca?

Suspiró.

—Es una larga historia.

—Acepto la versión breve, si quieres —dije, acercándome a ella y apoyando las manos sobre mis rodillas.

—Cuando tu madre era una muchacha joven solía venir a quedarse conmigo —me contó—, y a mí me encantaba tenerla en casa. A tu tío Bill también. Pero un año las cosas cambiaron.

—¿Qué quieres decir?

—Bueno —dijo, eligiendo las palabras—, tu madre empezó a hacer preguntas sobre la familia.

—¿Qué preguntas?

—Quería saber acerca de su madre.

—¿De la abuela Jane?

Bee miró el mar a través de la ventana. La abuela Jane había fallecido hacía unos diez años. El abuelo quedó destrozado, y también mi madre, a pesar de haber tenido una relación complicada con ella. Yo, por muy mal que suene decirlo, había recibido con cierta indiferencia la muerte de mi abuela. No era que hubiera sido mala conmigo. Cada año, para mi cumpleaños, incluso después de graduarme en la facultad, enviaba una tarjeta de felicitación, con sus buenos deseos escritos a mano con una letra hermosa, tan elegante que yo necesitaba la ayuda de mi padre para descifrarla. En la repisa de la chimenea tenía fotografías mías y de mi hermana. Sin embargo, había algo incomprensible en mi abuela Jane, y yo nunca pude saber qué era.

Ella y mi abuelo se habían ido de la isla siendo mi madre aún joven. Se trasladaron a Richland, una ciudad de la región oriental de Washington, tan amena y atractiva como puede serlo el brócoli hervido. Una vez escuché a Bee decirle a tío Bill que ellos habían estado «escondiéndose» allá muchos años, que la abuela Jane no quería que el abuelo volviera a su hogar, que era la isla.

Cada año viajábamos a Richland por las navidades, pero a mí no me gustaba ir. Amaba a mi abuelo, pero con mi abuela, bueno, nuestro trato era como forzado, hasta una niña podía detectarlo: las miradas de reojo que me dirigía cuando estábamos sentados a la mesa o cuando yo hablaba. Una vez, tenía yo once años, mis padres se fueron de viaje y nos dejaron a mi hermana y a mí en Richland un fin de semana entero. La abuela nos regaló una caja que contenía ropa vieja suya, de la década de 1940, y, claro, Danielle y yo aprovechamos la ocasión para jugar a disfrazarnos. Cuando me puse un vestido rojo con encaje en el corpiño, mi abuela me miró horrorizada. Aún la estoy viendo, plantificada en medio de la sala, moviendo la cabeza: «El rojo no te favorece, querida», dijo. Me ruboricé y me sentí muy incómoda. Tratando de contener las lágrimas, me quité los guantes blancos de las manos y las alhajas de fantasía del cuello.

Entonces mi abuela se acercó y me puso una mano en el hombro.

—¿Sabes lo que necesitas? —dijo.

—¿Qué? —pregunté, lloriqueando.

—Otro peinado.

—¡Una permanente! ¡Hazle una permanente! —chilló Danielle.

Mi abuela sonrió.

—No, una permanente, no. Emily necesita un color nuevo. —Con su mano me cogió de la barbilla y luego asintió con un movimiento de cabeza—: Sí, siempre te he imaginado morena.

Aturdida, seguí a la abuela al cuarto de baño, donde ella sacó del armario una caja de tinturas y me indicó que me sentara en una sillita de tocador, tapizada en seda, que había junto a la bañera.

—No te muevas —dijo, mientras peinaba mi cabello dividiéndolo en secciones y aplicando metódicamente una pasta negra que olía a amoníaco. Dos horas más tarde mis rizos rubios se habían vuelto tan negros que, cuando me miré al espejo, me puse a llorar.

El recuerdo me dio escalofríos.

—Tú te criaste con la abuela Jane, ¿verdad, Bee?

—Sí —respondió— y con tu abuelo también. Aquí, en la isla.

—Entonces ¿qué le contaste a mamá sobre la abuela como para que se marchara de aquí?

Bee parecía perdida en sus pensamientos.

—Tu madre tenía un proyecto muy ambicioso cuando era joven —dijo—. Cuando comprobó que sus esfuerzos habían sido en vano, decidió no seguir formando parte de la familia, al menos no de la misma manera. Dejó de venir a la isla. Transcurrieron ocho años antes de que yo la volviera a ver. Fue cuando tú naciste. Viajé en coche a Portland, al hospital, para conocerte, pero tu madre había cambiado mucho.

Bee se ausentó nuevamente, como atrincherada en sus recuerdos, pero yo me apresuré a sacarla de allí.

—¿Qué quieres decir con eso de que «cambió mucho»?

Se encogió de hombros.

—No sé cómo describirlo, pero era como si ya no tuviera vida, como si hubieran succionado de su ser la vida misma —dijo—. Lo vi en sus ojos. Había cambiado.

Hice con la cabeza ademán de perplejidad. En ese momento me habría gustado hablar con mi abuelo. Vivía en una residencia de ancianos, en Spokane, desde hacía varios años, y sentí un pinchazo de culpa en el corazón cuando me di cuenta de que hacía por lo menos dos años que no iba a visitarlo. La última vez que mi madre había viajado a verlo, volvió diciendo que no la había reconocido, a su propia hija. Contó que la llamaba todo el rato con otro nombre y que le dijo algo que la hizo llorar. Pese a todo, sentí una necesidad urgente de verlo.

—Bee —me arriesgué a preguntarle—, ¿cuál era el proyecto de mi madre?

—Después de que tu madre se enfureciera tanto, Bill me hizo prometer que, por el bien de ella y de todos nosotros, no volvería a mencionarlo nunca más.

Fruncí el ceño.

—Entonces, ¿no me lo dirás?

Se estrujó las manos y respondió con firmeza:

—Lo siento, querida. Ha corrido mucha agua bajo el puente.

—Solo trato de entender —empecé a decirle, sintiendo cómo la frustración encendía mis mejillas—. Durante todos aquellos años, en los veranos, cuando veníamos... ¿era por eso que mi madre apenas te dirigía la palabra?

—Ya no me acuerdo —dijo—. Nadie es siempre igual. Pero os traía a vosotras. Siempre se lo he agradecido. Ella sabía que disfrutabais de los veranos en la isla. Y una vez vino ella también. Cualquiera que fuera el resentimiento que pudiera tener conmigo, creo que lo puso a un lado por Danielle y por ti.

Suspiré y miré por la ventana. El estrecho parecía irritado, sus aguas, revueltas, las olas en remolino arreciaban contra el malecón de cemento con tal ferocidad que el agua salada salpicaba las ventanas. No me parecía justo que Bee no me contara esos secretos. Por muy doloroso que fuera, ¿acaso no me correspondía conocer esa historia de mi familia a la que había hecho alusión?

—Lo siento, cariño —dijo dándome una palmadita en el brazo.

Suspiré y aparté la mirada. Bee siempre había sido muy testaruda, y con los años yo había aprendido a prestar atención a sus indirectas y no insistir sobre ciertos temas.

Bee movió la cabeza como si súbitamente se hubiera acordado de algo, algo que tal vez la perturbó, y se respondiera a sí misma. Estudié su rostro con la esperanza de adivinar sus sentimientos. La luz que entraba por la ventana amplificaba las profundas arrugas que surcaban su frente. Me recordaron algo de lo que yo a menudo me olvidaba: Bee se estaba poniendo vieja. Muy vieja. Y por primera vez vi con claridad que mi tía llevaba algo muy pesado sobre sus hombros, algo que a todas luces la preocupaba, y yo temía que se tratara de algo tenebroso.

Le había dicho a Bee que iba a la playa, a estar un rato tranquila. Pero había omitido decirle que me llevaba el diario. Fui andando por la orilla hasta que encontré un tronco donde apoyar la espalda. No era tan cómodo como un sofá pero a su alrededor había suficiente maleza como para suavizar su aspereza. Sentí la brisa fresca en mi piel y me cerré el cuello del jersey, luego abrí el cuaderno en la página donde lo había dejado, deseosa de sumirme nuevamente en su lectura, pero en ese momento sonó mi móvil. Miré la pantalla y vi que era Annabelle.

—Bueno —dijo—, pensé que estabas en medio de una tórrida aventura o que te habías muerto.

—Estoy viva y estoy bien —repuse—. Perdona que no te haya llamado. Creo que me estoy liando con algunas cosas que me han sucedido aquí.

—Y por «cosas» ¿te refieres a algún miembro de la especie masculina?

Me reí.

—Bueno, algo así.

—¡Por Dios, Emily, cuéntamelo todo!

Le conté acerca de Greg y de Jack.

—Me alegra que no hayas mencionado a Joel ni una sola vez —dijo.

Se me cayó el alma al suelo, como cada vez que alguien lo nombraba.

—¿Por qué has tenido que decir eso?

—¿Decir qué?

—¿Por qué me lo has recordado?

—Perdona, Em —dijo—. Está bien, cambiemos de tema. ¿Cómo anda todo por allí?

Suspiré.

—Estupendamente. Este lugar tiene algo.

Las gaviotas revoloteaban y graznaban como locas y yo me preguntaba si ella podía oírlas.

—Yo sabía que sería mejor que Cancún —dijo.

—Tenías razón. Este lugar es exactamente lo que necesitaba.

Le conté lo del beso en la playa la noche anterior con Greg.

—¿Y por qué no me llamaste a las tres de la mañana para contármelo? —chilló.

—Porque me habrías regañado a gritos por haberte despertado.

—Sí, es cierto —replicó—, pero lo mismo habría querido saberlo.

—Muy bien —dije—. Después de otro beso, si es que hay otro, te llamaré. ¿Contenta?

—Sí —replicó—. Y quiero todos los detalles.

—Puedo darte detalles.

—Te vas a quedar allí tres semanas más, ¿no?

Me pareció muy corto. Y de pronto me sentí como una niña presa de pánico al ver por televisión los anuncios de «vuelta al cole» en julio: «¿Saben que faltan dos meses para que empiece el colegio?»

—Tengo muchas cosas en qué pensar antes de volver a casa —dije.

—Ya atarás los cabos sueltos, Em, sé que lo harás.

—No lo sé, tengo la sensación de que algo muy gordo ha sucedido aquí, algo que tiene que ver con mi tía y mi familia. Un secreto de familia. Ah, y también hay un diario, que he hallado en el cuarto de invitados.

—¿Un diario? —preguntó intrigada.

—Es viejo, el diario de alguien que empezó a escribirlo en 1943; tal vez sea el comienzo de una novela, no estoy segura. Te voy a ser sincera, no me siento cómoda leyéndolo. Pero tengo la extraña sensación de que soy yo quien debe leerlo, que me está destinado, que yo debía encontrarlo por alguna razón que no entiendo. Es raro, ¿verdad?

—No —contestó Annabelle—, no tiene nada de raro. Una vez encontré el diario que mi madre llevaba cuando iba al instituto y lo leí de cabo a rabo. Supe mucho más sobre ella durante aquellas horas de lectura en la cama, debajo de las mantas y con una linterna, que en los treinta y tres años que hace que la conozco —dijo. Y, tras una pausa, añadió—: ¿Quién has dicho que lo escribió? ¿Bee?

—De eso se trata, justamente —respondí—. No lo sé. Pero hace años que no me atrapaba tanto la lectura de un libro.

—Entonces, sí, a lo mejor eres tú quien debía leerlo —dijo Annabelle—. Oye, ¿no me has dicho que mañana por la noche tienes una cita con..., ¿cómo se llama?

—Sí. Bueno, iré a cenar con Jack, a su casa —repuse—. Está bien, sí, puedes decir que es una cita.

—Emily, cuando un hombre cocina para una mujer, eso, cariño, es una cita.

—De acuerdo, si lo pones así. ¿Y tú? ¿Hay novedades con Evan?

—No —dijo—. Creo que se fue al agua. Me limitaré a esperar pacientemente a mi Edward.

Ambas sabíamos que, según las investigaciones de Annabelle, Edward era el nombre de marido más fiable y duradero.

—Ah, por cierto, dime, Annabelle, sólo por curiosidad, ¿qué dicen tus investigaciones sobre el nombre de Elliot?

—¿Por qué? ¿Este misterioso soltero es el número tres? Reí.

—No, no, yo, bueno, conozco a alguien aquí que se llama Elliot, y me lo preguntaba.

La oí revolver papeles sobre su escritorio.

—¡Ah, sí, aquí está! —dijo—. Elliot, sí... ¡Uy, es un nombre muy bueno! La duración promedio del matrimonio para los Elliot es cuarenta y dos años. No supera los cuarenta y cuatro de un Edward, pero Elliot es de lo mejor que puedes encontrar.

—Gracias —dije sonriendo.

Cuando cerré el móvil, me di cuenta de que me había olvidado de preguntarle por los nombres de Jack y Greg. Pero, por alguna razón, me interesaban mucho menos que el nombre de Elliot. Quería saberlo, por Esther. Estaba segura de que a ella le hubiera gustado esa respuesta.

Bobby volvió a casa a las nueve menos diez, como había dicho. Bobby siempre era puntual. Se quitó la americana y la colgó en el armario. Luego vino a la cocina a saludarme con un beso.

—Te he echado de menos —dijo.

Me lo decía siempre al llegar a casa.

Calenté su cena y me senté con él a la mesa, observándolo mientras se llevaba la comida a la boca y escuchando lo que me contaba acerca de todo lo que había hecho durante el día.

Así transcurrían nuestras veladas.

Y después nos fuimos a la cama y, como era miércoles, Bobby se dio la vuelta y tiró del corpiño de mi camisón. Bobby siempre quería hacer el amor los miércoles. Pero esa noche no estuve tensa. No conté hasta sesenta rogando que acabara pronto. En cambio, cerré los ojos y me imaginé que hacía el amor con Elliot.

Tres años antes de casarme con Bobby, estaba comprometida con Elliot y durante un tiempo yo vivía en armonía con el mundo. Recuerdo el frío que hacía el día de la almejada en la playa. Yo entonces no lo sabía, pero aquel día fue el principio del fin.

Frances, una de mis mejores amigas, me sugirió que me pusiera guantes. Pero Rose, mi otra mejor amiga, salió en mi defensa: «¿Y ocultar ese anillo? —dijo—. ¡Qué tontería! ¡Cómo vas a esconder un anillo como ese! Sería un sacrilegio.»

Nos reímos, nos miramos en el espejo y nos empolvamos la nariz. Una hora más tarde salíamos tomadas del brazo rumbo al acontecimiento de la temporada: la fiesta de las almejas en la playa del puerto Eagle, donde cada año se dan cita todos los hombres, las mujeres y los niños y niñas de la isla. Había mesas y fogatas salpicadas por la orilla, donde había almejas frescas con mantequilla y cangrejo Dungeness a la brasa junto a las ollas de sopa de pescado.

En la playa, por encima de nuestras cabezas pasaban los hilos de los que pendían globos de luces blancas y, como era una de las fiestas tradicionales de la isla, había música y baile. Cuando por los altavoces oímos la *Serenata a la luz de la luna*, por Glenn Miller, nuestra versión preferida, las tres nos animamos a salir a bailar. Ya me meneaba al ritmo de la música cuando de repente sentí los brazos fuertes de Elliot detrás de mí. Me besó en el cuello. «Hola, mi amor», me dijo al oído mientras me guiaba a la pista. Nuestros cuerpos se movían al mismo ritmo bajo la luz de la luna.

Cuando la canción terminó, fuimos a la playa donde estaba Frances sentada, sola.

—¿Dónde está Rose? —pregunté.

Frances se encogió de hombros.

—Es probable que haya ido a buscar a Bill.

Noté, por el tono de voz, que estaba apenada. Entonces, me solté de la mano de Elliot y la cogí a ella.

—Vamos a divertirnos, chicas —dijo Elliot.

Nos ofreció un brazo a cada una y nosotras aceptamos. Frances volvió a alegrarse.

Will y Rose vinieron y se sentaron con nosotros en la manta que Elliot había estirado sobre la arena. Bebimos cerveza y comimos almejas en platillos de hojalata, y disfrutamos de la noche fresca bajo un cielo tachonado de estrellas.

Elliot sacó la cámara fotográfica que llevaba en su mochila. Manipuló un rato el *flash* y luego, con un gesto, me pidió que lo mirase. «No quiero olvidarme nunca de cómo luces esta noche», dijo, dándole al disparador una, dos, tres veces. Elliot siempre tenía a mano su cámara de fotos. Era capaz de captar una escena en blanco y negro con una emoción que nos desarmaba.

Ahora que lo pienso, ojalá le hubiera impedido que Elliot se marchara esa noche. Ojalá pudiera congelar el tiempo. Pero, un poco antes de que dieran las diez, se volvió hacia mí y me dijo: «Debo ir a Seattle esta noche. Tengo un asunto que atender. ¿Nos vemos mañana por la noche?»

Yo no quería que se fuera, pero asentí y le di un beso. «Te amo», le dije, demorando ese momento unos segundos antes de que se pusiera de pie, se sacudiera la arena de las piernas y se alejara, silbando, como siempre, en dirección al muelle del ferry.

A la mañana siguiente, Frances, Rose y yo cogimos un transbordador temprano para ir de compras a Seattle. Rose quería ir a Frederick & Nelson a comprar un vestido que había visto en el último número de *Vogue*. Frances necesitaba zapatos. Y yo estaba contenta porque salía de la isla. Me gustaba mucho la ciudad. A Elliot he debido de decirle centenares de veces que mi sueño era vivir en un apartamento grande, situado en pleno centro de la ciudad, que tuviera ventanas con vistas al estrecho. Pintaría sus paredes de color malva, las cortinas serían color crema, con fajas de tela que las mantendrían abiertas, como en las revistas.

Y, entonces, al salir a la acera de Marion Street, delante del hotel Landon Park —un edificio de ladrillos muy grande con dos enormes columnas en la fachada—, vi a Elliot. Estaba con alguien, pero no fue hasta que el tránsito cesó unos instantes que pude ver quién era. Era rubia y alta, casi tan alta como Elliot. Me quedé mirándolos mientras él la envolvía en un abrazo que duró una eternidad. Me hallaba lo bastante cerca como para oír su conversación. Sólo fragmentos, pero ya no necesitaba oír más.

—Aquí tienes la llave del apartamento —dijo la mujer, y le entregó algo que él guardó inmediatamente en el bolsillo.

Elliot le guiñó un ojo, lo cual me dejó helada. Yo conocía ese guiño.

—¿Te veré esta noche? —preguntó.

El ruido de un camión al pasar tapó la respuesta de ella. Luego él la ayudó a subir a un taxi y la saludó con la mano mientras el coche se alejaba.

«¿Te veré esta noche?» De repente me acordé de una novela que había leído años atrás. Nunca antes una heroína de libro me había hablado como Jane en *Años de gracia*.

Abrí mucho los ojos. ¡*Años de gracia*! Maravillada, pasé la página.

Como Jane, casada con Stephen, suspiraba por otro hombre, al punto de sentir las pasiones del amor, lo cual equivalía a traicionar los votos del matrimonio, mi madre declaró que ese libro era una «basura». Le dije que había ganado el premio Pulitzer y que me lo había recomendado la profesora de literatura inglesa del instituto. Pero fue inútil. Novelas como esa, sentenció, estaban llenas de ideas extravagantes y peligrosas para una jovencita. Por eso escondí el libro debajo del colchón.

Aquel día, en aquella acera, lo recordé: la historia de Jane, de súbito tan dolorosamente entremezclada a la mía. Había ternura en la voz de Elliot cuando hablaba con esa mujer. Pensaba en los vínculos que nos unen, a él y a mí, en los votos que hacemos y rompemos. Si Jane podía dar su mano a Stephen y seguir amando a otro, Elliot podía darme a mí su palabra y seguir suspirando por otra. Era posible. En la novela era poético —el amor de Jane por Andre y por Jimmy, un amor otoñal—, pero ahora, viendo la novela representada ante mis ojos, como quien lo está viendo desde fuera, me parecía que era injusto. ¿No podía uno amar a una sola persona toda la eternidad? ¿No podía él, o ella, mantener su promesa? Elliot podía tener a todas las mujeres que deseara, y, hasta ese momento, yo creía que solo me deseaba a mí. Nunca me había equivocado tanto.

La carta. Recordé la carta que Jane había recibido de Andre, años después de su declaración de amor, y que me había dejado perpleja. Todo estaba en la historia, trágica y minuciosamente relatada. Le había partido el corazón con su decisión de marcharse a Italia en vez de ir a buscarla a Chicago. Es la razón por la que ella aceptó casarse con Stephen, un acto que cambió para siempre el rumbo de sus vidas. Es la razón por la que ella, poco antes de que estallase la guerra, le escribió a él aquella carta fría y tajante, cortando así de raíz cualquier posibilidad de que en el futuro aquel amor pudiera realizarse, aun cuando sus llamas siguieran después ardiendo en su corazón durante años. «Cuando mataste las cosas», había dicho Jane, reaccionando con determinación a lo que hacía Andre, «las mataste rápidamente». Y en ese momento supe lo que había que hacer.

Rose y Frances estaban a mi lado, mudas, cada una me cogía de un brazo para sostenerme o para impedirme cruzar la calle, o ambas cosas. Pero me liberé de ellas y crucé la calle a todo correr, sin importarme que me atropellaran, hasta donde estaba Elliot, de pie junto a la máquina expendedora de periódicos.

Me quité el anillo que llevaba en la mano izquierda, el que Elliot me había dado hacía un mes, con su enorme brillante en forma de pera engarzado entre dos rubíes. Era una joya demasiado extravagante y se lo había dicho, pero él deseaba que yo tuviera lo mejor, aunque tuviera que endeudarse por el resto de su vida, dijo, y yo creo que eso fue lo que hizo. Sin embargo, ahora nada de todo eso me importaba después de verlo con otra mujer y oírle pronunciar las palabras que lo delataron.

—Hola, Elliot —dije fríamente cuando llegué a la acera opuesta de Marion Street.

Pareció sorprendido, pero muy tranquilo al mismo tiempo, como si no tuviera nada que ocultar. Me ardía la cara.

—¿Cómo has podido?

La consternación ensombreció su rostro.

—¡No, no, estás equivocada! —exclamó—. Es solo una amiga.

—¿Una amiga? —pregunté—. Entonces, ¿por qué me has mentido y me has dicho que tenías negocios que atender? ¡Para mí está claro que esto no tiene nada que ver con los negocios!

Elliot bajó la vista.

—Es una amiga, Esther, nada más. Te lo juro.

Apreté fuertemente mi collar. Ya no era una diminuta estrella de mar de oro que colgaba de una cadenita. Lo había ganado años atrás, en una de las atracciones de la feria, y se había convertido en mi amuleto de la suerte. Ahora necesitaba toda la suerte del mundo, pues sabía que me estaba mintiendo. Había presenciado cómo la había mirado, los coqueteos de ella, cómo se abrazaron. Elliot había puesto sus manos debajo de la cintura de ella. Era más que una amiga. Hasta un tonto se habría dado cuenta.

Antes de hacerlo ya lo lamentaba, pero lo hice igual. Cerré la mano donde tenía el anillo, apreté el puño y lo lancé a la acera, tan lejos como pude. Ambos lo vimos saltar sobre el pavimento tintineando y centelleando hasta que se fue rodando por un desagüe.

—Se acabó —dije—. Por favor, no vuelvas a hablar conmigo. No podría soportarlo.

Vi a Rose y a Frances que me miraban horrorizadas desde la acera de enfrente. Para cruzar la calle, ir adonde ellas estaban y alejarme de Elliot yo iba a necesitar la fuerza de un Hércules. Porque, comprendes, yo sabía que lo que estaba dejando atrás, muy atrás y para siempre, era nuestra vida juntos.

—¡Esther, espera!

Lo oí gritar por encima del ruido del tráfico, mientras yo cruzaba la calle.

—¡Espera, déjame explicarte! ¡No te vayas así!

Pero me dije que no debía detenerme. No debía. Simplemente, no debía.

7

Seguí leyendo una hora más, incapaz de apartar mis ojos de aquellas páginas, a pesar del ruido de las sirenas de los ferrys o de los vagabundos con sus perros que pasaban ladrando. Esther, fiel a su promesa, nunca lo perdonó. Elliot le escribió durante meses, pero ella tiró sus cartas, todas, a la basura, sin haber abierto nunca ni una sola. Rose se casó con Will y se trasladó a vivir a Seattle. Frances se quedó en la isla, donde, para gran disgusto de Esther, entabló una improbable relación con Elliot.

Miré la hora en mi reloj de pulsera y me di cuenta de que había permanecido allí más tiempo del que debía. Metí el cuaderno dentro de mi bolso y me fui andando a toda prisa a casa de Bee.

Cuando abrí la puerta que daba a la habitación donde dejábamos los zapatos, oí los pasos de Bee que se acercaban.

—¡Ah, qué bien, estás de vuelta! —dijo, asomándose a la entrada mientras yo me quitaba las botas sucias de arena—. No entiendo cómo he podido olvidarme de lo de esta noche —prosiguió—. Lo tengo marcado en mi almanaque desde el año pasado.

—¿Qué es, Bee?

—La almejada —dijo, sin más explicaciones. Se quedó pensativa, y añadió—: ¿Será posible que no hayas asistido nunca a una almejada de estas que hacemos en la isla?

Salvo una que otra visita que hacíamos durante las vacaciones, yo sólo había venido a la isla en los meses de verano. La nostalgia que sentí no se debió a recuerdos personales sino al relato de aquella noche mágica que yo acababa de leer en el diario de Esther.

—No, pero he oído hablar de ello.

Bee estaba aturdida.

—Bueno, veamos —dijo, poniendo los brazos en jarras—. Necesitarás un abrigo de lana. Llevaremos mantas y vino; debemos de tener vino. Evelyn nos espera allí a las seis.

El paisaje de la playa era tal cual lo había descrito Esther. Las fogatas. El brillo de las luces. Las mantas tendidas sobre la arena. La pista de baile y el cielo tachonado de estrellas.

Evelyn nos saludó con la mano desde la playa. Se me antojó que su jersey era demasiado liviano para proteger su piel frágil del viento fresco y la envolví con una de las mantas que Bee llevaba en la cesta.

—Gracias —dijo, algo mareada—. Estaba perdida en mis recuerdos.

Bee me miró con complicidad.

—Su marido se le declaró aquí, en esta playa, hace años, la noche de la almejada —me explicó.

Dejé la cesta en el suelo.

—Vosotras dos os quedáis aquí cómodamente sentadas. Y me ordenáis lo que os apetezca.

—Almejas, con mucha mantequilla —dijo Bee—, y pan de maíz.

—Espárragos, y, con mis almejas, sólo un poco de limón, cariño —añadió Evelyn.

Las dejé con sus recuerdos y me encaminé a la cola de la comida. Pasé por delante de la pista de baile, donde algunas adolescentes apiñadas en un rincón estaban mirando a un grupo de chicos de su misma edad congregados en el rincón opuesto. Entablaron un duelo de miradas. Y entonces, acallando el murmullo de las olas que rompían en la orilla, la música empezó a salir por los altavoces: *When I Fall in Love,* de Nat King Cole.

Me movía al compás de la melodía, dejándome llevar por su fraseo soñador, cuando oí una voz detrás de mí.

—Hola.

Me volví y vi a Jack.

—Hola —dije.

—¿Tu primera almejada?

—Sí —respondí—. Yo...

Nos interrumpió la voz del DJ desde el muelle.

—Y mirad lo que tenemos aquí —dijo desde su puesto en lo alto del muelle. Su asistente había enfocado el reflector sobre nosotros. Me cubrí los ojos para protegerme del resplandor de la luz—. ¡Una joven pareja iniciará el baile de esta noche!

Miré a Jack. Jack me miró. Oímos el aplauso general.

—Me parece que no tenemos opción —dijo, tomándome de la mano.

—Creo que no —repuse, sonriendo con nerviosismo cuando él ciñó mi cuerpo acercándolo al suyo.

—¿Te lo puedes creer? —pregunté asombrada.

Jack me hizo girar por la pista como un profesional.

—No —dijo—. Pero podemos ofrecerles un espectáculo.

Asentí. Había naturalidad en su manera de sujetarme. Me llevaba dando vueltas por la pista y yo alcancé a ver algunas de las caras que nos miraban. Una pareja de ancianos. Niños. Adolescentes. Y Henry. Henry estaba allí, sonriéndonos. Alcé una mano para saludarlo justo cuando Jack me hizo girar otra vez, pero había desaparecido.

Cuando la música cesó y volvieron a oírse los aplausos, a mí me hubiera gustado seguir bailando. Pero Jack señaló en dirección de la playa y comprendí que su atención estaba en otra parte.

—Me esperan unos amigos —dijo—. Puedes unirte a nosotros.

Me sentí como una tonta romántica.

—No —contesté—, no puedo. He venido con Bee y con su amiga Evelyn. Les he prometido llevarles la comida, así que debo irme. Pero nos veremos mañana, en tu casa, ¿no?

Su expresión se nubló un instante, como si se hubiera olvidado de que me había invitado.

—Claro, sí, a cenar —dijo—. Nos vemos mañana, pues.

Y se fue.

Tres minutos después, haciendo equilibrio con la bandeja donde llevaba la comida, volví al lugar donde me esperaban Bee y Evelyn, arropadas con sendas mantas. Bebimos vino y comimos todo lo que había en los platos, hasta las migas, hasta que nuestros brazos y piernas sucumbieron al frío. Mientras conducía de regreso a casa de Bee, pensé en Jack y en el momento que habíamos compartido esa noche, pero no saqué conclusiones de ninguna clase. Me sentía bien dejando vagar mi mente.

—¿Qué te ha parecido? —preguntó Bee antes de que me fuera a acostar.

—Me ha encantado —dije.

—El baile fue precioso —corroboró.

No se me ocurrió que, desde donde estaba, ella pudiera habernos visto bailar. Sonreí.

—¿Verdad que sí?

—Buenas noches —dijo, acariciándome una mejilla.

—Buenas noches, Bee.

5 de marzo

La cena con Jack. Fue lo único en que pude pensar al día siguiente. Mientras lavaba los platos después del desayuno, hundí mis manos en el agua jabonosa y me pregunté si Jack había pensado en nuestro baile de la noche anterior. «¿Sintió lo mismo que sentí yo?» Se formó una gran burbuja de jabón mientras enjuagaba un plato y lo colocaba en el escurreplatos. «¿Estaba yo haciendo una lectura exagerada de las cosas?» Hacía muy poco tiempo que me había despedido de Joel, por eso pensé, mientras le sacaba brillo a los cubiertos de plata con un trapo de cocina, que tal vez mi situación matrimonial había deformado mi percepción de Jack.

Más tarde, esa noche, rebusqué en mi maleta tratando de encontrar algo apropiado que ponerme. La cena con Greg había sido informal; el reencuentro con un viejo amigo en un lugar público. Los fugaces momentos con Jack en la playa habían sido gratos, sin duda, pero el misterio que envolvía a ese hombre me ponía nerviosa. Encima, me había invitado a su casa, no a un restaurante. De manera que escogí lo que siempre escojo cuando el guardarropa me da pánico: un jersey cerrado, un par de pendientes y mis tejanos preferidos. Me puse el *top* un poquito más abajo, sacudí la cabeza con desagrado y lo volví a levantar.

Me cepillé el cabello, que necesitaba desesperadamente una visita a la peluquería, y finalmente me puse el *make-up* y un toque de colorete. Me miré al espejo antes de apagar las luces. No quedé conforme, pero qué le iba a hacer.

—¡Estás preciosa! —dijo Bee asomándose a mi cuarto.

No había notado su presencia y no me acordaba si había escondido el diario. Eché un vistazo sobre la cama y comprobé con alivio que sí.

—¡Gracias! —dije metiendo en mi bolso un par de zapatillas para ir andando por la playa hasta la casa de Jack.

Bee me miró como si quisiera confiar en mí, pero sus palabras fueron una advertencia.

—Será mejor que no vengas muy tarde, cariño. Habrá marea alta esta noche. Podrías tener problemas para volver andando. Ten cuidado.

Ambas sabíamos que sus palabras tenían doble sentido.

Advertí, después de andar un rato largo por la orilla, que tenía que haber cogido una chaqueta, o un abrigo de invierno. Ojalá la casa de Jack no quedara demasiado lejos, pensé, porque la brisa de marzo semejaba un viento polar. Mi móvil sonó dentro de mi bolso mientras yo caminaba por la playa. Lo cogí. En la pantalla aparecía un número de Nueva York que yo no conocía.

—¿Diga?

Oía mucho ruido de fondo, coches, bocinas, tránsito, como si alguien anduviera por la acera de una calle muy concurrida.

Trágué saliva.

—¿Diga? —repetí.

Y, como no contestaron, me encogí de hombros, colgué y guardé el móvil en mi bolso.

La luna creciente brillaba en el cielo. Miré atrás para calcular el tramo de playa que llevaba recorrido. Podía dar la vuelta. Regresar. Pero volvió a levantarse viento. Fue como si me hubiesen echado un vaso de agua fría en la cara y me vi forzada a seguir andando. ¿Reaccionaba a una voz que murmuraba en el viento? ¿A una sensación? No estaba segura, pero seguí avanzando por la playa, colocando un pie delante del otro, hasta que llegué a la casa de Jack. Era tal como él la había descrito, con su tejado de tablillas grises y su amplio porche cubierto al frente.

Como todas las casas de aquel sector de la playa, también esta era antigua y con toda probabilidad clasificada monumento histórico. Pensé en las parejas que a lo largo de un siglo y medio habían contemplado la puesta de sol sentadas en aquel porche y sentí que me palpitaba el corazón. Pero, en cuanto vi la veleta en forma de pato que giraba en el tejado impulsada por el viento, entonces mi corazón empezó a latir violentamente dentro de mi pecho. ¿Podía ser esta la casa del cuadro de Bee?

Una cálida luz a través de la ventana me indicó la senda que llevaba a la casa. Vi una caña de pescar plegada junto a los peldaños de la entrada y un par de botas para andar por el agua. Me acerqué a la puerta principal, que estaba abierta.

—Hola —dije con prudencia.

Entré, se oía música —jazz— y algo que chisporroteaba sobre la estufa.

—Hola, pasa, por favor —me dijo Jack desde la otra habitación, seguramente la cocina—, enseguida estoy contigo.

Olía a ajo, mantequilla y vino, la combinación de aromas más deliciosa del mundo, que me hizo entrar en calor, como cuando bebo los primeros sorbos de una copa de vino. Traía conmigo una botella de pinot noir que sustraje del bar de Bee. La dejé sobre la mesa del recibidor, junto a un llavero y una concha de almeja blanca muy grande y llena de monedas.

Al entrar, me llamó la atención el comedor, sus paredes color merlot oscuro y la mesa de roble. Esta última era tan grande que me pregunté si Jack recibía a menudo. A la izquierda estaba el salón, con un par de sofás cubiertos con fundas y una mesa baja fabricada con esa madera blanda y gris que el mar arroja a la orilla. Los muebles, muy macizos y masculinos, estaban sin embargo limpios y lustrados como en un catálogo de Pottery Barn. Incluso las revistas que había sobre la mesa auxiliar parecían intencionadamente ladeadas. Me acerqué a la chimenea y eché un vistazo a las fotos que allí había. Una me llamó particularmente la atención: la foto de una mujer con gafas de sol, un *top* de biquini rojo y un pareo de lino, de color delicado, atado a su fina cintura. Estaba en una playa y miraba al fotógrafo —¿Jack?— con adoración. Repentinamente me sentí como una intrusa, lo cual era ridículo, porque esa mujer bien podía ser su hermana.

—Hola —dijo Jack entrando al salón—. Siento haberte hecho esperar, pero se para el mundo por una bechamel.

Jack traía una copa llena de vino en cada mano, y me ofreció una.

—¿Te gusta el chardonnay?

—Me encanta.

—Qué bien —dijo.

Parecía tranquilo, seguro, como un ferry viejo. Pero su tranquilidad acentuaba mi nerviosismo. Confiaba en que él no se diera cuenta.

—¿Nos sentamos? —propuso señalando el sofá ubicado delante de la chimenea.

—Me alegro de que hayas podido venir esta noche —añadió.

Era más buen mozo de lo que yo recordaba, peligrosamente buen mozo con aquel cabello oscuro y ondulado y aquella mirada envolvente.

—¿Te divertiste anoche? —preguntó.

—Sí —contesté—. Fue una hermosa noche.

Por dentro rogaba no ruborizarme, pero sabía que me había puesto colorada.

—Lamento haber tenido que marcharme —dijo con aire afligido.

—No te preocupes —repuse, mirando a mi alrededor, ansiosa por cambiar de tema. Mis ojos se detuvieron en una serie de viejas fotografías en blanco y negro colgadas en la pared, en particular en una de ellas, la de un ferry de otra época.

—Tu casa es preciosa.

¿Cómo podía decir algo tan vulgar?

—¿Y tu historia? ¿Avanza?

—¿Mi historia?

Inmediatamente pensé en la historia de Esther y me pregunté cómo era posible que Jack la conociera.

—Tu libro —aclaró—. El libro para el que estás investigando.

—Ah, sí. Bueno, avanza. Despacio, pero seguro.

—Bainbridge es el lugar perfecto para un escritor, para cualquier artista, en realidad —dijo—. Todo lo que tienes que hacer es coger tu pluma o tu pincel y las historias o los cuadros aparecen.

Asentí.

—Produce ese efecto, ciertamente —contesté, pensando más en la historia que se desvelaba en las páginas del diario y menos en una ficción inventada por mí.

Jack sonrió y bebió un largo sorbo de vino.

—¿Tienes hambre?

—Mucha.

Lo seguí hasta el comedor y me senté a la mesa mientras él traía una ensalada de rúcula, hinojo y finas lonchas de parmesano, un lenguado en una fuente, con espárragos en bechamel y panecillos recién sacados del horno.

—Ataca —dijo volviendo a llenar mi copa de vino.

—Un hombre que cocina... de esta manera... estoy impresionada... —dije, poniéndome la servilleta.

Sonrió con malicia.

—De eso se trataba.

Conversamos todo el tiempo mientras comíamos a la luz de las velas que parpadeaban sobre la mesa. Me habló de cuando iba de campamento en verano y una vez se despertó y descubrió aterrado que, sonámbulo, había tratado de meterse en la cama con su supervisor. Yo recordé la vez en que chupé la punta de mi pluma en clase del instituto sin darme cuenta de que la tinta se había derramado y me había manchado con tinta el labio superior, que quedó manchado durante dos días.

También le hablé de Joel, pero no en tono lastimero o de autocompasión.

—No lo entiendo —dijo, sacudiendo la cabeza después de que yo acabé de contarle la historia de nuestro fracaso matrimonial, con un lujo de detalles que, de no haber bebido, no le habría contado. El vino blanco me suelta la lengua—. No entiendo por qué permitió que te fueras.

Sentí que mis mejillas enrojecían.

—Bueno, ¿y tú? ¿Te has casado alguna vez?

Por un instante, me pareció que Jack se sentía incómodo.

—No —dijo—. Estoy solo con *Russ*.

Me acordé del golden retriever en la playa.

—¡*Russ*! —llamó.

Segundos después escuché unos golpes y luego el ruido de cuatro patas que bajaron con dificultad por la escalera y vinieron derecho hacia mí. Primero me olisqueó las piernas, luego las manos, y por último apoyó su culo justo encima de mis pies.

—Le gustas —dijo Jack.

—¿En serio? ¿Cómo lo sabes?

—Está sentado sobre tus pies, ¿no?

—Sí.

No estaba segura de si era lo normal o solo un hábito de Russ.

—Lo hace únicamente cuando alguien le gusta.

—Bueno, me alegro de contar con su aprobación —dije, sonriendo cuando el perrito hundió su cabeza en mi regazo dejando un montón de pelos adheridos a mi jersey. Pero no me importó.

Jack levantó la mesa sin aceptar mi ayuda y luego me condujo a la puerta trasera.

—Me encantaría enseñarte algo —dijo.

Atravesamos el patio, un cuadradito de césped muy bien cuidado, jalonado por piedras para pasar sin tener que pisarlo, y llegamos a una caseta que más bien parecía un cobertizo de herramientas.

—Mi estudio —dijo Jack—. El otro día, en la playa, dijiste que te gustaría ver mi trabajo.

Asentí entusiasmada. Tuve la sensación de hallarme en un lugar sagrado. Jack me permitía entrar en la intimidad de su mundo secreto. Como si yo le diera a leer uno de mis borradores. Y yo no permitía jamás que nadie los leyera, ni una frase siquiera.

Había lienzos por todas partes, sobre los caballetes o

apoyados contra las paredes. Se trataba mayormente de hermosas marinas, pero un retrato, el único que había, me llamó la atención: el de una mujer joven y atractiva, con el cabello rubio hasta los hombros, que contemplaba el estrecho. Había algo turbador en su rostro, y un poco triste. No se parecía a ninguno de los demás cuadros que había en el estudio. Miré de cerca aquellos ojos seductores, aunque melancólicos, y noté cierto parecido con la mujer de la foto que había visto en la repisa de la chimenea de Henry, aunque esta mujer no tenía nada de persona de otra época. «¿Quién es?» Deseaba conocer su historia y cómo fue que Jack la había pintado, pero no me pareció oportuno preguntárselo. Presentí que el tema de aquel cuadro era intocable.

En cambio, me puse a contemplar los demás lienzos, y a elogiarlos.

—La pincelada, la luz, es impresionante.

Hasta que al final, procurando que mi mirada no volviera a posarse en el retrato de aquella misteriosa mujer, le dije:

—Todos, todos. Tienes un talento increíble.

—Gracias —dijo.

Había oscurecido, pero la luz de la luna se filtraba por las ventanas del estudio. Jack cogió un bloc de dibujo y se me acercó frunciendo los labios.

—Hazme un favor y siéntate aquí —dijo.

Me indicó un taburete que había en un rincón.

Obedecí encantada a sus instrucciones.

Jack se sentó en otro taburete, luego se puso de pie, dio una vuelta a mi alrededor mirándome con una atención embelesada. Me arreglé el pelo y el jersey en ademán tímido, y él posó la libreta y volvió a acercarse a mí lentamente, hasta que se detuvo colocándose de frente a mí. Estaba tan cerca que podía oler su piel.

Luego, con una mano cogió suavemente mi barbilla, ladeando mi perfil en dirección a la luz de la luna. Deslizó sus manos por mi cuello hasta el borde del jersey y yo sentí un hormigueo en los brazos. Abrió el cuello de mi jersey hasta que descubrió los huesos de mi clavícula y un poco de mi *top*. El aire fresco acarició mi piel, pero no temblé. Seguro que Jack hacía esto con todas las mujeres que invitaba a su casa —la cena, el perro, el retrato—, pero preferí apartar de mi cabeza mi frasecita cínica.

—Perfecto —dijo—. Ahora, quédate sentada así un segundo.

Me sentía floja, temblorosa, pero logré mantener la pose mientras Jack, sentado frente a mí, dibujaba frenéticamente. Luego se puso de pie y me enseñó su dibujo.

—¡Vaya! —dije—. Quiero decir, es muy bueno, realmente... es muy... realista.

De niña, en Portland, me había retratado un artista callejero. Mi nariz estaba torcida y mi boca era demasiado grande. Pero Jack me había dibujado «a mí».

Arrancó la hoja del bloc con mucho cuidado y la colocó sobre un caballete.

Volvimos a la casa. En la chimenea chisporroteaban las llamas de un color ocre oscuro. Jack encendió su lector de CD.

—Como anoche tuve que irme tan deprisa, pensé que a lo mejor podríamos seguir bailando esta noche —dijo, tendiéndome la mano.

Aquel ademán tan de otra época me sedujo en el acto. Fuera del baile de promoción, la última vez que alguien me había sacado a bailar fue a los diecisiete años. Un muchacho que tenía dos años más que yo y que era el guitarrista de un grupo de rock punk en un garaje. Bailamos un lento al ritmo de los Ramones durante cinco minutos increíblemente románticos, interrumpidos por su padre, que en ese momento volvió del trabajo.

Jack apartó la mesa baja y me condujo al centro de la sala. Mientras tanto, una *big-band* empezó a tocar una melodía bellísima.

—Es una grabación vieja de una de mis canciones de jazz favoritas —dijo, acercándome a él—. ¿La conoces?

Dudé.

—*Body and Soul* —dijo—. Es una de las canciones de amor más hermosas que se hayan escrito jamás.

Se me puso la piel de gallina.

—¿La conoces? —insistió, sintiendo mi reacción.

Asentí. *Body and Soul*. ¿La canción de Elliot y Esther? No estaba segura de si la había escuchado antes, y sin embargo reconocí la melodía y la letra de inmediato. Era la canción de Elliot y Esther. Inquietante y a la vez esperanzadora. Como escrita para ellos.

Jack me apretó contra él, tanto que sentía su aliento en mi cuello y la firmeza de los músculos de su espalda. Dejó que sus labios rozaran mi sien mientras nuestros cuerpos se mecían al ritmo de la música.

—Las chicas como tú no llegan a estas playas todos los días —me dijo al oído cuando estaba por terminar la canción.

Los dos miramos hacia la playa. Las olas rompían en la orilla y súbitamente me pareció que algo inquietaba a Jack.

—Está subiendo la marea —dijo—. Es mejor que te acompañe a tu casa.

Asentí, ocultando mi decepción: no deseaba irme. Aún no.

Cuando llegamos al umbral de la casa de Bee, me sonrió y dijo:

—Debo marcharme a Seattle, pero volveré dentro de unos días. Te llamaré.

Traté de no analizar sus palabras, de no buscarles un segundo sentido.

—Buenas noches —dije.

Y eso fue todo.

Estaba un poco rabiosa cuando me acosté y me dije a mí misma que no había motivos. Había sido una noche maravillosa. Me había dicho que yo era especial. «Especial.» ¿Qué esperaba? ¿Una declaración de amor? «Ridículo», me dije. Saqué el diario de la mesilla de noche, pero me sentía muy cansada, sentía el cansancio en todos los huesos, y lo dejé en su sitio. Mientras me iba quedando frita, no podía dejar de pensar que estaba abandonando a Esther, que la dejaba sola con sus problemas en aquellas páginas. Sin embargo, también yo estaba a la intemperie de mi nueva historia y tenía que arreglarme sola.

8

6 de marzo

—¿Te apetece ir a Seattle hoy? —me preguntó Bee, mientras desayunábamos.

Las gentes de la isla Bainbridge consideraban Seattle como el lugar por excelencia para ir a pasar el día.

—¿Por qué no le dices a Evelyn que venga con nosotras? —sugerí.

Bee no lo sabía, pero quedaba poco tiempo.

La llamó por teléfono.

—Vamos a Seattle, ¿quieres unirte a nosotras? Cogeremos el ferry de las diez de la mañana. Iremos de compras y nos encantaría que nos acompañases.

Instantes más tarde ya se habían puesto de acuerdo en todo. Nos encontramos con Evelyn en la terminal del ferry, que más bien parecía una estación de ferrocarril, con vistas panorámicas sobre el estrecho y un mostrador de café para quien sintiera deseos de tomar un expreso moka doble, por ejemplo, como el que pedí yo. Los isleños, después de dejar sus coches en el parking de la terminal, a menudo suben andando al ferry. Como el barco descargaba sus pasajeros en pleno centro, no había necesidad de llevar el coche, aunque algunas calles de Seattle eran bastante empinadas. Ni con ochenta años trocarían estas mujeres el placer de caminar por la ciudad por un viaje en taxi.

Evelyn llevaba unos capris color caqui, un jersey negro con cuello marinero y zapatos bajos muy sencillos.

—Gracias por ahorrarme otro aburrido día con mis gatos —dijo.

Sonreí. Se me antojó que su aspecto no era el de una persona que padece una enfermedad terminal. Todavía tenía su cabello... ¿peluca?, me pregunté. Había color en sus mejillas, lo cual muy bien podía deberse al maquillaje. Pero, en realidad, lo que sucedía era que ella no «actuaba» como una enferma. Aunque el cáncer estuviera haciendo estragos en su cuerpo, ella no le iba a permitir apoderarse de su mente.

—Bien, ¿cuál es el plan para el día de hoy? —pregunté mientras embarcábamos.

Como fuimos de las primeras en subir a bordo, conseguimos una de las codiciadas cabinas ubicadas en la popa, desde donde se apreciaba mejor la vista de Seattle en el horizonte.

Bee se acomodó en su butaca de vinilo y dijo:

—Bueno, primero iremos al Centro Westlake, por supuesto, y luego está ese bistró tan encantador en Marion Street, donde he pensado que podríamos comer.

Marion Street. «¿No es esa la calle que figura en el libro, donde Esther rompió para siempre con Elliot?» Pensé en el magnífico anillo que ella había arrojado al desagüe de la calle y moví la cabeza. Qué lástima haber hecho algo tan impulsivo. Pero, al fin y al cabo ella tenía sus razones.

Me acordaba del nombre del hotel: el Landon Park, donde había ocurrido aquella trágica escena. A lo mejor Bee, o quien fuere la verdadera autora, había usado puntos de referencia históricos. Estaba ansiosa por saber si el viejo hotel aún existía, o si había existido.

—¿Os apetece una sopa de almejas? —preguntó Bee poniéndose en pie.

Siempre pedía sopa de almejas en el ferry, no importaba la hora ni la duración de la travesía, que era de apenas treinta minutos.

—Para mí no —dijo Evelyn.

—Yo tomaré un poco, si vas a la cafetería —dije.

Bee asintió con aprobación y se alejó.

Y en cuanto me cercioré de que Bee ya no podía oírnos, le pregunté a Evelyn:

—¿Cómo te sientes?

—He tenido días mejores.

—Lo siento —dije.

Súbitamente me sentí culpable por haberla invitado y privado de su descanso.

—¡Ah, no! —exclamó—. ¡No lo sientas por mí, gracias! Prefiero sentirme mal en Seattle con vosotras y no en mi cama.

Asentí.

—¿Cuándo piensas decírselo?

Evelyn se puso seria.

—Pronto.

—Empiezo a preocuparme por cómo se lo va a tomar cuando se entere —dije.

Evelyn se miró las manos, las apretó tanto que pude ver sobresalir sus venas azules.

—También a mí me preocupa, cariño.

Miré por la ventana y luego a Evelyn.

—Es que, por lo que sé, tú eres la única amiga verdadera que tiene Bee.

Asintió.

—¿Sigues leyendo ese diario?

—Sí —contesté—. Casi no puedo dejarlo.

Espió el pasillo para ver si llegaba Bee.

—No tenemos mucho tiempo —dijo—. Dentro de poco yo no estaré aquí. Necesito que sepas algo: esta historia que estás leyendo oculta muchos secretos que podrían alterar la vida hoy. La tuya. La de tu tía. La de otras personas.

—Me gustaría que me dijeras de qué se trata —dije tratando de no mostrarme impaciente.

—Lo siento, cariño —dijo—. Te toca averiguarlo a ti.

Cuando salimos a mar abierto, sentí que se detenía el tiempo.

—Evelyn —dije, mirando por la ventana—, ¿conociste a mi abuela?

Antes de contestarme, me observó detenidamente durante unos segundos.

—Sí, querida, la conocí.

—Entonces, tal vez puedas decirme lo que le contó Bee a mi madre acerca de la abuela Jane como para provocar esa ruptura familiar.

Evelyn asintió.

—Le dijo a tu madre la espantosa verdad sobre tu abuela —contestó.

—¿Espantosa?

—Sí —dijo—. Pero, Emily, no tiene por qué terminar así en tu familia.

—Evelyn, ¿qué significa eso?

—Tú puedes componer las cosas, Emily —dijo—. Tú puedes hacer que esta historia concluya como corresponde.

Me pasé la mano por el pelo y suspiré.

—Es como si yo tratara de armar un rompecabezas, pero faltan piezas porque los demás las han escondido.

—Ten paciencia —dijo Evelyn en voz baja—. Encontrarás las respuestas a su debido tiempo. En esta isla es así.

En ese momento vi a Bee que regresaba a nuestra cabina.

—Aquí tienes —dijo—, una sopa de almejas para ti.

—Gracias.

Abrí una bolsita de galletitas saladas y remojé una en la cremosa sopa caliente.

—Evelyn —dijo Bee—, ¿dónde has dejado tu apetito? Tú siempre tomas esta sopa en el ferry.

Miré a Evelyn como diciéndole: «Ahora es el momento. Díselo.» Pero ella puso cara de póquer.

—Tomé un opíparo desayuno esta mañana; creo que este viejo estómago mío ya no es el mismo de antes —dijo.

—Bueno —contestó—, como nos sentaremos a la mesa en un par de horas, no vas a morirte de hambre. Y añadió dirigiéndose a mí—: ¿Y? ¿Cómo estuvo la cena de anoche con Jack?

El rostro de Evelyn se iluminó.

—¿Jack Evanston?

—Sí, Jack Evanston —repuse.

Evelyn y Bee intercambiaron una mirada significativa.

—Oye, Emily, somos dos viejas y hace décadas que un tío no nos invita a salir. Así que, anda, por favor, cuéntanos —dijo Evelyn.

—Bueno, cocinó él mismo. ¿Podéis creerlo? Un hombre capaz de cocinar. Y además me enseñó sus cuadros.

Bee hizo una mueca y miró al mar por la ventana, pero Evelyn no le hizo caso.

—Por lo que parece, fue una noche de sueño. ¿Te divertiste?

—Sí —dije—. Pero, me pregunto cómo nunca vi a Jack

131

en la playa las veces que vinimos a la isla cuando yo era pequeña.

Evelyn abrió la boca para explicarlo, pero Bee la cortó en seco.

—¿Y qué ha pasado con Greg? —preguntó.

—¡Cielos! —exclamó Evelyn—. ¿Tienes dos hombres que te echan los tejos?

—Los tiene —dijo Bee.

Una oleada de nostalgia brilló en el rostro de Evelyn.

—¡Ah, quién volviera a ser joven!

En ese momento se oyó la sirena del ferry anunciando su llegada a Seattle. Contagiadas por la ansiedad de los demás pasajeros por desembarcar, marchamos aprisa por la pasarela y bajamos las escaleras que desembocaban en la acera donde aguardaban los taxis, los mendigos y las palomas picoteando migajas.

Cruzamos el paso de cebra y Evelyn respiró hondo y exclamó:

—¡Ah, echaba de menos este aroma!

Era el mismo olor a ciudad mezclado con el aire de mar y el olor de los motores de los transbordadores que yo conocía y amaba, pero en Seattle estaba acentuado por el olor a pescado frito que nos llegaba de los restaurantes del muelle.

—¿Alguna vez te arrepentiste de haber vuelto a la isla, Evelyn? —preguntó Bee.

En lugar de mirar a Bee, Evelyn me miró a mí, como para incluirme en la conversación.

—Emily, cuando mi marido murió, hace diez años, regresé a Bainbridge. Pero, durante toda mi vida de casada viví en esta ciudad, no muy lejos de aquí, en Capitol Hill.

—Siento mucho lo de tu marido —dije—. Seguro que muchas cosas aquí te lo recuerdan.

—Sí —dijo—, es cierto, pero la isla siempre ha sido mi hogar.

Subimos andando en silencio las tres colinas hasta que llegamos a Marion Street. Yo sujetaba a Evelyn por el codo para sostenerla, algo que Bee hubiera hecho de haber sabido que su amiga estaba enferma.

—¡Ah! —dijo Bee—. Hemos llegado.

Señaló un restaurante situado al otro lado de la calle, llamado Talulah's.

—Vayamos a sentarnos. Me conviene descansar después de esta caminata.

Yo dije que sí con la cabeza y Evelyn aceptó entusiasmada.

El local era alegre y luminoso, con las paredes pintadas de amarillo y pequeños vasos con margaritas sobre las mesas. Nosotras y un hombre que tomaba un café con un bocadillo en otra mesa más lejos éramos los únicos clientes a esa hora.

Eran las once de la mañana, un poco temprano para comer, pero no para unos mimosas. Evelyn ordenó uno para cada una. Cuando acabamos de bebernos la segunda tanda ya nos sentíamos felices y con hambre. A pesar de que había tomado una sopa de almejas en el ferry, pedí una hamburguesa.

—Bueno —dijo Bee cuando la camarera hubo retirado los platos—, ¿qué vamos a hacer ahora?

Miré por la ventana, a Marion Street.

—¿Por qué no paseamos un rato por Marion? Es la que nos lleva al Centro Westlake, ¿verdad?

—Sí —contestó Bee.

Pagó la cuenta y salimos a la calle. Íbamos andando por la acera y cada vez que pasábamos por delante de un edificio yo lo miraba con la esperanza de encontrar el hotel donde Esther había visto a Elliot con otra mujer. Había como cuarenta y cinco Starbucks, pero ningún hotel Landon Park. De pronto, un edificio me llamó la atención: era de ladrillos, tal como lo había descrito Esther, y tenía dos columnas en la fachada. Además, cerca de allí había un expendedor de periódicos. ¿Coincidencia? Y el detalle que faltaba: a unos quince metros había un desagüe de aguas pluviales. Me quedé helada. Tenía que ser *el lugar*. Fuera o no fuera una ficción, yo necesitaba verificarlo por mí misma.

Bee se volvió para ver qué estaba haciendo yo allí, inmóvil, en la acera.

—¿Emily? —preguntó—. ¿Qué sucede? ¿Has visto alguna tienda interesante, cariño?

Sin mirarla, dije que no con la cabeza.

—Solo quiero echar un vistazo a los titulares de los periódicos —mentí.

Crucé la calle corriendo, sin mirar al sedán gris que casi me atropella. El conductor, furioso, tocó la bocina.

Ahí, en la acera de enfrente, estaba el edificio. Tenía que ser el hotel.

—Perdone —le dije al viejo conserje—, es ¿aquí el hotel Landon Park?

Me miró con los ojos como platos.

—¿Landon Park? —preguntó—. No, no, este es el Club Atlético Washington.

—Claro —dije—. Por supuesto.

Di media vuelta para regresar esta vez por la misma acera.

—Aguarde, señorita —me llamó.

—Fue el hotel Landon Park, pero ya no lo es, desde 1950, cuando el hotel se incendió.

—¿En serio? —sonreí.

—Sí, quedó completamente destruido por dentro.

Le di las gracias y miré hacia la acera de enfrente, donde estaban Bee y Evelyn. Ambas parecían desconcertadas, especialmente Bee.

—Ya vuelvo —grité, simulando buscar el expendedor de periódicos, pero en realidad estaba compenetrándome del lugar donde habían empezado los problemas de Elliot y Esther. Al encontrarme en el mismo sitio, la historia se tornaba mucho más real, aun cuando fuera un producto de la imaginación de alguien que vivió en una época muy lejana.

Decidimos no ir a ver tiendas y cogimos el ferry de las dos de la tarde. Cuando observé que Evelyn estaba muy pálida y parecía fatigada, pretendí que me dolía muchísimo la cabeza. Yo sabía que ella necesitaba descansar, pero también que jamás lo admitiría.

Bee se retiró a su cuarto a dormir la siesta. Yo, en cambio, no pensaba en dormir.

Oí sonar el teléfono en la cocina. Estaba en el cuarto de baño, bañando a la pequeña, y me dije que quienquiera que fuera podía esperar. Pero el teléfono siguió sonando con insistencia. Finalmente dejé el guante de baño y envolví a la niña en una toalla muy suave de color azul que la madre de Bobby nos había regalado. Ella deseaba que fuera un varón.

—¿Diga? —contesté sin disimular mi irritación.

Era Frances.

—Esther, no te lo vas a creer.

Había excitación y a la vez pánico en su voz entrecortada.

—Cálmate y cuéntame —dije, acomodando al bebé como para poder sujetar el receptor con la otra mano.

—Es Elliot —dijo.

Cuando escuché su nombre casi me desplomo.

—No, no, Frances, no me lo digas, no puedo soportarlo.

—No —se apresuró a decirme—. Está vivo. Está bien. ¡Está en su casa! ¡Ha vuelto de la guerra!

Se me llenaron los ojos de lágrimas.

—¿Cómo lo sabes?

Hubo una pausa prolongada, como si estuviera pensando en si debía decirme toda la verdad o solo una parte.

—Bueno —dijo al fin—, porque ha estado aquí.

—¿Dónde?

—En mi casa. Acaba de irse.

—¿Y qué demonios ha estado haciendo en tu casa?

Sentí la tensión de Frances al otro lado del teléfono mientras la mía iba en aumento. La amistad que entre ellos dos me daba miedo y no podía ocultarlo.

—Frances... —insistí—, ¿qué ha estado haciendo allí?

—Esther, no sé lo que insinúas —dijo, poniéndose a la defensiva—. Sabe que me gusta la fotografía y me ha traído un álbum con las fotos que tomó en el Pacífico Sur. Son hermosas. Tienes que venir a verlas: cocoteros, playas, gente que conoció.

Cerró la mano derecha en un puño.

—¿Por qué te hace un regalo a ti?

—¿Qué pregunta es esa? —dijo Frances en tono ofendido—. Esther, no olvides que él y yo también somos viejos amigos. Ha sido una amabilidad por su parte.

—¿Y yo? —dije—. ¿Acaso no soy una amiga?

—Esther, tú estás casada y tienes una hija —dijo con una franqueza que yo no me esperaba—. No siente que vaya a ser especialmente bienvenido en tu casa.

La ira se apoderó de mí, removiendo en mi interior años de emociones que yo había tratado de enterrar.

—Siempre lo has antepuesto a nuestra amistad —dije con amargura—. Siempre lo has querido para ti sola.

Frances calló.

—Lo siento, no he querido decir eso.

—Sí, has querido —replicó.

—No, no, no eran las palabras que yo quería decir. ¿Me perdonas?

—Tengo que irme, Esther.

Oí un *click* y luego el tono.

A la mañana siguiente me puse a revisar mi armario y finalmente encontré el vestido azul entallado que me había comprado en Seattle el año anterior. Tenía un cinturón negro y un escote en V con una peonía blanca en la solapa, como en las revistas de moda.

Llamé a Rose.

—Hola —dije—. ¿Estás al tanto de las últimas noticias?

—¿Sobre Elliot? —dijo—. Sí.

Suspiré.

—Tengo los nervios deshechos.

—¿Por qué? Está vivo.

—Sí, lo sé, pero esta isla es demasiado pequeña para los dos.

Rose lo sabía tan bien como yo.

—¿Quieres que venga? Puedo coger el próximo ferry.

—Sí —respondí—. ¿Puedes comer conmigo? Acabo de hacer las compras al mediodía y puedo encontrarme contigo entonces en el Ray's. Llevaré a la niña, pero si hay suerte dormirá en su carrito.

—Perfecto —dijo.

Desde que Rose se había marchado a Seattle, yo me sentía un poco más sola en la isla. Tenía a Frances, es cierto, pero en el curso del año anterior nos habíamos distanciado por motivos que yo entendía pero era incapaz de admitir. Hasta ese momento.

—Rose —dije—, ¿Frances está enamorada de Elliot?

Me parecía absurdo que una de mis mejores amigas pudiera amar al hombre que yo amaba, pero debía preguntárselo. Tenía que saberlo. Y yo estaba segura de que Rose conocía la respuesta.

—Debes preguntárselo tú misma —contestó.

Pero no hacía falta. En el fondo de mi corazón ya lo sabía.

En el mercado, cada vez que entraba a un pasillo, no podía dejar de mirar para ver si estaba Elliot. Pero no me encontré con él sino con Janice Stevens, mi vecina. Estaba plantificada delante de las conservas. Era viuda, razón por la cual yo trataba de no enfadarme con ella por la forma como me miraba o las cosas que decía. Estaba todo el tiempo cocinando bizcochos, tartas y pasteles, y siempre me hacía notar que yo no hacía nada de eso. Frances me contó una vez que Janice se fijaba en Bobby. A lo mejor era cierto. Solía venir a casa con sus pasteles y decir cosas como: «¡Ay, pobre hombre! Como Esther nunca cocina para ti, es mi deber como vecina asegurarme de que nada te falte.» Siempre se ponía *rouge* en los labios y se lo retocaba todo el tiempo, y tenía la costumbre de demorarse en nuestro portal más de la cuenta.

Ya en la época del instituto, yo tenía la sensación de que ella deseaba que me fuera mal. La sentía al acecho, lista para abalanzarse como un buitre en cuanto yo diera muestras de debilidad o flaqueza.

Por esa razón, aquella mañana me armé de valor en cuanto la vi. Me miró con una sonrisa sin gracia y dijo:

—Oí decir que Elliot está aquí. ¿Lo has visto?

Janice sabía que la sola mención del nombre de Elliot bastaba para fastidiarme.

—Lo he visto esta mañana —contesté.

Fingí interés en una lata de tomates.

—Ha venido muy bronceado por el sol del Pacífico —prosiguió—. Está muy guapo.

Finalmente cedí y, aunque sabía que no debía hacerlo, le pregunté:

—¿Y tú dónde lo has visto?

—Estaba desayunando con Frances. En Ray's —dijo—. ¿No te lo comunicó?

La lata de tomates se me cayó de las manos.

Janice se agachó a recogerla y me la dio con una sonrisa taimada.

—Frances y Elliot harían muy buena pareja, ¿no lo crees?

—Muy buena —dije, arrancándole la lata de las manos.

Y me alejé empujando mi carrito.

—¡Un momento, Esther! —dijo Rose cuando nos sentamos a la mesa en el Ray's—. No interpretes más de la cuenta.

—¿Interpretar? —dije—. ¿Cómo no hacerlo? Desde que Elliot ha vuelto, son inseparables.

Por la mirada de Rose me di cuenta de que Frances la había decepcionado, como a mí, pero que no tomaría partido. Rose nunca tomaba partido por nadie.

—¿Por qué no habláis de todo esto entre vosotras? —sugirió.

Asentí. Pero en realidad lo que me intrigaba era sobre qué habían estado hablando ELLOS esa mañana. ¿Por qué Elliot, nada más llegar del frente, mostraba tanto interés en mi mejor amiga? ¿No existía una regla tácita que daba por supuesto que tus ex amantes no debían meterse con tus amigas?

En ese instante se acercó a nuestra mesa el camarero, pero no para tomar nuestros pedidos. Me miró y preguntó:

—¿Es usted Esther?

—Sí —respondí desconcertada.

—Bien —dijo—. Debí saberlo por la forma como la ha descrito el caballero. Dijo que, en el restaurante, sería usted la más bonita. —Miró a Rose como pidiéndole disculpas—. Disculpe. Usted también es muy bonita, señorita.

Pero Rose sonrió como si no le importara. Y yo sabía que era cierto.

De su espalda sacó a relucir un tulipán, mi flor favorita, muy blanco con leves manchas rojas en la punta de cada uno de sus pétalos. Nunca había visto un tulipán semejante y casi me quedo sin aliento.

—Para usted —dijo, entregándome la flor y un sobre blanco.

Llevaba escrito mi nombre con la letra de Elliot. Yo conocía de memoria sus *e* alargadas y el adorno especial que añadía a las *s*.

—Ve a leerla en privado —dijo Rose—. Yo me quedo con la pequeña.

—Gracias —dije.

Rose sabía que yo necesitaba saborear cada palabra.

Salí corriendo a la acera y, antes de romper el sobre, me senté en un banco.

Queridísima Esther:

Está mal de mi parte que me acerque a ti de esta manera, lo sé. Estás casada y me han dicho que tienes una niña. Pero necesito que sepas algo, a fin de poner las cosas en claro. ¿Puedes encontrarte conmigo esta noche en la playa, delante de mi casa? Estaré esperándote allí, con la esperanza de que vengas. Si vienes, sabré que estamos hechos el uno para el otro. Si no vienes, sabré que lo nuestro está terminado, que debo hacer otros planes, abandonar la isla y dejar que mi corazón diga adiós. Por favor, di que vendrás. Por favor, dime que, a pesar de todo, vendrás. Es demasiado pedirte, pero ruego por que el fuego que aún arde en mí también arda en ti. Estaré esperándote.

Tuyo,

ELLIOT

Apreté la carta contra mi pecho y por mi rostro corrió una sola lágrima. Cuando me la enjugué, por el rabillo del ojo percibí que algo o alguien se movía. Pero, cuando me volví para mirar, había desaparecido.

9

7 de marzo

Pasé gran parte de la mañana siguiente escribiendo, o al menos tratando de escribir. La historia de Esther me inspiraba llevándome nuevamente a hilvanar palabras, que, dicho sea de paso, no resultaron ser gran cosa. Al cabo de una hora y doce minutos, exactamente, tecleé dos párrafos, a modo de preámbulo para una nueva novela, francamente pésimos.

Así que, cuando en ese momento Bee llamó a mi puerta, yo ansiaba tomarme un descanso.

—¿Te apetece dar un paseo? —preguntó, asomándose a la puerta—. ¡Oh, discúlpame! Estás escribiendo. No he querido molestarte, cariño.

Miré por la ventana y vi el sol que asomaba entre las nubes. La playa resplandecía.

Apoyé mi taza sobre la mesa y dije:

—No te preocupes, me encantaría.

Me puse la sudadera y un par de botas y salimos juntas. En mi recuerdo, siempre que íbamos a pasear por la playa, Bee cogía a la izquierda en vez de a la derecha. Ahora sé por qué. No quería pasar delante de la casa de Jack.

—¿Estás contenta de haber venido? —preguntó.

—Sí —contesté.

La cogí de la mano y se la apreté levemente.

—Yo también —dijo.

Luego se agachó para examinar una diminuta estrella de mar color naranja atrapada en un tira y afloja entre la orilla y las olas. Bee la cogió con suavidad y luego, con cuidado, la empujó al agua varios metros más lejos.

—Vamos, amiguita —dijo—. Vete a casa.

Caminamos un rato y, súbitamente, Bee se detuvo y me miró.

—Me he sentido muy sola aquí —dijo.

Nunca le había oído decir algo semejante. Hacía por lo menos veinte años, o más, que tío Bill había muerto. Siempre pensé que a ella le agradaba su soledad.

—¿Por que no vienes a visitarme a Nueva York? —sugerí—. Podrías pasar el mes de abril conmigo.

Bee negó con la cabeza.

—Es aquí donde pertenezco —dijo.

Me ofendí un poco. «Si se siente tan sola, ¿por qué no quiere estar conmigo?»

—Perdona, cariño —dijo—. Me estoy haciendo vieja. Ya verás, cuando tengas mi edad. Salir de tu casa se convierte en una empresa épica, y me temo que ya no tengo energías como para eso.

Asentí como si entendiera, pero no entendía. Ojalá yo no me sintiera atada a mi casa cuando fuera vieja, pero tal vez era inevitable.

—Emily —dijo—. Hay algo que me gustaría preguntarte. He estado pensando en tu vida tal como es hoy, y en la mía, y, bueno, me preguntaba si alguna vez has pensado en mudarte aquí, en vivir aquí, conmigo, en la isla Bainbridge.

Me quedé con la boca abierta. Durante casi toda mi vida

la isla había sido mi lugar secreto, mi retiro privado, pero ¿mi hogar?

—¡Vaya! —exclamé—. Me honra que tú desees que yo...

—Emily —dijo, interrumpiéndome antes de que yo pudiera rechazar su invitación—. Te dejo a ti la casa... en mi testamento. La casa, la propiedad, todo.

No podía creerlo.

—Bee —dije, súbitamente preocupada—. ¿Te encuentras bien?

—Solo estoy planificando el futuro —declaró—. Creo que tú querrías saber que esta casa será tuya, en el caso de que pienses en vivir aquí un día. Un día no muy lejano, quizás.

Era como para considerarlo.

—¡Vaya, Bee! —dije—. Yo...

—No tienes que decir nada. Solo quiero que sepas que la elección es tuya. Tú eras la única que amaba este lugar. Tu madre lo tapió para siempre. Y tu hermana la vendería en cuanto ella y su marido encontraran un comprador. Por supuesto que tú también puedes venderla, pero yo sé que estoy dejando esto en buenas manos. —Hizo una pausa para observar un águila que volaba por encima de nuestras cabezas, y añadió—: Sí, la casa es tuya. Considérame como la anciana dama que ocupa uno de los dormitorios. Ven tantas veces como quieras, y por el tiempo que quieras. Y no olvides mi invitación para que te traslades a vivir aquí.

Asentí.

—La tendré presente, te lo prometo —dije y apreté otra vez su mano con dulzura.

Oí mi móvil que sonaba en el bolsillo de mi sudadera. Miré la pantalla y vi que se trataba de un número local.

—¿Diga? —contesté.

—¿Emily? Hola, soy Greg.

No tenía idea de cómo había podido conseguir mi nú-

mero, pero luego me acordé de que la noche en que habíamos bebido tanto en aquel restaurante yo lo había anotado
en una servilleta y, luego, con mucha clase, se la había metido en el bolsillo.

—Hola —dije, acordándome de la piedra Corazón, del
beso, de nuestra historia incompleta.

—Oye, estaba pensando, ¿estás libre una de estas noches? Me gustaría que vinieras a casa a tomar una copa. Soy
un pésimo cocinero, pero podríamos pedir que nos trajeran
algo, o ir a buscarlo. Como prefieras.

La invitación me cogía desprevenida.

—¡Hummm! Claro, sí.

—Estupendo —dijo. Me podía imaginar la sonrisa en su
cara—. ¿Qué te parece mañana, a las siete?

—Sí —contesté—. Sería... estupendo.

—Muy bien. Podríamos pasar antes por el chino y comprar algo para llevar. Entonces, hasta mañana.

Bee y yo levantamos la vista al mismo tiempo cuando
vimos a Henry que nos hacía señas con la mano desde el
porche de su casa. La nube de humo que salía de su chimenea se mezclaba con la suave bruma de la marea matinal
formando una niebla tan espesa que uno podía fácilmente
extraviarse.

—¡Eh, vosotras, buenos días! —gritó.

Bee negó con la cabeza.

—¡Vamos a casa! —le gritó sin detenerse.

—Pero podéis venir un momento a tomar un café —replicó.

La noche que llegué a la isla le había preguntado a Bee
por Henry. Su respuesta fue directa y a la vez imprecisa. «Es
solo un viejo amigo.» Y sus palabras habían apagado la
llama de mi curiosidad.

Sonreí.

—Un café sería maravilloso —dije.

Cuando entramos a la casa, me senté donde estaba sentada cuando Jack entró esa mañana de la semana anterior. De repente me acordé del vaso.

—Henry —dije—, tengo que confesarte algo. Tu vaso blanco, yo...

Me guiñó un ojo.

—Ya lo sé —dijo y me señaló el vaso, intacto, sobre la repisa de la chimenea, con un solo narciso.

—Como nuevo —prosiguió—. Jack lo trajo esta mañana.

Me reí.

—¿Esta mañana? —pregunté extrañada.

Henry pareció confundido.

—Sí. —Y, tras una pausa, añadió—: ¿Por qué? ¿Pasa algo?

—No, no —dije—. No es nada. Sólo que yo creía que estaba en Seattle. Me dijo que se iba por unos días.

«¿No dijo Jack que estaría fuera unos días? ¿Ha cambiado de planes?» Esa discrepancia me roía por dentro.

Henry se fue a por el café y mientras yo seguía sentada, Bee registraba la habitación como un detective, examinando con lupa cada objeto.

—No es muy amo de casa que digamos, ¿verdad? —dijo.

—Supongo que es la maldición del soltero —contesté.

Pero me acordé de la casa de Jack, tan ordenada y limpia, sorprendentemente limpia.

Asintió y se sentó en una silla junto a la ventana.

—¿Se casó alguna vez? —pregunté en voz baja, pensando en la mujer de la foto sobre la repisa.

Bee movió la cabeza, como si la sola idea de Henry casándose con alguien fuera un despropósito.

—¡No! —dijo.

Mis ojos recorrieron el pequeño salón, sus revestimientos de madera en las paredes y el entarimado viejo y desgastado del suelo, y se detuvieron en la repisa de la chimenea. Miré las piedras y las fotografías enmarcadas. Pero la foto no estaba.

—Oye —dije, perpleja—, la semana pasada había allí la foto de una mujer, una antigua novia, quizá. ¿Sabes a cuál me refiero?

Se lo decía como si estuviéramos conspirando.

—No —me contestó, distante—. Hace muchísimo tiempo que no vengo.

—Si la hubieras visto la habrías reconocido —dije—. Era rubia, muy hermosa, estaba frente a la casa de Henry, donde le tomaron la foto.

Bee miraba el mar por la ventana, como cuando se pierde en sus pensamientos.

—Han pasado tantos años —dijo—, que ya no me acuerdo.

Minutos después regresó Henry con el café. Me pareció que Bee estaba incómoda, se agitaba bebiendo su café. Me preguntaba por qué sería.

Mantuve la conversación por las dos, llevando a Henry a entablar un monólogo sobre su jardín. Bee no lo miró ni cruzó con él una sola mirada. Súbitamente, tras beber el último sorbo de café, apoyó la taza sobre la bandeja y se puso de pie.

—Emily, me duele un poco la cabeza —dijo—. Creo que es hora de que vuelva a casa.

Henry hizo ademán de protestar.

—Aún no —dijo—. No podéis iros sin ver el jardín. Hay algo que quiero enseñaros.

Bee accedió a regañadientes y los tres atravesamos la cocina y salimos al jardín por la puerta trasera. No habíamos dado ni tres pasos cuando Bee, respirando con dificultad, señaló algo en el jardín, a nuestra derecha.

—¡Henry! —exclamó, inspeccionando unas hojitas muy delicadas, de color verde claro, que brotaban ordenadamente exhibiendo una alfombra de flores diminutas color lavanda con un puntito rojo en el centro.

Bee estaba asombrada.

—¿Cómo pueden... de dónde han venido?

Henry sacudió la cabeza.

—Las he visto hace quince días. «Aparecieron» de repente.

—Son violetas de los bosques —me explicó al ver mi desconcierto—, no las he vuelto a ver en la isla desde...

—Son muy raras —dijo Henry, llenando el vacío dejado por Bee cuando se le apagó la voz—. No las puedes sembrar, pues no crecen. Son ellas las que te eligen a ti.

Los ojos de Bee encontraron los de Henry, y entonces ella le sonrió con una dulzura y una indulgencia que me entibiaron el alma.

—Evelyn tiene una teoría acerca de estas flores —dijo, haciendo una pausa como si desempolvara un recuerdo del estante de su memoria y lo cogiera con sumo cuidado—. Sí —dijo, contemplando aquel recuerdo—. Según ella crecen donde se las necesita, son una señal de curación, de esperanza. Es ridículo, ¿no te parece, Henry?, pensar que las violetas pueden «saber».

Henry asintió.

—Disparatado —dijo.

Bee sacudió su cabeza con incredulidad.

—Y verlas en flor, nada menos que en marzo...

—Lo sé —convino Henry.

Ninguno de los dos apartó la vista de aquellas flores de pétalos tan frágiles, aunque allí, amontonadas y juntas, parecían muy firmes y robustas. Retrocedí unos pasos para observarlos, uno junto al otro, compartir un momento de reflexión que yo no podía entender. Entonces me di cuenta: estaba en presencia de algo mucho más importante que las flores.

Bee y yo regresamos a casa en silencio, ella con sus secretos y yo con los míos. Y, mientras ella dormía su siesta, abrí mi ordenador y me dije que no debía distraerme hasta no haber escrito dos párrafos, pero lo único que fui capaz de hacer fue mirar el reloj en la esquina superior de la pantalla. Pasados ocho minutos sin la menor inspiración, llamé a Annabelle.

—Hola —dijo con una vocecita triste.

—¿Qué sucede?

—Nada —contestó.

La conocía demasiado bien como para creerle.

—Cuéntame —dije—. Por tu voz sé que algo va mal.

Suspiró.

—Me había prometido no contártelo.

—Dime qué es.

Silencio.

—¿Annie?

—Bueno, de acuerdo —dijo—. He visto a Joel.

Mi corazón latió con fuerza.

—¿Dónde?

—En un café, en la Quinta.

—¿Y?

—Ha preguntado por ti.

Sentía que me faltaba el aliento, que me ahogaba.

—¿Qué dijo?

—Lo sabía, no debí decírtelo.

—Bueno, ya lo has hecho, ahora termina con lo que tienes que decirme.

—Me preguntó cómo estabas.

—¿Le has dicho que estoy aquí?

—¡Claro que no! Pero sí que sales con alguien.

—¡Annie, no puedo creerlo!

—Sí, se lo he dicho. ¡Oye, si él se marcha con otra mujer, merece enterarse de que tú también te mueves!

—¿Cómo reaccionó?

—Bueno, si pretendes que te diga que se puso a gritar allí mismo, pues no, no lo hizo. Tampoco me dio la impresión de estar encantado de la vida. Su cara lo decía todo.

—¿Qué decía su cara, Annie?

—Que duele saber que sales con otro, boba.

El corazón me latía con fuerza. Me senté, tenía que sentarme. Me sentía débil, un poco enferma.

—Em, ¿estás ahí?

—Sí.

—¿Lo ves? No tenía que habértelo dicho. Mira cómo te afecta, justo ahora que estás en vías de recuperarte. Recuerda: Joel te dejó. Y yo diría que traidoramente.

Era tan cierto como que yo tenía pecas en la nariz, pero, oírselo decir a Annabelle, bueno, me hacía mucho daño.

—Lo sé —dije—. Tienes razón. —Me enderecé en mi asiento—. Estaré bien, no te preocupes, estaré bien.

—¿Cuántas veces vamos a repetir «bien»?

Me reí.

—Bien. ¿Tienes más bombas que arrojarme?

—No —contestó—, pero en este apartamento ha sucedido una tragedia.

—¿Qué?

—No hay más helado.

Me acordé de que la última noche, antes de viajar a la isla, me había comido todos los vasitos de los de cereza García de Ben & Jerry's.

—Una verdadera tragedia.

—Adiós, cariño —dijo.

En cuanto apoyé mi móvil sobre la mesa, empezó a sonar el teléfono de Bee. Dejé que sonara cuatro veces y luego lo cogí.

—¿Diga?

—Emily, ¿eres tú?

—¿Mamá?

—Sí, querida —dijo—. ¿Te has enterado de la maravillosa noticia?

—¿Qué noticia?

—Danielle —dijo—, ¡está embarazada!

Debí haber respondido, «¡Qué fantástico!» o «¡los milagros de la vida!». Pero me encogí de hombros y dije: «¿Otra vez?» Sería el tercer hijo de Danielle. Pero, aunque hubiera sido el número trece, a mí me daba igual.

—¡Sí, lo espera para noviembre! —exclamó mamá—. ¿No es maravilloso?

Fue lo que ella dijo, pero lo que yo escuché fue: «¿Por qué no puedes ser como tu hermana?» Presentí el comienzo del festival Danielle y cambié de tema.

—Entonces —dije—, Bee me ha dicho que llamaste. ¿Era esto lo que querías decirme?

—Bueno, sí, pero, cariño, he sabido lo de Joel. Estoy preocupada por ti. ¿Cómo estás?

Hice caso omiso de su pregunta.

—¿Cómo te has enterado?

—Bueno, querida, eso no es importante.

—Sí, mamá, es importante.

—Tu hermana me lo ha contado —dijo, tras una pausa.

—¿Y Danielle cómo se ha enterado? Hace meses que no hablo con ella.

—Creo que ha leído en la *World Wide Web* que ya no estabas casada —contestó.

Mi madre era la única persona, sobre la tierra, creo, que se refería a Internet de esa manera, y, en cierto modo, era enternecedor. A Google le decía «Goggle».*

Entonces me acordé de mi página en Facebook. Sí, había corregido mi «situación sentimental» en mi perfil poco después de que Joel corrigiera la suya. Pero, había algo equivocado, desde muchos puntos de vista, en el hecho de que nuestra propia madre se enterase de nuestro divorcio por Facebook.

—Yo no sabía que Danielle estuviera en Facebook —dije, sin salir de mi asombro.

—Hummm... —dijo—, bueno, a lo mejor lo «gogueleó».

Suspiré.

—El tema es que Danielle sabe. Tú sabes. Todo el mundo sabe. Yo iba a decírtelo, mamá, de veras. Pero creo que aún no estaba preparada para afrontar a la familia. No quería que papá y tú os preocuparais.

—Ay, mi tesoro —dijo—, siento tanto que tengas que pasar por esto. ¿Cómo lo llevas?

—Bien, mamá, muy bien.

—Bueno —dijo—. Cariño, ¿había otra mujer?

No podía culpar a mi madre por su curiosidad, porque eso era lo que todos querían saber cuando se enteraban de que mi matrimonio había terminado.

—No —dije—. Quiero decir, sí, pero no quiero hablar de ello.

Miré el cable del teléfono: lo había enredado tan fuerte en

* «Goggle»: caja. (*N. de la T.*)

mi dedo que me estaba cortando la circulación. No sabía si estaba enfadada con mi madre porque metía la nariz en mis cosas o con Joel por haberle dado un motivo para hacerlo. Pero, como me dolía el dedo, me centré en ello y dejé que mi madre siguiera hablando sola. Era como si la viera, de pie en la cocina, frente a aquella vieja cocina eléctrica color verde aguacate, espantosa, con las manoplas tejidas con los colores del arco iris colgando de la manija de la puerta del horno.

—Me preocupo por ti, cariño. No quiero que acabes como tu tía.

—Mamá —dije con mayor severidad de la que hubiera deseado—, no deseo hablar de esto ahora.

—De acuerdo, mi tesoro —dijo, algo mortificada—. Solo trataba de ayudarte, nada más.

Supongo que, a su manera, era cierto.

—Lo sé —repuse—. ¿Y cómo supiste que yo estaba aquí?

—Llamé a tu casa. Annabelle me dijo que estabas en la de tu tía.

Mamá nunca llamaba a Bee por su nombre; siempre decía «tu tía».

—Sí —dije—, me ha invitado a pasar aquí todo el mes. Me quedaré hasta fin de marzo.

—¿Un mes entero?

Su voz parecía irritada o vagamente celosa. Yo sabía que ella también deseaba estar en Bainbridge, pero era demasiado orgullosa para admitirlo. No había vuelto a la isla desde que Danielle y yo empezamos la facultad. Fue cuando cesaron nuestras visitas en las vacaciones de verano.

—Mami, quería preguntarte algo —dije.

—¿Qué?

—Se trata de algo sobre lo que hemos estado hablando Bee y yo.

—¿Qué es, cariño?

Respiré hondo antes de continuar, no estaba segura de la clase de minas emocionales con las que podía tropezar más adelante.

—Bee me ha contado que hace muchísimos años estabas trabajando en cierto proyecto... que cambió la relación entre tú y ella.

Se produjo un silencio del otro lado de la línea. Proseguí:

—Me ha dicho que te contó la verdad sobre la abuela. Me gustaría saber qué ha querido decir con eso.

Ya no la oía moverse de un lado a otro en la cocina ni revolver en la olla con su espátula. Solo silencio.

—¿Mami? ¿Estás ahí?

—Emily, ¿qué te ha contado tu tía? —dijo al fin.

—Nada —contesté—. No ha querido contarme nada, salvo que tú decidiste no seguir formando parte de la familia y por eso las cosas cambiaron entre vosotras.

Me cercioré de que Bee no estuviera rondando cerca. No estaba.

—Me ha dicho que tú dejaste de venir a visitarla. ¿Por qué, mami? ¿Qué sucedió?

—Bueno —dijo—, ya no recuerdo los detalles, lo siento. Y si Bee trata de contarte algo, yo, en tu lugar, no le creería. Ya tiene muchos años y le falla un poco la memoria.

—Mami, es que...

—Emily, lo siento, no quiero hablar de esto.

—Mami, me corresponde saberlo.

—No.

Fruncí el ceño.

—Cielo, no te enfades —dijo advirtiendo mi estado de ánimo como solo podría una madre.

—No estoy enfadada.

—Todo eso pertenece al pasado, hija —prosiguió—. Hay cosas que es mejor olvidar.

Por su tono de voz supe que había cerrado la puerta. Bee, Evelyn y ahora mi madre me estaban diciendo claramente que esos secretos no eran para cualquiera, que si yo quería conocer sus historias, iba a tener que esforzarme mucho.

Más tarde, después de la siesta, Bee preparó un *gin-tonic* para ella y me ofreció uno.

—Gracias —dije.

Me senté cómodamente en el sofá y bebí el primer sorbo, paladeándolo, pues sabía a hojas de pino, como siempre.

—¿Has llamado a tu madre? —preguntó.

—Ha sido ella quien ha llamado, hace una hora —contesté—. Para decirme que Danielle va a tener otro bebé.

—¿Otro más?

Me gustó que Bee reaccionara igual que yo. Es posible que fuera porque ni ella ni yo teníamos hijos, aunque creo que ambas pensábamos que la persona que por voluntad propia tiene más de dos hijos está rematadamente loca.

Bebí otro sorbo de mi *gin-tonic* y hundí mi cabeza en el cojín de terciopelo azul del sofá.

—Bee, ¿crees que Joel me ha dejado porque yo nunca cociné para él?

—Bobadas, cariño —dijo, abandonando su crucigrama.

Plegué mis rodillas contra mi torso sujetándolas firmemente con los brazos.

—Mi madre es tan...

—Ha tenido una vida mucho más difícil de lo que tú crees, Emily —me interrumpió.

Su afirmación me cogió por sorpresa.

—¿A qué te refieres?

Se puso de pie.

—Ven, quiero mostrarte algo.

Se dirigió al pasillo y yo la seguí. Pasamos de largo la puerta del cuarto de invitados, donde dormía yo, y otras dos más, y Bee se detuvo en la siguiente. Probó abrirla y luego se palpó el bolsillo, de donde extrajo un llavero y escogió una llavecita de oro que introdujo en la cerradura. La puerta crujió al abrirse y entramos. Aparté una telaraña que se me pegó a la cara.

—Lo lamento —dijo—, hace mucho que no entro a este cuarto.

Junto a un pequeño tocador blanco había una mesa de niño, con dos diminutas tazas de té color rosa sobre sus platillos, y una casa de muñecas victoriana. Me agaché para levantar del suelo una muñeca de porcelana. Tenía la cara manchada y el cabello marrón enmarañado. Como si una niña pequeña la hubiera dejado allí tirada.

—¿Qué es esto? —pregunté desconcertada.

—Era la habitación de tu madre —dijo—. Vivió conmigo durante un tiempo, cuando era muy joven.

—¿Por qué? ¿Y el abuelo y la abuela?

—Sucedió algo —dijo—. Tus abuelos... estaban atravesando por un momento difícil, y yo les propuse que tu madre viniera a vivir conmigo una temporada. —Bee suspiró, esbozó una sonrisa y añadió—: Era una niñita tan adorable. Tu madre y yo nos divertíamos muchísimo juntas.

Mientras Bee abría la puerta del armario, yo la miraba y pensaba en mis abuelos; me preguntaba por qué se habían visto obligados a dejar a su hija con ella. Del estante superior bajó una caja de zapatos. Antes de dármela, sopló la capa de polvo que cubría la tapa.

—Ten —dijo—. Quizás esto te ayude a comprender mejor a tu madre.

Bee sacó las llaves del bolsillo y las sacudió haciéndolas sonar para indicarme que saliéramos de aquel cuarto.

Miré la caja con curiosidad.

—Gracias —dije.

Salimos y antes de entrar a su habitación, me dijo:

—Te veré a la hora de cenar.

En mi cuarto, puse la caja sobre la cama. ¿Qué podía haber en su interior? ¿Aprobaría mi madre que yo rebuscara en sus cosas?

Levanté la tapa y miré dentro. Encima de todo había tres rosas secas atadas con una cinta roja. Al coger aquel ramito con la mano, tres delicados pétalos cayeron al suelo. Luego extraje un cuaderno de dibujo para niños; una larga pluma gris, que parecía de gaviota; un broche; un par de diminutos guantes blancos, y un volumen muy pequeño encuadernado en piel. Solo cuando lo acerqué a la luz pude ver lo que era: un álbum. Lo abrí y un oleaje de emoción inundó mi cuerpo. En la primera hoja estaba escrita la palabra «Madre», a mano, con flores diminutas pintadas alrededor. Volví la hoja y descubrí un *collage*. Estaba hecho con fotos recortadas de revistas, de mujeres muy bien peinadas y vestidas con elegancia. Había flores secas y fotos en blanco y negro; una de un bebé y otra de una casa, pequeña y modesta, con un coche viejo aparcado delante. ¿Qué es esto? ¿Por qué hizo mi madre este álbum y por qué ha querido Bee enseñármelo?

El silencio de Bee durante la cena me indicó que no deseaba hablar de la misteriosa habitación o de la caja de los tesoros ocultos, de manera que ni lo intenté. Retiré los platos y justo cuando iba a meterlos en el lavavajillas, sonó el teléfono.

—¿Quieres ponerte tú, cariño, por favor? —dijo Bee des- de el pasillo—. Me temo que no soy capaz de nada más: es- toy agotada.

—Por supuesto.

Y atendí.

—¿Diga?

—¿Emily?

—¿Sí?

—Soy Evelyn.

—Ah, hola, Ev...

—No, no, querida, Bee no debe saber que soy yo quien llama.

—De acuerdo —dije, con prudencia—. ¿Qué sucede?

—Necesito tu ayuda —dijo.

—¿Para qué? ¿Te encuentras bien?

—Sí. Bueno, no. Necesito hablar contigo. Personal- mente.

Esperé un segundo antes de preguntarle:

—¿Quieres que venga?

—Sí —respondió—. Vivo en la parte de arriba de la pla- ya, cielo; la casa grande con la glicina al frente, seis casas después de la de Henry. Hace un poco de frío fuera, cari- ño, ponte un abrigo.

No le dije a Bee que salía y en cuanto bajé a la playa me arrepentí de ello. Empezaba la marea alta, lo cual tornaba el mar amenazador, como si me acechara o estuviera echan- do sus anzuelos espumosos a la orilla o los tejos a mis pies. Me imaginé que eran murciélagos los que volaban encima de mi cabeza, aunque probablemente fueran sólo las ga- viotas que regresaban a sus nidos en la copa de los árboles a pasar allí el resto de la noche. Cerré la cremallera de mi abrigo y me dije que debía marchar con la mirada puesta delante. Pasé frente a la casa de Henry, que estaba a oscuras, y me puse a contar. Una, dos, tres. Las casas recortadas contra la ladera de la montaña tenían aspecto acogedor. Cuatro, cinco, seis, siete. Me preguntaba si había entendido bien sus indicaciones. Ocho, nueve. A lo lejos divisé la casa de Evelyn. La glicina que cubría la pérgola no tenía flores ni hojas, parecía vulnerable, pero oculta en su ramaje anidaba la promesa de la primavera, y, al acercarme, vi en su tronco algunos brotes verdes. Giré con la intención de subir los peldaños y entonces vi a Evelyn en el porche, sentada en una mecedora. Estaba en camisón. Ella, siempre tan bien peinada, tenía el cabello desgreñado.

—Gracias por venir —dijo buscando mi mano.

—No tienes por qué —dije, y le apreté la mano con suavidad.

La vi pálida y más débil y frágil que días atrás.

—Es el cáncer —dije—, tú...

—Es una noche hermosa, ¿no crees?

Asentí.

Señaló otra mecedora junto a ella y me senté.

—Voy a echar de menos esta isla.

Su voz era distante, lejana.

Tragué saliva.

Evelyn miraba la orilla del mar.

—¿Sabías que tu tía Bee y yo solíamos bañarnos desnudas en el mar? Nos quitábamos la ropa y nos metíamos —se volvió hacia mí—. Deberías probarlo. No hay absolutamente nada que se parezca a la sensación de tener al viejo estrecho de Punget pegado en cada centímetro de tu piel.

La respuesta más apropiada hubiera sido reírme, pero solo atiné a esbozar una sonrisa. ¿Qué puedes decirle a alguien que se ha puesto a recordar ciertos acontecimientos de su vida quizá por última vez?

—Cuidarás de ella, ¿verdad, Emily?

—Claro que sí —dije, mirándola a los ojos—. Te lo prometo.

Asintió.

—Bee no es una persona fácil, sabes. Pero ella es mi hogar, como lo es esta isla.

Sus ojos se llenaron de lágrimas.

—Cuando mi esposo murió, ella me dijo que yo no estaba sola, que nunca lo estaría. Y así ha sido todo el tiempo que Bee ha estado en mi vida. No está bien que yo la abandone. No está bien.

Se puso de pie y se asomó al borde del porche, mostrando sus débiles puños al aire frío, como si amenazara a la isla, como si la desafiara.

Me levanté de un salto y rodeé su cuerpo con mis brazos. Ella se volvió y hundió su rostro en mi hombro.

Se enjugó las lágrimas que corrían por sus mejillas y volvió a sentarse.

—No puedo soportar la idea de tener que abandonarla.

Me incliné para que ella me pudiera ver mejor.

—Velaré por ella. No te preocupes.

Suspiró.

—Bueno. ¿Quieres entrar un momento? Tengo algo para ti.

Dije que sí con la cabeza y entré con ella. La cálida atmósfera interior me quitó un poco el frío.

Como era de suponer, el salón de Evelyn era el de una mujer enferma. La mesa baja estaba tapada de revistas, libros, correo y montones de papeles, además de una colección de vasos de agua y platos con restos de comida incrustados.

—Siento mucho todo esto —dijo con voz débil.

—Por favor, no te disculpes.

—Creo que lo he dejado en la otra habitación —dijo—. Aguárdame un minuto, no tardaré.

No sabía lo que podía ser, pero era como si toda su vida dependiera de ello.

—Está bien —dije—. Te espero aquí.

No disponía de mucho tiempo, así que me di prisa, primero recogí los platos sucios y los metí en el lavavajillas, luego tiré a la basura los pañuelos de papel que estaban amontonados en un rincón, después llevé un montón de correo a la cocina para clasificarlo y por último limpié la mesa con un trapo. *Ya está*. Y me senté en el sofá que estaba junto a la ventana. Reparé en una estantería donde había algunas chucherías y fotografías enmarcadas.

Junto a un vaso de vidrio, lleno de dólares de arena, había una foto de Evelyn tomada el día de su boda, muy hermosa y elegante, con su esposo, un hombre alto, que estaba de pie a su lado. Me preguntaba qué tipo de hombre pudo haber sido y por qué no tuvieron hijos. También había fotos de perros: un Jack Russell y un teckle muy gordo, como si le hubieran dado de comer pasteles todas las noches. De pronto vi el retrato de una mujer y la reconocí de inmediato. Era la misma mujer de la foto que había visto en casa de Henry. En esta fotografía, la mujer, de pie al lado de otra persona, estaba sonriendo. Entrecerré los ojos para ver mejor. Estaba al lado de Bee.

Oí un ruido detrás de mí y me volví: era Evelyn. No la había oído entrar.

—Evelyn, ¿quién es? —pregunté señalando la foto—. La vi en otra foto que tiene Henry en su casa. Bee no me lo ha querido decir. Tengo que saberlo.

Evelyn se sentó. Sujetaba algo entre las manos.

—Fue novia de Henry —dijo.

—¿Y amiga tuya?

—Sí —dijo—, una amiga muy querida.

Suspiró. Se puso de pie y en ese momento advertí en su rostro una inmensa, profunda fatiga. Comprendí que era el fin.

—Ten —dijo, entregándome un sobre cuidadosamente doblado—. Quiero que se lo des a Bee.

—¿Ahora?

—No —dijo—. Cuando me haya ido.

—Lo haré, por supuesto —asentí.

—Gracias, Emily —dijo con ternura—. Tú eres especial, sabes. Todo esto —con la mano señaló el estrecho—, todo esto tenía que suceder. Tú debías venir. Es muy importante que tú estés aquí, cariño, muy importante.

La abracé, pensando que tal vez fuera la última vez.

—¿Lo harás? —me preguntó Rose cuando volví a la mesa, y yo le conté las dos opciones que tenía después de leer la carta de Elliot: encontrarlo esa misma noche y comenzar una nueva vida juntos o decirle adiós para siempre.

Ambas sabíamos que había mucho en juego. Yo apretaba aquel sobre como si fuera la mano de Elliot. Mis nudillos estaban blancos y me clavaba las uñas en la palma de la mano. Era como si creyera que si soltaba el sobre, soltaba a Elliot, y no podía soportar la idea de verlo marcharse. No. No otra vez.

—No lo sé —dije.

Y era verdad. ¿Cómo iba a salir de casa sin que Bobby me viera? La pequeña no se dormía hasta pasadas las ocho de la noche. ¿Qué explicación le daría a Bobby para tener que salir? A esa hora las tiendas ya estaban cerradas, de manera que no podía mentirle

163

diciéndole que necesitaba huevos o leche. Por otra parte, si encontraba la forma de escabullirme, ¿qué diría cuando llegara allí, cuando me encontrara frente a Elliot? ¿Y qué haría? Era lo que más me asustaba. ¿Qué haría yo, en el nombre de Dios?

—Esther —dijo Rose con su tono de mujer práctica—, quiero que sepas que te apoyaré, hagas lo que hagas.

Bobby cogió un ferry más temprano y llegó a casa por sorpresa, a las cinco, con un ramo de jacintos que había comprado en el mercado de Pike Place.

—He pensado que te agradarían —dijo—. Recuerdo que los narcisos eran tus flores preferidas.

No le dije que estaba equivocado, que mis preferidas eran los tulipanes. En cambio, lo abracé y le di las gracias por el regalo.

—Apuesto a que lo has olvidado, ¿no? —dijo—; estás tan ocupada con la pequeña y todo.

Lo miré extrañada. No era mi cumpleaños ni el día de la Madre.

—¿Olvidado de qué, Bobby?

—¡Feliz aniversario! —exclamó—. Bueno, feliz aniversario un día antes. Estoy tan contento que no he podido esperar. Saldremos esta noche para celebrarlo como corresponde.

¿Por qué, de todas las noches, tenía que ser esa la que eligiera para sorprenderme? La mala suerte, esa bruja perversa, acababa de golpearme con su fría mano cruel.

—Pero, ¿y la pequeña? —dije, deseosa de encontrar un fallo en su plan.

La niña acercó su manita a mi collar, agarró la estrella de mar que pendía de la cadena e hizo unos gorgoritos. La recompensé dándole un beso en la mejilla.

—Está todo arreglado —dijo—. Mi madre está en camino.

No podía ser peor. Justo esa noche, mientras Elliot estaría esperándome, estaba obligada a salir con Bobby.

Bobby me llevó al Crow's Nest, un restaurante muy bonito situado en la cima de un acantilado, con vista al estrecho. Elliot y yo habíamos cenado allí muchas veces, pero esta era la primera vez que iba con Bobby. Bobby era frugal. Gastar dinero cenando fuera no era algo propio de él. Por eso, cuando abrió las grandes puertas de pino para cederme el paso, había cierto orgullo en su jactancia.

—Para mi Esther, solo lo mejor —dijo.

A las seis estábamos sentados a la mesa, pero la comida no llegó hasta las siete y media. Por más que yo moviera el pie con impaciencia, o apretara los dientes, o mirara mil veces el reloj, la cena se me hizo larguísima.

Bobby no se percató de mi mal humor. Estaba demasiado ocupado haciéndole preguntas al camarero: «¿El pato está cocinado con salsa de vino?», «¿las ostras son frescas?», «¿las patatas vienen en puré?», «¿podemos sustituir la ensalada por una sopa?».

Debajo de la mesa yo daba golpecitos con el dedo en mi pierna, procurando disimular mi frustración, cuando de pronto, por el rabillo del ojo vi a alguien que miraba en mi dirección. Miré de reojo el bar, donde estaba sentado Billy, mi antiguo novio del instituto, con una copa en la mano y cara de sueño. Billy se me había declarado en la fiesta de comienzo de nuestro tercer año.

Me regaló un anillo y yo le dije que sí. Bueno, en realidad le dije «tal vez». Quería a Billy y pasábamos excelentes momentos juntos, pero eso fue antes de que Elliot entrara en mi vida. Frances siempre dijo que Billy nunca se recuperó después de que rompiéramos, y esa noche algo en sus ojos me confirmaba que ella tenía razón. Sin embargo, nunca me odió por haber tomado esa decisión, jamás, ni por un momento. Esa noche tuve la sensación de que incluso sentía lástima por mí.

Me saludó con la mano desde el bar, donde estaba acompañado de otro hombre. Ambos iban vestidos de traje. Yo lo saludé a mi vez.

—¿Quién es? —preguntó Bobby.

—Billy —dije, señalando el bar.

Bobby giró la cabeza y le sonrió. Su gesto tenía una sola finalidad: subrayar el hecho de que yo era suya. A veces tenía la impresión de que Bobby, más que estar enamorado de mí, lo estaba de la idea que se hacía de mí. Yo era su trofeo: le agradaba pulirlo y sacarlo de vez en cuando para lucirse.

Cuando llegaron los platos con nuestra cena, y después de haber bebido dos jarras de cerveza, dijo:

—Esther, he pensado que a lo mejor —bajó la voz—, a lo mejor podríamos tener otro bebé.

Derramé el agua sobre mi falda en cuanto escuché la palabra «bebé».

—¿Qué te parece, cariño?

—Bueno, ¿no es demasiado pronto? —contesté—. Quiero decir, la pequeña solo tiene cuatro meses.

—Piénsalo —dijo.

Asentí con la cabeza.

Acabamos de cenar y Bobby sugirió el postre.

—Me apetecería un baclava, me he quedado con ga-

166

nas de volver a comerlo desde que Janice lo trajo a mi oficina la semana pasada —dijo.

—¿Por qué fue a tu oficina?

—Tenía una cita en el piso de abajo —explicó mientras se quitaba unas miguitas de pan de los labios—. Pasó a saludar. —Cogió la carta y se bajó las gafas a la nariz—. ¿Te apetece un postre, cariño?

No, nada me apetecía salvo irme de allí. Miré mi reloj de pulsera: eran casi las nueve y media. Elliot no había especificado la hora, pero se estaba haciendo tarde, demasiado tarde. Si iba a acudir a mi cita, debía darme prisa.

—No —dije—. En realidad, me siento un poco cansada. Creo que deberíamos marcharnos.

Bobby pagó la cuenta y, cuando nos levantamos, deliberadamente dejé caer mi bolso debajo de la mesa. Sería mi coartada.

Cuando llegamos a casa, le di las gracias a la madre de Bobby y la acompañé hasta la puerta después de comprobar que la pequeña estaba en su cuna, profundamente dormida. Sentía cada minuto, cada segundo, que pasaba. Bobby se desvistió y se acostó, esperando que yo hiciera lo mismo.

—¡Caramba! —dije—. Me he dejado el bolso en el restaurante.

—¡Oh, no! —dijo, poniéndose en pie y buscando los pantalones que había dejado sobre la silla—. Iré a buscarlo.

—¡No, no! —exclamé—. Mañana debes levantarte temprano para ir a trabajar. Yo iré. Como me olvidé de dejar algo en casa de Frances, lo haré de regreso a casa.

Brillante, pensé, mientras mi corazón palpitaba con fuerza. Había conseguido treinta minutos más.

—Pero, Esther, es muy tarde —dijo—. Una mujer no debe estar en la calle a estas horas.

Bobby estaba convencido de que su misión en la vida era protegerme y que lo que a mí me correspondía era ser protegida.

—Estaré bien, no te preocupes.

Bostezó y volvió a meterse en la cama.

—De acuerdo —dijo—, pero no tardes. Despiértame cuando regreses, así sabré que has llegado bien.

—Lo haré.

Pero sabía que no lo haría. Para entonces ya estaría muy lejos. Cuando cerré la puerta de casa, pude oír sus ronquidos desde el vestíbulo.

Esa noche conduje el Buick muy rápido, demasiado, dejé atrás el restaurante y la casa de Frances, y bajé por la larga carretera que llevaba a la casa de Elliot. Miraba de vez en cuando por el espejo retrovisor, como para cerciorarme de que nadie me seguía.

Eran pasadas las once cuando aparqué el coche a un costado de la carretera, frente a la propiedad de Elliot. Me alisé el traje sastre de lana y me pasé los dedos por el pelo, reprochándome no habérmelo cepillado antes de salir, o al menos haberme mirado al espejo. El sendero que bajaba a la playa estaba oscuro, pero yo lo conocía de memoria.

La luna llena brillaba en el cielo y su luz bañaba la playa que yo tan bien conocía, la playa donde habíamos hecho el amor por primera y última vez. Miré a mi alrededor, con la esperanza de verlo sentado en un tronco o tendido sobre una manta en la arena, como solía esperarme años atrás. Entonces me daba, para mi colección, un pedacito de vidrio o una hermosa concha que había encontrado y caíamos uno en brazos del otro.

Pero no estaba. Era demasiado tarde.

Las luces de la casa estaban apagadas. ¿Se habría marchado ya? Sofoqué un grito al pensarlo. La sincronización de nuestros tiempos siempre había sido espantosa, ¿por qué iba a ser distinto aquella noche? No obstante, sentí una punzada en el corazón, como un choque eléctrico. Volví al sendero y, de no haber sido por la tenue luz de unos leves pétalos purpurados bajo mis pies, hubiera seguido subiendo hasta la carretera donde había dejado mi coche. Sacudí la cabeza. ¿Violetas? No las veía desde que era niña, cuando las descubrí un verano en el jardín de mi abuela. Nunca las había visto en la propiedad de Elliot. ¿Qué hacían allí?

En la isla, muchas personas —entre las que me incluía— atribuían poderes místicos a estas flores. Creían que con ellas se podía curar las heridas del corazón y del cuerpo, arreglar peleas entre amigos y, también, que traían buena suerte. Me hinqué y pasé mi mano por aquella alfombra morada cubierta de polvo tendida sobre un suelo de hojas verde claro.

Me puse de pie al oír una música lejana que trajo a mis oídos la brisa nocturna. Reconocí la melodía instantáneamente. La voz de Billie Holiday era inconfundible. «Body and Soul.»

Miré a ver si Elliot estaba en el porche de su casa, pero lo único que alcancé a distinguir fue una caña de pescar en un rincón, apoyada contra la balaustrada. El mismo cuadro, tal como yo lo recordaba; una visión congelada en el tiempo.

De pronto, unos brazos, surgidos de no sé dónde, me rodearon. No me estremecí ni traté de apartarlos;

reconocía aquel contacto, conocía el olor de su piel, la tibieza de su aliento; lo conocía de memoria.

—Has venido —me dijo al oído.

—¿Cómo podría no venir? —dije volviéndome para mirarlo.

—¿Has pensado en mí?

—Cada segundo de cada día —contesté, cayendo rendida en sus brazos. Su magnetismo era irresistible.

Me besó con el mismo ardor, la misma ferocidad de antes. Yo sabía, como él, que lo que había entre nosotros seguía allí, intacto y fuerte como antes. Y muy real.

Oí un crujido que provenía de los árboles, cerca del sendero que subía a la carretera. Pero no me detuve a mirar, ni me preocupé, no esa noche, precisamente, en que Elliot me tomaba de la mano y me llevaba a su casa.

Entramos y pasamos al salón. Hizo a un costado la silla y la mesa baja, y me tendió sobre la alfombra de piel de oso que había junto a la chimenea.

Mientras él desabotonaba mi vestido, yo no pensé en Bobby, el hombre con quien tenía que haber estado el día del aniversario de mi boda, o en mi hijita, que dormía en su cuna, o en la mentira que había dicho al salir. Solo sentía el calor del fuego en mi cara y el aliento de Elliot sobre mi piel. Eso era todo lo que necesitaba sentir.

8 de marzo

Traté de no pensar demasiado en las palabras de Jack. «¿Pero no me dijo que regresaría hoy de Seattle?» A la mañana siguiente miré el reloj de la cocina una docena de veces antes de desayunar. Pensé en la manera como Elliot había besado a Esther. Yo quería ser amada con la misma pasión, el mismo ardor que Elliot parecía transmitir con tanta naturalidad.

El teléfono no sonó a las once de la mañana. Tampoco al mediodía. «¿Por qué no llama?»

A las dos salí a dar un paseo por la playa, pero el único sonido que emitía mi móvil era la musiquita que me avisaba de que tenía un mensaje de texto de Annabelle.

A las cinco, Bee empezó a prepararse un trago y me preguntó si me apetecía uno. Apoyé el móvil sobre la mesa.

—Uno doble para mí, por favor —dije.

Cerca de una hora después, Bee estaba de nuevo en su galería ejecutando sus pases de magia con las botellas de licor, pero esta vez no me ofreció otro.

—Vístete, querida —dijo—. Greg está al caer.

Casi me había olvidado de los planes que había hecho con Greg. Fui a mi cuarto a vestirme, deprisa. Elegí un vestido azul, tejido, de mangas largas, con un profundo escote en V. Me agradaba su contacto en mi piel.

Greg llegó a las siete, tal como había dicho, muy pulcro, con unos tejanos limpios y una camisa blanca, limpia y planchada. El blanco resaltaba el dorado de su piel.

—Hola —dijo mientras yo me acercaba al coche—. ¿Lista para una comida china?

—Suena maravilloso —dije—. Me muero de hambre.

Nos dirigimos a la ciudad, pasamos de largo el mercado Town & Country y aparcamos en la calle Main, donde había muchos restaurantes y cafeterías. La noche era cálida y había un puñado de personas comiendo fuera.

En el restaurante, Greg hizo señas a la camarera. Con sus pendientes y su permanente en espiral se parecía a una chica que yo había conocido en el instituto: Mindy Almvig.

—He llamado hace tres cuartos de hora para hacer un pedido.

—Sí —dijo, mascando chicle—. Está listo.

El lugar olía delicioso, a salsa Szechuan y rollos primavera fritos.

Greg pagó y cogió, mejor dicho, levantó la bolsa de papel, que era enorme. Subimos al coche y dirigí la mirada a un pequeño restaurante muy cerca de allí. Los comensales estaban cenando fuera bajo el calor de las lámparas. Fue entonces cuando vi a Jack.

Estaba con una mujer, eso era evidente. Desde mi puesto de observación no podía ver su rostro, tan solo sus piernas, que apenas tapaban la falda corta de un vestido negro que se le pegaba a los muslos. Bebían vino blanco y reían, y cuando Jack miró en la dirección de nuestro coche, bajé la visera parasol y me volví para el otro lado.

«¿Quién es ella? ¿Por qué no mencionó que tenía una relación con alguien? Quizá solo es una amiga. Pero si es una amiga, ¿por qué no dijo nada acerca de ella?»

Greg condujo cerca de un kilómetro por la carretera antes de girar por un camino cubierto de grava. Su casa, una casa de campo amarilla con una cerca de estacas blancas, me chocó, para decirlo con franqueza. ¿Greg con una cerca de estacas?

—Hemos llegado —dijo.

—Estoy muy sorprendida —comenté.

—¿Sorprendida?

—Sí, quiero decir, es tan mona, tan Martha Stewart conoce al viejo MacDonald. Creo que nunca te imaginé viviendo en una casa como esta.

Sonrió y retiró las llaves del motor. Vi asomar por la manga de su camisa un tatuaje que no había notado antes.

El interior estaba decorado en una forma que Greg nunca habría podido hacer solo. Todo combinaba: los cojines y el sofá, la alfombra y el color de las paredes. Había una corona en la puerta principal. Una corona. Era obra de una mujer. ¿Qué hombre escoge una otomana tapizada de color verde?

Sin embargo, tras examinar todo con más atención, pude ver que, de haber habido una mujer en su vida, hacía largo tiempo que no estaba. Había platos apilados en el fregadero. La encimera estaba sucia y había una cesta con ropa para lavar al pie de la escalera.

—Bueno, aquí es —dijo Greg, un poco turbado, como si mi presencia allí le hiciera ver el lugar bajo otra luz.

Como la puerta del lavabo estaba abierta, eché un vistazo: el asiento del váter estaba levantado y había un rollo de papel tirado en el suelo, no en el dispensador, que era donde debía estar. Era el hogar de un hombre soltero.

—Ven —dijo Greg, poniendo dos servilletas, platos, un juego de palillos sobre la mesa de café, junto al vino que nos sirvió—. La cena está servida.

No era como la cena en casa de Jack, no había servilletas de lino ni platos de *gourmet*, pero era el estilo de Greg, y después de la escena que había visto en la ciudad, apreciaba a Greg un poco más que antes. Al menos era sincero.

—¿Cuánto tiempo hace que vives aquí?

Estaba ansiosa por satisfacer mi curiosidad acerca de las mujeres en su vida, actual o pasada.

Miró al techo como si tratara de calcular los años.

—Cerca de nueve años —dijo.

—¡Uy! ¿Tantos? ¿Siempre has vivido aquí solo?

—No, compartí con alguien durante varios años —dijo.

No especificó si ese alguien había sido hombre o mujer.

—Bueno, la verdad es que has hecho un buen trabajo con este lugar. Es muy bonito.

Greg se sirvió un poco más de *chow mein*.

—No he dejado de pensar en la sorpresa del otro día, cuando de repente te veo allí, en el mercado.

Tragué el bocado de *dim sum* que tenía en la boca.

—Yo también. A decir verdad, eras la última persona que esperaba ver esa mañana.

Se volvió para mirarme.

—Siempre he conservado la esperanza de volver a verte.

—Yo también —dije—. Solía practicar un jueguito yo sola: cada vez que tenía en mis manos una Bola 8 Mágica, la agitaba y le preguntaba: «¿Volveré a besar a Greg algún día?» ¿Y sabes qué? Nunca saqué un No. Ni una sola vez.

Greg me miró con expresión burlona.

—¿Y qué más le preguntaste a tu bola?

Me reí e hinqué mis dientes en otro rollito primavera, decidida a no decirle que en realidad había consultado la bola en el apartamento de Annabelle el día antes de mi divorcio.

Acabamos de cenar y Greg mantuvo llena mi copa de vino. Perdí la cuenta de la cantidad que había bebido.

Fuera estaba oscuro, pero bajo la luz de la luna alcancé a ver, a través de la puerta vidriera que daba a la parte trasera de la casa, un manchón de flores.

—Me gustaría ver tu jardín —dije—. ¿Me lo enseñas?

—Claro. Es mi pedacito de cielo.

Me sentí algo mareada al ponerme en pie, y Greg debió de notarlo pues me dio el brazo cuando salimos al patio pavimentado con losas de piedra.

—Allá están las hortensias —dijo, señalando a la izquierda, un ángulo del patio—. Y aquí el jardín florido. Este año tengo lirios, peonías, y las dalias, que ya están saliendo.

Pero yo no miraba los canteros. Justo debajo de la ventana de la cocina había una hilera de tulipanes blancos con las puntas rojas. Brillaban recortados contra el color amarillo de la pared de la casa, y me acerqué para examinarlos. Eran idénticos a los que Elliot le había dado a Esther.

—Estos tulipanes —dije—, son hermosos.

—En verdad lo son —contestó Greg.

—¿Los has plantado tú? —pregunté, como si lo estuviera acusando de algo, como si me estuviera imaginando que mantenía a Elliot arriba, atado y amordazado, en el armario de uno de los dormitorios.

—Me gustaría atribuirme el mérito —dijo—. Pero no, crecen espontáneamente. Estaban aquí cuando compré la casa. Se han ido multiplicando con el correr de los años. Ahora debe de haber como tres docenas.

Me advertí a mí misma que el diario que estaba leyendo era probablemente una historia inventada, no la realidad. Sin embargo, no podía dejar de preguntarme si Elliot y Esther no habían estado en la isla, paseando justamente en ese lugar.

—¿Quién te vendió la casa? —pregunté.

—No puedo recordar su nombre —dijo—. Era una mujer muy mayor. Sus hijos iban a trasladarla a una residencia de ancianos.

—¿Dónde? ¿Aquí, en la isla?

—No, creo que en Seattle.

Moví la cabeza y volví a mirar los tulipanes. Eran espléndidos.

—Oye —dijo Greg—. ¿Por qué te interesa tanto?

—No sé —contesté, agachándome para coger una flor—. Creo que tengo debilidad por las historias del pasado.

Greg me miró en una forma que en otras épocas me excitaba.

—Ojalá nuestra historia hubiera tenido un final distinto.

Sentí su respiración en mi piel, incitante, tentadora, pero de nuevo intervino la voz de la prudencia.

—Vayamos a abrir nuestras pastas de la suerte —dije, zafándome de su mirada.

—No, detesto esas pastas.

—Vamos, ven —le dije, cogiéndolo de la mano.

Abrió una y leyó el papelito que tenía en sus manos: «Encontrarás la respuesta a lo que estás buscando.»

—¿Lo ves? —dijo—. No significa nada. Puedes interpretarlo de mil maneras.

Abrí la mía y me quedé paralizada: «Descubrirás el verdadero amor en el presente, no mirando al pasado.»

—¿Qué dice el tuyo? —preguntó.

—Nada significativo —contesté—. Tienes razón. Son bobadas.

Guardé el papelito en mi bolsillo.

Greg se acercó un poco más.

—¿Y si no es una bobada? ¿Y si dice algo sobre nosotros?

Permanecí inmóvil mientras sus manos me acariciaban la cara, luego cerré los ojos cuando bajaron por mi cuello y mis hombros hasta mi cintura.

—No —dije, abriendo los ojos y apartándome de sus brazos—. No puedo, Greg, lo siento.

—¿Qué sucede?

Parecía herido.

—No lo sé —contesté, desorientada—. Pero creo que mi corazón está en otra parte.

Lo que no dije fue que «otra parte» significaba, simple y llanamente, Jack.

—Está bien —dijo, bajando la vista.

—Mejor me voy —dije, incómoda, mientras él se ponía de pie para buscar las llaves.

Antes de subir al coche, corrí al jardín a buscar el tulipán que había cortado.

Greg me condujo a casa de Bee.

—Es un tío con suerte —me dijo, antes de que me apeara del coche.

—¿Quién es un tío con suerte?

—El que se case contigo.

10

9 de marzo

A la mañana siguiente, oí el teléfono del salón que llamaba con tal fuerza e insistencia que me arrancó de un sueño muy agradable. *Y Bee, ¿por qué no lo coge?*

Al décimo ring me levanté, como atontada, y fui al salón.

—¿Diga? —dije en un tono que dejaba dudas a mi interlocutor cómo me sentaba que me molestaran a las ocho menos cuarto de la mañana.

—Emily, soy Jack.

Abrí completamente los ojos. Me acordé de que le había anotado mi número de móvil en un papelito la noche que fui a su casa. Entonces, ¿por qué me llama al fijo?

—Oye, perdona que llame tan temprano —dijo—. Intenté con tu móvil, pero salta el buzón de voz. Bueno, si no es muy temprano...

—No —tartamudeé—, no es muy temprano.

Mi voz sonó ansiosa, más de lo que hubiera deseado.

—¡Qué bien! —dijo—, porque me preguntaba si te querrías venir a pasear conmigo por la playa esta mañana.

—¿Ahora?

—Sí —dijo—. Tienes que venir a ver lo que está ocurriendo aquí ahora mismo. ¿Puedes bajar en diez minutos?

Mientras iba andando pisando la arena con dificultad, divisé a Jack a lo lejos, bueno, divisé una mancha, que era Jack. Nos hicimos señas con la mano y caminamos al encuentro uno del otro.

—¡Buenos días! —gritó Jack desde donde se encontraba en la orilla, es decir, a unos treinta metros más lejos.

—¡Hola! —grité a mi vez.

Cuando al fin nos encontramos, señaló adelante.

—Lo que quería mostrarte está al otro lado de la curva.

—¿Qué es?

Sonrió.

—Ya verás.

—¿Cómo te ha ido en Seattle?

—Todo bien —dijo—. Perdona que no te haya llamado antes —añadió, sin más explicaciones.

Seguimos andando en la dirección indicada por él hasta el punto donde la playa empezaba a circundar la ladera de una colina. Jack se detuvo y se quedó inmóvil un instante mirando el estrecho.

—Allá —dijo, bajando la voz.

—¿Dónde? —pregunté.

Y en ese momento la vi: un chorro de agua saltando al aire y luego una cosa enorme que se mecía bajo las aguas.

Sonreí como una niña maravillada ante el muñeco que ve salir de una caja.

—¿Qué era?

—Una orca —respondió orgulloso.

Bee siempre hablaba de las orcas que podían verse desde la orilla, pero yo nunca había visto una con mis propios ojos cuando venía a la isla de pequeña, en verano.

—¡Mira! —exclamó Jack.

Eran dos, nadaban muy cerca una de otra.

—Vienen hasta aquí en esta época del año —dijo—. Siempre me han gustado. Cuando era niño solía sentarme aquí, aquí mismo —y señaló una roca lisa, grande como el tocón de un árbol, tapada por la arena—, y miraba pasar las ballenas.

No podía apartar mis ojos del mar.

—Son espectaculares —dije—. Mira cómo nadan, qué fuerza, qué determinación. Saben adónde las conduce su viaje, y sin mapa que las guíe. —De pronto me asaltó un pensamiento—. ¿Jack?

—¿Eh?

—Has dicho que venías aquí de niño. ¿Venías en verano?

—Sí —dijo, sonriendo—. Todos los veranos. Donde vivo ahora es la casa que tenía mi familia en la playa.

—Entonces, ¿por qué nunca te vi?

—No me permitían que fuera por aquel lado —dijo, y tras una pausa, añadió—: Por donde vive tu tía.

Me reí.

—A mí tampoco me dejaban que viniera por este lado —dije—. ¿Tú crees que pude haberte visto alguna vez?

Sus ojos encontraron los míos.

—¿No te acuerdas, verdad?

—¿Acordarme de qué?

Movió la cabeza en ademán juguetón.

—Lo siento —dije, esforzándome por recordar algo, cualquier cosa—, no me acuerdo.

—Tenías catorce años —y eras muy bonita, debo decir. Mi perro se había soltado de la correa y se fue corriendo en dirección a la casa de tu tía. Tú estabas en la playa, sentada sobre una toalla con otra chica. Llevabas biquini. Un biquini rosa. Y *Max*, mi perro de aquella época, se te echó encima y te lamió la cara.

—¿Eras tú?

—Sí.

—No puedo creerlo.

—Pues, créelo.

—¡Cielos! —exclamé—, claro que me acuerdo del perro que me lamió la cara.

—Sí —dijo—, y no parecías muy contenta que digamos.

—¡Y luego se fue corriendo llevándose mi sandalia en la boca! —dije, y mientras lo decía toda la escena me volvía a la memoria.

—Una forma como otra de impresionar a una chica.

Ladeé la cabeza hacia la derecha y lo miré con otros ojos.

—¡Dios mío, ahora me acuerdo de ti! —dije—. ¡Qué flaco eras!

—Sí.

—¿Ortodoncia?

Negó con la cabeza.

—¿Eras tú?

—Sí, yo mismo.

No pude evitar reírme.

—¿Qué? —dijo Jack, haciéndose el ofendido—. ¿Me vas a decir que no encontrabas atractivo a un chico alto, desgarbado, con ortodoncia y acné?

—No —dije—. Quiero decir, no es eso, es que, bueno, eres muy distinto ahora.

—No, en realidad, no —dijo—, soy exactamente el mismo. Salvo por el acné, que ya no tengo. Tú, en cambio, no has cambiado mucho. Solo que eres mucho más hermosa de lo que creí que llegarías a ser.

No sabía qué decir, de manera que me limité a sonreír: una sonrisa que se inició en mi interior y viajó hasta mi rostro, donde permaneció el resto de la mañana.

—Oye, ¿quieres subir a casa? —dijo—. Te prepararé un desayuno.

—Me encantaría —contesté.

Y, sin pensarlo, cogí su mano y él entrelazó sus dedos en los míos, como si lo hubiéramos hecho cien veces antes. ¿Qué importaba que hubiera salido con otra la noche anterior? También yo había salido con otro. Estábamos empatados. Lo único que me importaba en ese momento era que estábamos juntos.

Me senté en el taburete de la cocina de Jack. Él se puso a moler los granos de café, luego cortó por la mitad cinco naranjas y las colocó en el exprimidor. Después sacó un bol y rompió unos huevos dentro. Yo lo contemplaba, fascinada, sus movimientos. Era rápido, preciso. Me preguntaba si Elliot le habría preparado el desayuno a Esther alguna vez.

—Espero que te gusten las torrijas —dijo.

—¿Gustarme? —contesté—. Te quedas corto. Adoro las torrijas.

Se rio y siguió batiendo.

—Dime, ¿te ha contado tu tía historias horribles sobre mi familia?

—No. No me ha querido hablar del tema. ¿Por qué no me las cuentas tú?

—La verdad es que soy el último en saber algo sobre los esqueletos que mi familia guarda en los armarios —comentó—. Lo único que sé es que mi padre me advirtió muy pronto que no éramos personas bienvenidas en la casa de Bee Larson. Y de pequeño eso me daba mucho miedo.

Me imaginaba que Bee era la bruja del cuento de Hansel y Gretel. Mi hermana y yo estábamos convencidos de que si poníamos un pie en su propiedad, nos capturaría y nos encerraría bajo llave en su mazmorra.

La ocurrencia me dio risa.

—Sí, creíamos que su casa estaba embrujada.

—Bueno, no se necesita mucho para sacar esa conclusión —dije, pensando en las habitaciones de la segunda planta de la casona, casi todas cerradas con llave, en los pisos de madera que crujían—. A veces también yo creo que está embrujada.

Jack asintió y puso una cucharita de té de canela en los huevos batidos.

—Me gustaría saber más acerca de las circunstancias que motivaban todo eso —dijo—. Tendría que preguntárselo a mi abuelo.

—Ah, ¿lo ves?

—Sí —dijo—. Vive en Seattle. Fui a verlo ayer. Al menos una vez al mes voy a pasar unos días con él.

—Tal vez puedas preguntárselo la próxima vez que lo veas —sugerí—, porque a Bee no puedo sonsacarle nada.

—Lo haré —respondió.

La conversación de Jack con su abuelo me llevó a pensar en el mío. De pequeña me encantaba que me permitiera quedarme con él en su estudio, donde permanecía encerrado durante horas. Desde mi escritorio, improvisado con una caja de cartón, yo lo contemplaba en adoración sentado a su monumental escritorio de roble, mientras él pagaba las facturas y yo hacía como que escribía cartas a máquina. El abuelo siempre me dejaba mojar los sobres con la lengua antes de cerrarlos y echarlos al buzón.

La abuela Jane había muerto de repente, de un ataque al corazón. En su funeral, cuando mi madre me preguntó si diría algo en su memoria desde el púlpito de la iglesia, contesté que no me sentía cómoda hablando en público. Pero la verdad era más compleja. Mientras miraba su ataúd, eché un vistazo a mi alrededor. Mamá estaba llorando. Y Danielle también. ¿Por qué yo no sentía nada? ¿Por que no podía exteriorizar una tristeza acorde al fallecimiento de una abuela?

—Tienes suerte —dije a Jack.

—¿Por qué?

—Porque quieres a tu abuelo.

—¡Oh, ya lo sé! —exclamó mientras hundía gruesas rodajas de pan en los huevos batidos. Podía oír el chisporroteo del pan en contacto con la mantequilla caliente cuando lo ponía en la sartén—. También tú lo querrías. Es todo un personaje. Quizás un día lo conozcas. Estoy seguro de que se volverá loco contigo.

Sonreí.

—¿Cómo lo sabes?

—Lo sé.

La máquina de café pitó y Jack me sirvió una taza.

—¿Nata o azúcar?

—Solo nata —dije, y miré si servía una taza para él, pero no, fue a buscar un vaso de jugo de naranja.

Annabelle se había ocupado de investigar, no de manera científica, la cuestión de las parejas y sus preferencias en materia de café. Según los primeros resultados de su investigación, si podíamos llamarlos resultados, las personas a quienes les gusta el café preparado de la misma manera tienen muchísimo éxito en el matrimonio.

Bebí un sorbo del mío y fui al salón, donde estaba *Russ* acurrucado junto a la chimenea. Parecía un osito muy tierno, como sucede con todos los golden retriever. Me senté en cuclillas para acariciarlo y observé que, de la comisura de la

184

boca, le colgaba un pedacito de papel verde. A su derecha vi trozos de lo que me pareció que era una carpeta verde mordisqueada. Y alrededor, papeles sueltos desparramados.

—*Russ* —dije—, perrito travieso. ¿Qué has cogido?

Se puso patas arriba y bostezó, entonces noté que debajo tenía más papeles arrugados, probablemente los que tenía pensado comerse. Recogí una hoja toda baboseada. La mayor parte de lo que esa hoja contenía estaba borroso o rasgado, pero en la parte superior figuraba la frase siguiente: «Departamento de Policía de Seattle, Oficina de personas desaparecidas.» La dejé en el suelo, algo sorprendida, y cogí otra, que era la fotocopia de una noticia recortada del periódico de la isla Bainbridge. A juzgar por la tipografía parecía viejo, y también prácticamente irrecuperable.

—¿Emily? —llamó Jack desde la cocina.

Por los nervios la hoja se me cayó de la mano.

—Aquí estoy, con *Russ*. Creo que anda metido en algo.

Jack apareció trayendo una fuente con torrijas en sus manos, pero la puso rápidamente sobre la mesa.

—¡*Russ*, acuéstate! —gritó.

—Déjame ayudarte —dije.

—¡No! —exclamó, un decibelio por debajo del grito—. Quiero decir, no, perdona, no tienes que ayudarme con esto. Yo me encargo.

Di un paso atrás, preguntándome si habría visto algo que no debía. Jack guardó la carpeta y su contenido baboseado y arrugado debajo de una pila de revistas que había sobre la mesa baja.

—Lo lamento —dijo—. Quería que fuera un desayuno perfecto.

—No es nada —repuse—. Los perros son perros.

Observé a Jack mientras colocaba las torrijas una encima de otra y luego espolvoreaba la fuente con azúcar glas.

—Listo —dijo, presentándome la fuente—. Tu desayuno.

Iba a coger el tenedor cuando sonó el teléfono en la cocina.

—Tengo contestador —dijo.

Probé mi torrija y casi me desmayo de placer, pero mi atención se desvió cuando oí una voz de mujer que dejaba un mensaje.

—Jack —empezó a decir aquella voz—, soy Lana. Fue muy grato cenar contigo anoche. Quería...

Jack se levantó de un salto y se precipitó a apagar el contestador antes de que ella pudiera continuar.

—Lo siento —dijo, un poco avergonzado—. Era, uf, una clienta. Nos encontramos anoche para hablar de un cuadro.

No me agradó el tono de voz, demasiado íntimo, de aquella mujer. Deseaba hacerle unas veinte preguntas a Jack. No, cien preguntas. En cambio, sonreí cortésmente y seguí comiendo. No dudaba de que la mujer fuera una clienta, pero si no era más que eso, ¿de qué tenía miedo? ¿Qué trataba de ocultar?

Cuando se sentó y empezó a comer, volvió a sonar el teléfono.

—¡Por Dios! —dijo.

Lo miré como diciendo: «Está bien, ve a contestar», pero en realidad hubiera querido arrancar el enchufe de la pared para que, quienquiera que fuera aquella mujer, no llamara más.

—Perdona —dijo Jack, corriendo a la cocina a coger el teléfono.

—¿Diga?

Hizo una pausa durante unos instantes.

—¡Oh, no! —dijo.

Otra larga pausa. Y luego:

—Por supuesto. Está aquí. Le diré que se ponga.

Jack volvió deprisa al salón y me pidió que fuera al teléfono.

—Es tu tía.

Casi se me sale el corazón del pecho cuando atendí.

—¿Emily?

La voz de Bee sonaba frenética, confusa.

—Sí —dije—. Bee, ¿qué sucede? ¿Te encuentras bien?

—Siento molestarte, pero Henry, que estaba esta mañana en la playa, me ha dicho que te vio ir a la de Jack, por eso...

Le temblaba la voz.

—Bee, ¿qué sucede?

—Evelyn —dijo, como perdida—. Estaba aquí desayunando esta mañana. Y... le dio un colapso. Llamé al 911. La llevan ahora al hospital.

No dudé un instante.

—Voy para allá.

—No, no —dijo—. No hay tiempo. Yo salgo ahora mismo.

—Entiendo —dije—. Ve tú. Iré por mi cuenta.

No necesitaba preguntar si a Evelyn le quedaban horas o minutos. Ya lo sabía. Y tuve la sensación de que Bee, instintivamente, también lo sabía, como los mellizos, o las almas gemelas, o los amigos de toda la vida.

Colgué el auricular.

—Evelyn está en el hospital —dije, moviendo la cabeza con incredulidad.

—Te llevaré en el coche —dijo Jack.

Miré la mesa con los platos de torrijas perfectas que de pronto habían dejado de ser apetitosas.

—Deja eso —dijo—; si salimos ahora, llegaremos al hospital en media hora.

11

El hospital más próximo quedaba a unos treinta minutos, en Bremerton, una pequeña ciudad situada al oeste de la isla. Cuando cruzamos el puente en dirección a la península súbitamente sentí que el aura de la isla se disipaba, como si yo bajara a tierra desde una estratosfera extraterrestre.

En cuanto entramos, Jack y yo nos precipitamos a la recepción y preguntamos por el número de la habitación de Evelyn.

La mujer de cabello blanco, sentada detrás del mostrador, se demoraba tanto que yo hubiera querido pasar del otro lado, coger su ordenador y buscar yo misma la información. Pero creo que mis dedos golpeando sobre el mostrador le indicaban claramente mi grado de impaciencia.

—Sí —dijo—. Aquí está: sexto piso.

Cuando llegamos a su habitación, Jack no quiso entrar.

—Esperaré fuera —dijo.

—No, ven.

No iba a permitir que se sintiera rechazado, como si fuera un extraño. Había decidido que las dudas que pudiera tener Bee con respecto a su familia acabarían en nuestra generación.

—No —contestó—. Me quedaré aquí por si me necesitas.

No insistí y abrí la puerta. Bee, sentada a la vera de la cama de Evelyn, la cogía de la mano.

—Emily —dijo—, no nos queda mucho tiempo.

—Corta el rollo, Bee —dijo Evelyn.

Me alegró oír la vida, el coraje, en su voz.

—No te permito que sigas lloriqueando como una niña. Que alguien me saque esta bata horrible y me vista con algo decente, y, por el amor de Dios, que me traigan un cóctel.

Entendí por qué Bee la quería tanto. Yo también la quería.

—Hola, Evelyn —dije.

Sonrió y, cuando lo hizo, pude ver el agotamiento en su mirada.

—Hola, cariño —contestó—. Lo siento, me parece que tu amiga geriátrica te ha interrumpido en medio de una cita apasionante.

Sonreí.

—Lo traje conmigo.

Bee me miró, preocupada, como si la idea de que Jack pudiera encontrarse cerca la sumiera en una profunda consternación.

Evelyn no le hizo caso.

—Te iluminas cuando hablas de él.

Nadie nunca me había dicho que yo me iluminaba al lado de Joel. En realidad, sucedía lo contrario. Cuando salíamos juntos, la gente siempre me decía que parecía cansada, envejecida.

—Ya está bien de hablar de mí —dije—. ¿Cómo te sientes?

—Como una anciana dama con cáncer —dijo—, pero un martini me ayudaría.

Bee se puso de pie, como si supiera exactamente lo que debía hacer.

—Un martini, pues —dijo—. Emily, ¿puedes quedarte con Evelyn? Regresaré enseguida.

—No me iré a ninguna parte —dije para tranquilizarla.

Se me antojó enternecedor por su parte querer satisfacer el deseo de su amiga agonizante, pero no entendía cómo lo haría. ¿Iría en su coche a una tienda de licores? ¿Compraría una coctelera? Además, iba a tener que entrar con todo eso sin que la vieran las enfermeras.

En cuanto Bee salió del cuarto, Evelyn se inclinó hacia mí.

—¿Sigues leyendo? —preguntó.

Evelyn estaba enchufada a tantos cables y monitores que parecía raro hablar de algo que no fuera su enfermedad. Pero me di cuenta de que de eso justamente no deseaba hablar.

—Estoy absolutamente subyugada.

—¿Hasta dónde has leído?

—He avanzado mucho —dije—. Estoy en el momento en que Esther va a la casa de Elliot, a encontrarse con él.

Evelyn cerró los ojos, apretó con fuerza los párpados, y los volvió a abrir.

—Sí —dijo.

Una enfermera entró en la habitación y se puso a toquetear una vía intravenosa.

—Es hora de más morfina —le dijo a Evelyn.

Evelyn no le hizo caso y siguió mirándome intensamente.

—Entonces, ¿qué piensas?

—¿Sobre qué?

—Sobre la historia, cariño. La historia de amor.

—¿Cómo es que tú conoces esa historia, Evelyn?

Hizo una pausa y sonrió, mirando al cielo raso antes de que sus párpados se tornaran pesados.

—Ella siempre fue un enigma —dijo.

Me quedé helada.

—Evelyn, ¿quién?

Respiraba con dificultad y muy lentamente, y pensé que la medicina intravenosa le había hecho efecto.

—Esther... —dijo suavemente—. ¡Cómo la queríamos! ¡Cómo la queríamos todos!

Los párpados de Evelyn, cada vez más pesados, se cerraban, y yo reprimí la necesidad de hacerle más preguntas.

—Tú lo corregirás, cariño, lo harás bien, lo sé —dijo casi en un murmullo, pronunciando las palabras de corrido—. Lo corregirás por Esther, por todos nosotros.

Cogí su mano y apoyé mi cabeza en la de ella, observando cómo subía y bajaba su pecho por el esfuerzo que hacía para respirar.

—No te preocupes, Evelyn —dije—. Ya no tienes que seguir preocupándote. Ahora descansa.

Bee regresó media hora más tarde, extenuada, con una bolsa de papel en la mano.

—Evelyn, tu martini, lo prepararé ahora mismo.

—Chsss —dije—. Está durmiendo.

Le dejé mi lugar a Bee, para que pudiera estar hasta el último segundo junto a su mejor amiga.

Jack había permanecido en la sala de espera casi una hora. Cuando salí a verlo, se puso de pie. Estaba nervioso.

—¿Ella ha...?

—No —dije—, aún no. Bee está con ella ahora. Pero no queda mucho tiempo.

—¿Hay algo que yo pueda hacer?

Se me acercó y sus ojos buscaron los míos. Entonces, en aquella sala de espera, me envolvió en sus brazos estrechándome con fuerza, como nadie nunca lo había hecho. Por encima de su hombro miré por la ventana. Lo que se veía no era nada del otro mundo —anchas aceras pavimentadas con alguna que otra flor de diente de león que valerosa brotaba del asfalto—, pero me fijé que había un cine abandonado. En la marquesina se leía E.T., y me pregunté si estaría allí desde 1980.

Miré a Jack, lo miré a los ojos, hondamente. Me atrajo hacia él y me besó. Si bien yo sentía que todo era muy frágil y que había muchas preguntas sin respuesta, en ese momento no pude dejar de reconocer que todo estaba bien, maravillosamente bien.

Evelyn murió pocas horas después de que yo saliera de la habitación, pero no antes de que Bee le hubiera preparado su martini. En minutos Bee mezcló el hielo, la ginebra y el vermú en la coctelera, con un número impar de aceitunas para la suerte. Evelyn había abierto brevemente los ojos y compartió un último trago con su mejor amiga. Fue la despedida ideal para ellas. En su casa, esa misma noche, Bee preparó otra ronda y brindamos en memoria de Evelyn.

Pregunté a Bee si deseaba que me quedara a acompañarla, por si necesitaba un hombro para llorar, pero dijo que no, que sólo quería dormir.

Yo también me acosté, pero las palabras de Evelyn me daban vueltas en la cabeza. «¿Cómo conocía a Esther? ¿Cómo había llegado el diario al cuarto de invitados de la casa de Bee? ¿Por qué pensaba Evelyn que esas páginas estaban destinadas a ser halladas... halladas por mí?»

12

10 de marzo

Como al día siguiente no deseaba levantarme de la cama,
pero tampoco podía dormir, retomé la lectura del diario.

Bobby dormía cuando volví de casa de Elliot. Lo
supe al llegar a la puerta, porque oí que seguía roncan-
do. Me desvestí y levanté con cuidado la colcha de la
cama, rogando que eso no fuera a despertarlo. Me quedé largo rato mirando el techo, pensando en lo que había hecho, pensando adónde iría cuando me fuera de
allí, pero no tenía respuestas. Entonces Bobby se dio
la vuelta y me pasó un brazo por encima, atrayéndome
a él. Supe lo que quería en cuanto empezó a restregar
su nariz en mi cuello, pero me volví y simulé dormir.

A la mañana siguiente, cuando Bobby se fue a trabajar, mi primer deseo fue llamar a Frances para contarle
todo. Ansiaba oír su voz, escuchar sus frases de aprobación. En cambio llamé a Rose, a Seattle.

—Lo he visto anoche —dije.

—¡Esther! —contestó.

En su tono de voz no había juicio ni aliento. Reflejaba la preocupación, la excitación y el terror que yo sentía frente a las decisiones que debía tomar.

—¿Qué vas a hacer?

—No lo sé.

Guardó silencio.

—¿Qué te dice el corazón? —preguntó.

—Mi corazón está con Elliot. Siempre estará con Elliot.

—Entonces, ya sabes lo que debes hacer —declaró.

Bobby volvió a casa esa noche y yo le preparé su plato favorito: pastel de carne, patatas hervidas y judías verdes con mantequilla y tomillo. Era, en la superficie, como si nada hubiera cambiado. Éramos una pareja felizmente casada disfrutando de una buena cena de aniversario de boda. Pero yo soportaba un peso enorme sobre mis espaldas: el peso de la culpa.

Cada vez que Bobby me miraba, o me hacía una pregunta, o me tocaba, sentía que mi corazón iba a romperse.

—¿Qué tienes? —preguntó mientras comíamos.

—Nada —respondí, temerosa de que pudiera notar algo.

—Es que, bueno, pareces distinta —prosiguió—. Estás más hermosa que nunca. Marzo te sienta muy bien.

Sentí que no podía seguir sobrellevándolo y decidí ir a ver al cura y contarle mis secretos en el confesionario.

Entonces, vestí a la pequeña con su traje de domingo y fuimos en coche a la iglesia de Saint Mary. Mis tacones resonaban sobre el suelo de madera cuando atravesé la nave de la iglesia hasta la hilera de confesionarios ubicada a la derecha. Me acerqué al primero y tomé asiento, acunando al bebé en mi regazo.

—Padre —dije—, he pecado.

—¿De qué se trata, hija mía?

Supongo que él esperaba que yo le dijera cosas como «he murmurado», o «he codiciado a mi vecino», por lo general benignas. En cambio, abrí la boca y dije lo impensable.

—He dormido con un hombre que no es mi marido.

Se produjo un silencio, un silencio incómodo, del otro lado. Yo seguí hablando.

—Padre, amo a Elliot Hartley, no a Bobby, mi marido. Soy una mala mujer.

Una señal me indicó que el sacerdote seguía allí, que me estaba escuchando. Yo quería que me dijera que estaba perdonada. Quería que me dijera que rezara mil avemarías. Quería que me quitara esa carga de los hombros, demasiado pesada para mí.

En cambio, se aclaró la garganta y dijo:

—Has cometido adulterio y la Iglesia no aprueba esa conducta. Te sugiero que vayas a tu casa y te arrepientas ante tu esposo, y que supliques su perdón; si él lo hace, entonces Dios te perdonará.

¿No son todos los pecados iguales a los ojos de Dios? ¿No fue eso lo que me enseñaron de pequeña en la escuela dominical? Yo me sentía como una pagana, incapaz de obrar para volver a encontrar mi camino al cielo.

Asentí y me puse de pie, sujetando a la pequeña contra mí, y salí de la iglesia llena de vergüenza, con un peso aún mayor a mis espaldas.

—Hola, Esther.

Era una voz de mujer detrás de mí en el aparcamiento. Me volví y vi a Janice, que venía hacia mí con una sonrisa socarrona, pero seguí andando.

Pasó otro día. Cuando Bobby volvió a casa del trabajo, pensé en decírselo, pero no era capaz de reunir el valor suficiente para pronunciar las palabras inevitablemente vulgares que requería mi confesión. No importaba la forma de decirlo, ello no cambiaría el hecho de que me había entregado a otro hombre. Bobby era alguien que estaba siempre alegre, siempre contento, aunque en realidad no lo estuviera. Era un hombre muy bueno. Y yo no podía destrozarlo. No tenía el valor de hacerlo.

Entonces, a la mañana siguiente, después de que Bobby se marchara a la oficina, recibí la llamada, la llamada que me obligó a cuestionarme todas mis opciones hasta ese momento, todas las emociones que había sentido.

—¿Señora Littleton? —dijo una voz femenina del otro lado de la línea.

—Sí —contesté.

—Soy Susan, del hospital Harrison Memorial. La llamo a propósito de su esposo. Se encuentra en el hospital.

Me contó que Bobby se había desmayado por la mañana justo antes de embarcar en el ferry, y que una ambulancia lo había trasladado al hospital de Bremerton. Cuando la oí decir «ataque al corazón», se me partió un poco el corazón, de arrepentimiento, como cuando has sido cruel con la persona que supuestamente amas. Bobby no se merecía esto. No se merecía nada de todo esto, y decidí que era mi deber indemnizarlo.

¿Qué hacer con la niña? Dadas las circunstancias, no podía ir con ella al hospital. De manera que, como último recurso, llamé a la puerta de Janice y le entregué la niña, envuelta en una manta rosa. No me gustó la forma como la miró, tuve la inquietante sensación de que, a la primera la ocasión, Janice se apropiaría de mi hija, de mi casa, de mi lugar en la cama de Bobby.

—¿Adónde vas? —preguntó con esa mirada recriminadora que yo conocía bien.

—Ha ocurrido algo muy grave —dije—. Es una emergencia.

No me atreví a decirle que se trataba de Bobby. Hubiera volado a su cabecera en el acto.

—Por supuesto —dijo—. ¿Y Bobby? ¿Estará en casa?

—No, por un tiempo, no —dije, corriendo a mi coche—. Gracias por cuidar a la niña. Te lo agradezco mucho, de veras.

Conduje hasta el hospital y en el aparcamiento choqué contra la parte trasera de otro coche, pero no me detuve a mirar el daño. Nada de eso importaba. Bobby me necesitaba.

—Busco a Bobby Littleton —le dije a la recepcionista de muy mal modo.

Me indicó el sexto piso. Bobby estaba preparándose para ir al quirófano. Había llegado justo a tiempo.

—¡Oh, Bobby! —grité—. Casi enloquezco cuando me avisaron.

—Dicen que saldré de esta —dijo, guiñándome un ojo.

Lo abracé. Me recosté a su lado en la cama hasta que las enfermeras me dieron un toque en el hombro y me dijeron: «Ya es la hora.» No quería que se lo llevaran, y, mientras lo veía alejarse en la camilla, me sentía atenazada por el miedo de que yo hubiera podido ser la causa de todo eso.

Esperar a que lo trajeran de vuelta del quirófano fue una agonía. Iba y venía sin cesar por la habitación. De vez en cuando miraba por la ventana. Miré el teatro para ver lo que estaban dando. En la marquesina leí CIELOS AZULES, CON BING CROSBY. Observé a las parejas, la mayoría adolescentes, del brazo por la calle, y me dije que me hubiera gustado ser una de ellas. Quería remontar el tiempo, cambiar las cosas, no más arrepentimientos, no más dolor.

Me quedé mirando un rato más por la ventana, observando la fila de parejas que estaban por entrar a ver el espectáculo.

Fue en ese momento cuando vi a Elliot.

Su silueta alta sobresalía entre la gente. No estaba solo. Lo acompañaba Frances.

—Señora Littleton —dijo la enfermera desde la puerta.

—¿Sí? —contesté haciendo un gran esfuerzo para apartarme de la ventana; me sentía atrapada entre dos mundos—. ¿Se encuentra bien? Dígame que él se encuentra bien.

Sonrió.

—Su esposo es un luchador. Ha salido muy bien de la operación. Pero su recuperación será difícil. La necesitará a su lado las veinticuatro horas.

Asentí.

—Por cierto —dijo—, necesito ver su carné de identidad, para la documentación del alta.

Busqué instintivamente mi bolso donde lo llevo

siempre, colgado del brazo, pero no lo tenía. Entonces me acordé de que no había ido a buscarlo al restaurante la noche de mi cita con Elliot. Todo aquello ahora me parecía lejano e incomprensible.

—Lo siento, debo de haber dejado el bolso en casa —mentí.

—No se preocupe —dijo, sonriendo—, no es imprescindible.

—Gracias —dije—. ¿Puedo verlo ahora?

—Sí —contestó—, pero está muy aturdido. Téngalo en cuenta.

La seguí hasta la zona de cuidados posoperatorios y allí estaba, con los ojos cerrados.

—Hola, Bobby —dije.

Le acaricié la mano.

Abrió los ojos y me sonrió.

—Te dije que me pondría bien.

Bobby, a diferencia de mí, nunca faltaba a una promesa.

Eran cerca de las diez cuando Bee y yo nos sentamos a la mesa del desayuno. La atmósfera estaba cargada de tristeza.

—Buenos días —dijo Bee con una voz muy débil.

Aún estaba en camisón y bata. Nunca la había visto con esa ropa que la hacía parecer mucho más vieja.

—Te traeré el periódico —dije.

Salí al porche y encontré el *Seattle Times* embarrado debajo de un rosal que había junto a la casa. Menos mal que venía envuelto en una bolsa de plástico.

—El funeral es pasado mañana.

Como dijo esas palabras sin mirarme, se me antojó que

quizá las pronunciaba en voz alta para verificar que el fallecimiento de Evelyn había sido un mal sueño.

—¿Puedo ayudar en algo? —pregunté.

Bee movió la cabeza.

—No. La familia de su esposo se ocupa de todo.

Preparé unos huevos revueltos mientras Bee contemplaba el mar. Pensé en Joel y en la mañana en que me habló de Stephanie. Se me había caído un plato, un detalle que había olvidado. Era una pieza de la vajilla de porcelana de nuestra boda —Waterfor, blanco, con un franja de plata de adorno, tan cara que la vendedora de Macy's dio un respingo cuando añadimos doce piezas más. Lo que antes había sido un tesoro ahora estaba en el suelo, hecho añicos.

—Es gracioso —le dije a Bee, revolviendo los huevos en la sartén con la espátula.

—¿Qué, cariño? —preguntó en voz baja.

—Rompí un plato.

—¿Rompiste un plato?

—Sí, en mi casa, cuando Joel me anunció que me dejaba.

Bee, inmóvil, seguía con la mirada perdida.

—Y no me importó. Ahora, cuando pienso en aquella mañana, creo que estoy más disgustada por el plato que por Joel.

Las comisuras de sus labios acusaron un ligero movimiento: el esbozo de una vaga sonrisa. «Un progreso», pensé.

Sonreí para mis adentros y le presenté a Bee un plato:

—Huevos y una tostada.

—Gracias —dijo.

Pero aquella mañana no comió. Ni un bocado siquiera.

—Lo siento —dijo—. No es que tú no cocines bien, es que...

—No te preocupes —contesté—. Te entiendo.

—Me vuelvo a mi cuarto, a recostarme.

Asentí con un gesto y, cuando la vi alejarse por el pasillo, avanzando lentamente, poniendo un pie delante del otro, se me hizo un nudo en la garganta.

Decidí vestirme y limpiar la casa. No hay nada más deprimente que los platos sin lavar en el fregadero y un salón con los periódicos por todas partes. A eso de las once de la mañana, todo había quedado reluciente. Mientras yo estaba acabando de limpiar la cocina sonó el teléfono, pero, antes de cogerlo, me detuve a admirar mi obra.

—¿Diga?

—Hola, Emily, soy Jack.

—Hola —dije.

Me encantaba el sonido de su voz.

—Sólo quería saber cómo está todo por ahí. ¿Cómo se encuentra tu tía?

—Mantiene el tipo —contesté.

—¿Y tú?

—Yo, bien.

—Me encantaría volver a verte —dijo—, cuando a ti te parezca.

—Bueno. Bee está durmiendo. Me imagino que puedes venir.

—¿Tú crees?

—Sí —dije.

Jack llegó media hora después. Miraba asombrado la casa, maravillado, aunque se mostró prudente en sus comentarios.

—Es muy hermosa —dijo—. Nunca había entrado, pero siempre me he preguntado cómo sería el interior de esta casa.

—Probablemente imaginaste que había monstruos y fantasmas, ¿no es cierto? —dije.

—Y duendes —añadió.

Entramos en la galería y yo cerré la puerta para no molestar a Bee. En realidad, lo hice para que, en caso de que saliera de su cuarto, no se sorprendiera al ver a Jack.

—También podríamos escondernos en un armario —comentó él con una sonrisa malévola.

—Podríamos —dije, con un guiño de picardía, y nos sentamos en el pequeño sofá mirando al mar.

Cogió mi mano y yo apoyé mi cabeza en su pecho. Nos quedamos así un rato, callados, observando a un ruiseñor con el pechito marrón que escarbaba en la hierba y que luego voló a la copa de un árbol.

—Es el lugar ideal para escribir, esta isla, ¿no te parece? —dijo Jack.

—Es un lugar con mucho pasado, no cabe duda.

—Estaba pensando —prosiguió—, decías que estabas buscando la inspiración para tu próximo libro... ¿has pensado en escribir una historia sobre esta isla? Quiero decir, ambientar la historia aquí, en Bainbridge.

Levanté la cabeza y lo miré a la cara, pensativa. Jack amaba la isla tanto como yo; sus cuadros lo demostraban. Pero había algo mucho más profundo, algo que no había dicho y que sin embargo en ese momento se había intercalado en sus palabras. Busqué en sus ojos la clave.

—Tengo una historia en el corazón —dije, mirando el viejo cerezo que, con un valor admirable, se defendía de la embestida del viento norte. De pequeña yo solía trepar por sus ramas y me quedaba horas sentada allá arriba, comiendo cerezas Rainier agridulces e imaginando historias acerca de otras niñas que muchos años antes que yo podían haberse sentado en esas mismas ramas. Hice con la cabeza un gesto de confusión.

—Creo que tengo miedo —dije.

Jack apartó la vista de la ventana y me miró.

—¿De qué?

—De no ser capaz de contar la historia con la belleza y la convicción que merece —proseguí—. Mi primer libro... fue diferente. No es que yo no estuviera orgullosa de él, porque lo estaba. Pero...

Me miró como si supiera exactamente lo que yo quería decir.

—No salió de tu corazón, ¿verdad?

—Exactamente.

—Y aquí, ¿has encontrado lo que buscabas? —preguntó, mirando a los pájaros por la ventana.

Pensé en el diario guardado en el cajón de la mesilla, en mi dormitorio, y me di cuenta de que tal vez no había hallado lo que yo creía que estaba buscando, sino algo mucho mejor, en sus páginas y en los brazos de Jack.

Entrelacé los dedos de mis manos en los suyos.

—Creo que sí —dije suavemente.

—No deseo que te marches nunca —dijo.

Su voz era firme, segura.

—Tampoco yo —contesté.

Y permanecimos allí sentados largo rato, contemplando las olas que rompían en la orilla.

Jack me invitó a que fuera a cenar con él a una cafetería del centro. Me hubiera gustado, pero no podía dejar sola a Bee. No esa noche. Y Jack lo entendió.

—Me ofrezco para cocinar —le dije a Bee en cuanto la vi salir de su habitación—, aunque creo que no he sido agraciada con el gen culinario.

—¡Tonterías! —dijo—. Yo aprendí a cocinar a los sesenta años. Son cosas que uno aprende tarde en la vida.

Dije que sí con la cabeza, feliz de oírle decir que hay cosas que mejoran con la edad.

—Entonces, ¿qué te parece si salgo a buscar algo para que cenemos aquí? —propuse.

—Bueno —dijo—. A Evelyn y a mí nos gustaba el pequeño bistró del mercado. El pollo a la brasa era su plato preferido.

—Hecho —dije.

Me alegraba comprobar que recuperaba el apetito y más aún me alegraba tener la posibilidad de hacer algo por ella.

Mantuve abierta la ventanilla del coche durante todo el trayecto a la ciudad. Deseaba ver el paisaje de la isla: su toldo verde y el aire húmedo y frío que olía a mar y abetos. Aparqué delante del bistró y entré.

El local, un recinto muy reducido, era muy bonito, con sus paredes pintadas de verde esmeralda con un adorno de caoba oscura. Las mesas eran muy acogedoras, ideales para pedir una botella de vino y saborearlo hasta la hora del cierre. Me preguntaba si Esther había cenado allí alguna vez.

—Deseo hacer un pedido para llevar —dije a la vendedora.

Me entregó la carta y elegí sin demora.

—Tardará unos treinta minutos —dijo.

—Está bien —repuse.

Salí, crucé la calle y tomé asiento en un banco frente al mar. Desde mi puesto podía ver los transbordadores que entraban a puerto y, a lo lejos, en la línea del horizonte, la ciudad de Seattle.

De pronto me asaltó la sensación de haber estado antes allí, y me llevó unos segundos recordarlo: me había sentado allí... con Greg. En el último verano de mis dieciséis año, Greg me invitó a cenar a un restaurante mexicano. Después de cenar, cruzamos la calle y nos sentamos, en aquel mismo banco. Estaba oscuro a esa hora y no había nadie, y antes de que me llevara de vuelta a casa de Bee, nos besamos, con un beso de amor que entonces creíamos eterno. Cuando entré en casa, diez minutos tarde, mi madre me regañó, pero Bee se limitó a sonreír y me preguntó si me había divertido. Y, sí, me había divertido.

Media hora después regresé al bistró a recoger mi pedido.

—Aquí lo tiene —dijo la vendedora, y me entregó una voluminosa bolsa de papel. Llevaba un anillo de compromiso en el dedo, un solitario; era nuevo y brillaba mucho. Me acordé de mi anillo de boda: el que había pertenecido a la abuela de Joel. Se lo arrojé a Joel a la cara cuando vino a recoger algunas cosas personales, una semana después de anunciarme que tenía una amante. De repente se me ocurrió pensar que tal vez aquel anillo siguiera allí, tirado sobre el entarimado debajo del tocador del dormitorio. No estaba segura, pero tampoco me importaba.

—Gracias —dije, metiéndome en el bolsillo la mano izquierda.

—Ha llamado Jack mientras tú estabas fuera —dijo Bee.

No había ni aprobación ni desaprobación en su tono de voz.

Sonreí y serví la cena en platos para las dos. Comimos en silencio, escuchando crepitar el fuego en la chimenea.

—Me voy a acostar —dijo Bee minutos antes de las nueve.

—Está bien —repuse.

Regresó a su habitación y cerró la puerta, y yo cogí el teléfono.

—Hola —dije a Jack.

—¿Quieres venir?

—Sí —dije.

Agarré una hoja de cuaderno y garabateé una nota para Bee:

Voy a visitar a Jack. Regresaré tarde.
Te quiero,

EM

Lo divisé desde la playa. Estaba apoyado contra la balaustrada del porche; vestía tejanos y una camiseta blanca.

—Gracias por venir —dijo, sonriendo, mientras yo subía los peldaños.

Me sentía cohibida, y creo que él también.

Entramos y me ayudó a desabotonarme el abrigo. Mientras él toqueteaba torpemente los botones, yo sentí acelerarse mi respiración. Había electricidad en sus dedos.

Señaló el salón, donde nos esperaban dos copas de vino sobre la mesa baja.

Me hundí en el sofá y él se acomodó a mi lado.

—Emily —dijo, acariciándome el pelo, lentamente, hipnóticamente—. Quiero decirte algo.

—¿Qué? —pregunté, poniéndome derecha en el sillón.

Jack recorrió con la mirada el salón, como si necesitara un momento para serenarse.

—Hace cuatro años —empezó a decir— estuve casado. Se llamaba Allison.

Busqué su mirada.

—Murió tres días antes de Navidad —prosiguió—. Un accidente de coche. Iba conduciendo por la carretera y pasaba delante del mercado cuando me llamó con su móvil. Me preguntó si necesitaba algo. Le dije que no. Durante mucho tiempo me atormentó el pensamiento de que si le hubiera pedido manzanas, pan, una botella de vino, cualquier cosa, habría vivido unos segundos más. O le habría salvado la vida.

—¡Oh, Jack, cuánto lo siento!

Llevó una mano a mis labios.

—No tienes que decir nada. Ya lo he superado. Me pareció que debías saberlo, nada más. Es parte de quien yo soy.

Miré hacia la repisa de la chimenea, donde estaba la foto de la mujer.

—¿Es ella?

Se me encogió el corazón. «¿Está realmente dispuesto a volver a amar?»

Dijo que sí con la cabeza.

—Aquel día, en casa de Henry, sentí algo... algo que no he sentido desde...

Apreté suavemente su mano.

—Yo también.

11 de marzo

A la mañana siguiente me desperté con la inconfundible sensación de que alguien tenía sus ojos puestos en mí. Eran los de Jack.

—Buenos días —dijo.

Miré a mi alrededor y me di cuenta de que estaba en su casa. Debí de quedarme dormida con la cabeza apoyada en su hombro.

—Podría estar la vida entera mirándote dormir —dijo, acariciando mi cuello con la punta de su nariz.

Me restregué los ojos, lo besé con dulzura y busqué ansiosamente un reloj.

—¿Qué hora es?

—Las siete y media —contestó.

Pensé en Bee; no podía quedarme más tiempo, seguramente estaría preocupada, preguntándose si me habría ocurrido algo.

Jack cogió su abrigo y yo el mío.

—Te acompaño a tu casa —dijo, cogiéndome de la mano.

—No quiero ir —dije, atrayéndolo hacia mí.

Se rio.

—Pues quédate.

Por primera vez en mi vida sentí como si me fuera a estallar el corazón: deliciosamente.

Una hora más tarde abrí la puerta de casa de Bee y entré con sigilo. La puerta de su dormitorio estaba cerrada y la nota que yo había dejado seguía sobre la mesa. Escribí unos párrafos más en mi ordenador portátil. Eran bastante mediocres. Cuando se me pasaron las ganas de escribir, me puse a leer.

Bobby no deseaba ser una carga, pero lo era. Día tras día yo le daba de comer en la boca, lo bañaba con una esponja, incluso lo ayudaba a ir al váter. Una mañana no alcanzó despertarme para que lo llevara al lavabo. Fue muy rápido.

—Cuánto lo siento —dijo casi llorando de humillación.

—Está bien —dije—. Vayamos al baño a limpiarte, luego cambiaré las sábanas.

Yo me decía que aquello era mi castigo, el precio que debía pagar por lo que había hecho. Sabía que me merecía cada segundo, cada penoso segundo de lo que estaba viviendo.

No le había contado nada a Bobby. Había tomado una decisión: me llevaría mi secreto a la tumba. Mi corazón pertenecía a Elliot, y estaba segura de que viviríamos nuestro amor, en otro momento, en otra vida.

Esa mañana había escuchado *We'll Meet Again*, la canción de Vera Lynn, por la radio. Estaba segura de que volveríamos a encontrarnos, que volveríamos a amarnos, pero, ¿cuándo? ¿Meses, años después?

Y cuando una tarde llamaron a la puerta, varios días después de que Bobby regresara del hospital, la última persona que yo esperaba ver era Elliot. Allí estaba, en el umbral... el umbral del hogar que yo compartía con Bobby. Pese a lo mucho que había soñado con volver a verlo, y a lo que ansiaba que llegara ese momento, me sentí rara, culpable. Me estremeció verlo allí, tan fuera de lugar y de contexto: sin afeitar, pálido, los ojos inquietos, nervioso.

—Me he enterado de lo de Bobby —dijo—. Lo lamento.

—¿Cómo puedes decir eso? —le pregunté, mirando fuera por si nos espiaban los vecinos—. Después de lo que has hecho —bajé la voz—. Después de lo que hemos hecho —dije casi susurrando.

De pronto me embargó una fuerte emoción. Cólera. Tristeza. Arrepentimiento. No tenía sentido que yo culpara a Elliot por el accidente de Bobby. Pero lo hice.

Elliot bajó la vista.

—¿Por qué has venido? —susurré.

Lamenté lo que acababa de decir y, por un instante, quise abrazarlo.

—Tenía que verte —dijo—. Ha pasado demasiado tiempo.

—Elliot, no te puedes presentar aquí así, como si tal cosa.

Estaba muy delgado, más delgado de lo que yo recordaba haberlo visto, y parecía cansado. Pequeñas arrugas se extendían del rincón de los ojos a los pómulos.

—Esther, ¿realmente piensas que esto es fácil para mí?

No se me había ocurrido. Siempre había creído que él era libre y yo la que estaba atrapada. Levanté la vista cuando oí la voz de Bobby que llamaba desde el dormitorio.

—Emily, ¿es el cartero? —preguntó—. ¿Quieres darle las cartas que tengo aquí, junto a la cama?

—Es... un vecino. Voy enseguida —le contesté—. ¡Elliot, debo irme! —dije apresuradamente.

Parecía desesperado.

—Pero, ¿cuándo volveré a verte?

—No sé si debemos volver a vernos —dije.

Fueron las palabras más duras que me ha tocado decir en la vida, pero peor fue ver el efecto que produjeron en él; como si le hubiera clavado hasta la empuñadura un cuchillo en el corazón.

—No puedes decirlo en serio, Esther. Huye conmigo. Podemos empezar una nueva vida juntos. Puedes traer a la niña. La querré como si fuera mía. Dime que vendrás. Tienes que venir conmigo.

Oí a Janice, mi vecina, que abrió la puerta de su casa. Cuando miré en dirección a su porche, vi que asomaba la cabeza para observar la escena entre Elliot y yo.

Moví la cabeza.

—No —dije, enjugándome una lágrima—. Elliot, es imposible.

Dio un paso atrás y, antes de volverse a la carretera, me miró con repentina intensidad, como si tratara de memorizar mi rostro por última vez. No me importó que Janice me viera. Seguí con la mirada a Elliot hasta que se perdió de vista. No podía apartar mis ojos de él.

Pasaron los días, y las semanas. Bobby seguía guardando cama y yo cuidando de él. Pero una mañana me desperté sintiéndome muy enferma. Tenía escalofríos y náuseas y corrí al lavabo a vomitar. Me quedé un par de días en cama y al tercero Bobby insistió para que fuera al médico.

Después de examinarme y hacerme ciertos análisis, el doctor Larimere regresó con una amplia sonrisa en la cara.

—Señora Littleton —dijo—, al parecer ha pescado usted una de esas gripes que andan circulando por la ciudad.

—Bien, ¿nada grave, entonces?

—No, señora —contestó—; pero hay algo más. —Extrajo una hoja mecanografiada de mi historia clínica—. Son los resultados, acaban de llegar del laboratorio.

Me complace anunciarle, señora, que espera usted un hijo.

—¿Qué? No puede ser —dije, en estado de *shock*.

No se me había ocurrido que podía estar embarazada.

—Sí, así es —insistió el médico.

Sacudí la cabeza.

—¿De cuánto estoy?

—De muy poco todavía —dijo, siempre sonriendo—. Pero, no obstante, ya hay bebé en camino. Vaya usted ahora a su casa, junto a su esposo, a anunciarle la buena noticia. Esto es óptimo para levantarle el ánimo a un hombre en su estado.

Lo único que atiné a hacer fue mantener la mirada fija en el vacío.

—Señora Littleton —dijo finalmente el médico—. ¿Le ocurre algo?

—Estoy bien—dije, forzándome por sonreír mientras me dirigía a la puerta.

Pero no estaba bien. Nada iba a estar bien a partir de ese momento, por una simple razón: ese hijo no era de Bobby; no podía serlo. Era de Elliot.

13

12 de marzo

Antes de salir con Bee para asistir al funeral de Evelyn, decidí llamar a Annabelle por teléfono. Habían sucedido tantas cosas en la isla que yo ya no prestaba atención a todo lo que había dejado en Nueva York, incluida Annabelle.

—¿Annabelle?

—¡Hola, Em!

—Te echo de menos —dije—. Perdona que no te haya llamado. Han pasado tantas cosas aquí.

—¿Todo bien?

—Casi —dije—. Pero, antes, dime tú cómo estás.

—Bien —dijo, sin demasiado entusiasmo. Y seguidamente, sin preámbulos, arrojó la bomba—: Es oficial. Por fin voy a encarar mi naturaleza romántica narcisista, y voy a admitirla: estoy nuevamente enamorada de Evan.

—Annabelle, ¿en serio?

—Sí —afirmó—. Hemos cenado juntos y hemos hablado, y creo que estamos retomando las cosas donde las habíamos dejado.

—Me alegra muchísimo —le dije.

Annabelle merecía encontrar el amor, más que ninguna otra persona que yo conociera, incluso tal vez más que yo.

—¿Y todo aquello del jazz?

Se rio.

—Lo estoy educando.

Le conté acerca de Greg, Jack y Evelyn.

Me pareció que se había puesto especialmente triste al enterarse del fallecimientos de Evelyn, pero debo decir que Annabelle también llora con las tandas de publicidad de Kleenex.

Bee me señaló el reloj. Era hora de marcharnos. Sería una de las portadoras del féretro y no deseaba llegar tarde, lo cual significaba salir con una hora de antelación, por si había mucho tránsito, aunque no lo hubiera nunca en la isla Bainbridge.

—Lo siento, Annie, tengo que marcharme —dije—. Salimos ahora mismo para el funeral.

—No te preocupes —contestó—. Llámame en cuanto puedas.

El funeral se celebraba en la iglesia de Saint Mary, lo cual me recordó la desdichada confesión de Esther. Saint Mary's es más una catedral que una iglesia, con sus decorados en oro y plata y sus querubines pintados en el techo. La isla tiene mucho dinero y lo exhibe.

Bee me pidió que me adelantara y buscara asiento; después de portar el ataúd de Evelyn hasta el altar, vendría a sentarse a mi lado. Pude ver lágrimas en sus ojos mientras buscaba la sacristía, pero su mirada se detuvo al ver a Jack entrar en la iglesia acompañado de un hombre anciano.

Lo saludé con la mano, pero Bee apartó rápidamente la mirada y se marchó a reunirse con los demás portadores del féretro.

Evelyn había preferido ser enterrada en un pequeño cementerio situado en un lugar tranquilo y apartado de la isla. Cuando llegamos, entendí por qué. Aquel lugar no parecía un cementerio. Era un parque, un sitio adonde uno desea volver, quizá con la cesta del picnic y un buen libro, o un ligue y una botella de vino. Una franja de Seattle en el horizonte, incluida su Aguja Espacial, completaban el paisaje.

Al funeral habían asistido unas doscientas personas, pero solo un puñado de amigos íntimos y familiares fueron al entierro, llevando en sus manos rosas y pañuelos. Henry también fue, así como la familia del difunto marido de Evelyn y algunos de sus sobrinos y sobrinas.

El sacerdote pronunció una palabras y luego el personal del cementerio bajó muy despacio el ataúd a la tierra. Todos los presentes nos colocamos en torno a la sepultura abierta y cada uno arrojó una rosa, o dos, y dijo unas palabras de despedida. Fue en aquel momento que vi a Jack, que se encontraba a cierta distancia. No se había acercado, como todos los demás, a la sepultura de Evelyn. En cambio, se había quedado a unos cien metros de distancia, junto a una lápida, con el anciano con quien había entrado a la iglesia. ¿Su abuelo? Como no podía verle la cara, no podía saber si tenían algún aire familiar. Observé que aquel hombre le entregaba algo a Jack. Entorné los ojos, tratando de percibir la forma de lo que Jack tenía en sus manos, y alcancé a ver que se trataba de una cajita negra, lo suficientemente pequeña como para que pudiera guardarla en el bolsillo de su chaqueta. Fue lo que hizo. Jack miró hacia donde yo estaba y aparté la vista rápidamente para concentrarme en Evelyn. En ese momento me di cuenta de que Bee no estaba a mi lado, como hacía un momento. Preocupada, me alejé discretamente del grupo de deudos y la encontré en el coche, sentada en el asiento del pasajero, sumergida en el dolor.

—¿Bee? —dije, golpeando la ventanilla.

Bajó el cristal. Había lágrimas en sus ojos.

—Lo siento, cariño —murmuró—. Es que no puedo... No puedo.

—Lo sé —contesté—. No tienes que ser valiente. Evelyn habría querido verte tal como eres.

Metí la mano en el bolsillo de mi abrigo y saqué el sobre que Evelyn me había pedido que le entregara a Bee.

—Ten —dije—. Te lo manda Evelyn.

Los ojos vidriosos de Bee brillaron un instante y apretó el sobre contra su pecho. Supe que quería estar sola para abrirlo.

—Dame tus llaves —dije—. Nos vamos a casa.

Bee se recostó en su asiento mientras yo conduje hasta el cruce. Giré a la derecha en dirección a la carretera principal que une el norte con el sur de la isla. Circulaban pocos vehículos y aquella soledad se hermanaba con la tristeza de aquel día. De repente, detrás de nosotras, oí la sirena de un coche patrulla de la policía, luego otro. Aminoré la velocidad y me puse a un costado mientras, uno tras otro, más una ambulancia, pasaron a toda velocidad hacia la entrada del parque Fay.

—Me pregunto qué sucede —comenté, mirando a Bee.

No recordaba haber visto una ambulancia o un coche de la policía en la isla en toda mi vida.

Bee guardó silencio y miró por la ventana.

Volví a la carretera, pero un oficial de policía nos indicó que debíamos detenernos. Bajé la ventanilla.

—Lo siento, señora... —dijo—, estamos desviando el tránsito. El desvío es por la carretera Day. Gire completamente y regrese para coger la siguiente a la derecha. Hay una investigación en curso.

Asentí.

—¿Qué sucede? —pregunté.

—Un suicidio —dijo—. Una joven. No tendría más de veinte años. Saltó desde lo alto de aquel peñasco.

Tragué saliva.

—¡Qué tristeza! —dije, antes de dar marcha atrás con el coche.

Viajamos unos kilómetros en silencio. Me preguntaba por aquella mujer que momentos antes había acabado con su vida. «¿De qué huía y a quién o a quiénes abandonaba?» Cuando por fin retomamos la carretera de Hidden Cove, Bee se removió en su asiento.

—Siempre son mujeres jóvenes —dijo, como distante, mirando por la ventanilla, con los ojos fijos en el pavimento.

Aquella tarde paseamos por la playa, escuchamos música, miramos viejas fotos de Evelyn. Nos entristecimos. Fue un día de recuerdos y, en mi caso, de lectura. A la mañana siguiente, ambas podríamos enfrentarnos al mundo nuevamente, cada una a su manera. Me preguntaba por Esther, ¿estaría ella dispuesta a enfrentarse al mundo?

—Necesitas darte un respiro —me dijo Bobby un día—. Me has atendido y cuidado estas últimas semanas como una mártir. ¿Por qué no llamas a Frances y a Rose o salís juntas a comer o vais de compras a Seattle? Puedo pedirle a mi madre que venga a ocuparse de la niña.

Era una oferta generosa y la acepté con entusiasmo. Llamé por teléfono a Rose.

—Hola —dije—. ¿Qué piensas hacer hoy, luego?

—Nada —contestó—. ¿Quieres que coja el ferry y vaya a verte?

—Me encantaría —dije—. Bobby dice que puedo invitar a las chicas, tomarme el día. Podríamos comer juntas. Hoy estará la feria en la calle Main.

—No me puedo perder —dijo Rose—. Llamaré a Frances y la invitaré a que venga con nosotras.

—No sé —dije, titubeando—. Hace mucho que no hablamos.

—Bueno —replicó—, no hay nada como el presente. La llamaré yo. Vosotras superaréis todo esto, estoy segura.

Esperaba que tuviera razón.

Me alegré cuando Rose llegó la primera al restaurante. No habría soportado estar a solas con Frances.

Aún no le había dicho a Rose que estaba embarazada, en realidad no se lo había dicho a nadie. Pero dentro de poco mi estado sería más que obvio.

Frances entró y se sentó a la mesa.

—Hola —nos saludó a ambas, indiferente.

Luego se volvió a mí.

—Lamento lo de Bobby.

—Gracias —dije.

Fue lo único que atiné a decir.

—Mirad —dijo Rose, rompiendo el silencio entre nosotras.

Señaló afuera, por la ventana, un par de escolares con las caras pintadas. Las chicas compartían una bolsa de papel marrón llena de cacahuetes tostados. Bajaban por la acera del restaurante cogidas del brazo.

—¡La feria! Vayamos a divertirnos. Como en los viejos tiempos.

La feria ambulante llegaba cada año a la ciudad, generalmente en abril, cuando el invierno helado ya no era más que un recuerdo lejano, pero ese año, sorpresivamente, había venido más temprano. Todos los años las tres retomábamos nuestras viejas costumbres de la adolescencia y comíamos algodón de azúcar, dábamos vueltas a la noria e íbamos a que nos leyeran la suerte. Aquel año nos saltamos la noria y el algodón de azúcar y nos dirigimos a la caseta de la adivina.

Pero algo, o mejor dicho alguien, nos detuvo.

—Esther —una voz de hombre me llamó entre la multitud.

Me volví. Era Billy.

—Hola —dijo, sonriendo, mirándome a los ojos más tiempo de lo normal—. Tu bolso —y me lo entregó—. Te lo dejaste en el restaurante hace un tiempo. Esperaba encontrarte para dártelo.

Parecía ofendido, pero no estaba segura del motivo.

—Gracias, Billy —dije, con un tono de disculpa en la voz.

Habían pasado muchos años desde la época en que salíamos juntos, pero cada vez que lo veía me acordaba de algo que Frances me había dicho, algo acerca de que yo le destrozaría el corazón a Billy nuevamente.

—¿Vienes, Esther? —llamó Rose.

Frances y ella estaban frente a la tienda de la adivina. Les dije que sí con la cabeza y me despedí de Billy.

Una vez en el interior de la tienda, llena de telas y alfombras exóticas, se nos acercó una mujer de cabello negro y piel aceituna, de unos cincuenta años.

—¿En qué puedo servirlas? —dijo con acento extranjero.

—Nos gustaría que nos leyera la buenaventura —dije.

Nos hizo pasar a través de una cortina de cuerdas con abalorios.

—Cincuenta centavos cada una, por favor —dijo.

Siempre nos parecía mucho dinero, pero lo pagábamos año tras año con la esperanza de llevarnos un granito de verdad.

Las tres nos sentamos sobre los cojines dispuestos en el suelo. La mujer puso tres naipes sobre la mesa.

—¿Quién desea ser la primera?

Rose alzó la mano.

—Bien —dijo—. Elija uno, por favor.

Rose eligió un naipe azul con la figura de un elefante. La mujer le pidió con un ademán que extendiera la mano y se puso a estudiarla intensamente durante al menos un minuto. Luego levantó la vista y sonrió.

—Sí —dijo simplemente.

Volvió el naipe que Rose había escogido a la baraja que tenía a su derecha.

—Ajá —dijo—, tal como esperaba. Una vida feliz, prosperidad y alegría. No veo nubes de lluvia en su futuro, en realidad, ni una gota de lluvia.

Rose sonrió con conocimiento de causa.

—Gracias —dijo.

—¿La siguiente?

Frances respondió.

—Iré yo. Mejor acabar con esto de un vez.

Siempre se había sentido incómoda con las adivinas y las barajas, pero igualmente nos acompañaba cada año.

—Escoja un naipe, por favor, querida —ofreció la mujer.

Frances cogió uno morado con un ave en el medio.

—Esta —dijo recelosa.

—Sí —aprobó la mujer, mientras examinaba la mano de Frances.

Recorrió la palma con la punta del dedo.

—¿Qué es? —preguntó Frances con impaciencia, retirando la mano.

—Mi visión no es clara —explicó—. Necesito consultar los naipes para estar segura.

Los volvió a colocar en la baraja, como había hecho antes con el de Rose, y sacó tres más, que puso delante de Frances.

Tras darles la vuelta, su expresión se nubló.

—Usted vivirá una vida larga y plena —dijo—, pero hay problemas con la línea del amor. Nunca he visto algo semejante.

—¿Qué quiere decir? —preguntó Frances.

—Al parecer habrá dos grandes amores en su vida.

Las mejillas de Frances se encendieron. Rose y yo nos reímos.

—Basta —dijo Frances—. Es suficiente. No quiero oír nada más.

—¿Te encuentras bien? —le preguntó Rose.

—Sí —dijo tensa, frotándose la palma la mano, como si quisiera quitarse el futuro que acababan de leerle.

—Es mi turno ahora —le dije a la mujer.

Antes de pedirme que eligiera un naipe, me miró a los ojos y frunció el ceño.

—Cojo este —dije, señalando el naipe rojo con un dragón en el centro.

La mujer parecía preocupada, como si yo acabara de cometer un pecado mortal en materia de ciencia adivinatoria, pero igualmente cogió mi mano para examinarla.

El estudio de mi mano le llevó mucho más tiempo. Yo aguardaba pacientemente mientras ella pasaba el dedo una y otra vez por las líneas de mi palma, como si tratara de juntar las piezas de algo. Tras varios minutos, sorpresivamente soltó mi mano, como si algo la hubiera asustado. Luego sacó tres naipes de la baraja y los colocó delante de cada una de nosotras. Los contempló largo rato, hasta que finalmente se decidió a abrir la boca.

—Lo siento —dijo—. Voy a reembolsarle su dinero.

—No —dije—. No entiendo. ¿Por qué no me dice lo que ve?

Vaciló.

—No —respondió.

Me incliné hacia ella y cogí su mano.

—Necesito saber.

Lo dije con tal violencia que Frances y Rose se asustaron.

—Tengo que saberlo —insistí.

—De acuerdo —dijo—, pero puede que no le agrade lo que vaya a decirle.

No contesté y me limité a esperar, a esperar que ella me anunciara mi terrible destino.

—Queda muy poco tiempo —dijo—. Usted debe seguir el dictado de su corazón. —Hizo una pausa como si buscara la palabra correcta—. Antes de que sea demasiado tarde.

—¿Qué quiere decir con «antes de que sea demasiado tarde»?

—Hay un problema aquí. Un problema con su línea de la vida.

Todas sabíamos lo que la mujer quería decir. Pero Frances fue la única que reaccionó.

—¡Basta ya! —dijo—. Salgamos de aquí.

—Aguarda —dije—. Quiero escuchar el resto.

La mujer miró a Frances y luego a mí.

—Usted debe escribir.

—¿Escribir qué?

—Su historia.

Frances levantó las manos en señal de impotencia y salió de la cabina, dejándonos a Rose y a mí intentando comprender el enigmático mensaje de aquella mujer.

—¿Qué historia?

—La historia de su vida —dijo.

Moví la cabeza, incrédula.

—¿Por qué?

—Es preciso. Usted debe escribirla. Sus palabras, querida, tendrán suma importancia en... el futuro.

Me incorporé en la cama y releí la última frase varias veces.

¿Tendrá esto que ver con las inquietantes palabras de Evelyn: «que estas páginas estaban destinadas a caer en mis manos»? Pero, ¿cómo podía tener que ver toda esta historia con mi realidad, aquí y ahora? ¿Cómo era posible que una historia acaecida en 1940, la historia de alguien que ni siquiera conozco, pudiera ser tan relevante para mi vida? ¿Cómo? No tenía sentido. Sin embargo, yo sentía vagamente que sí, que tal vez era importante.

14

13 de marzo

Al día siguiente Bee se encontraba algo mejor. Dormía menos, comía más y se reía un poco. Y cuando le propuse que jugásemos una partida de Scrabble, no se limitó a responder «sí», sino que preguntó: «¿Piensas que tú me puedes ganar a mí?»

Me alegró descubrir nuevamente una chispa de inteligencia en sus ojos, por más que me ganara la partida con la palabra *tinware*. Yo argumenté que era una palabra compuesta, pero ella juró que no.

—*Glassware* (cristalería), *silverware* (platería), vale, pero ¿*tinware* (vajilla de hojalata)? —refuté.

Abrió el diccionario y, como era de esperar, amplió mi vocabulario.

—¿Quieres jugar otra partida? —pregunté.

—No —dijo—. Volveré a ganarte.

—¡Me alegra verte sonreír otra vez!

Asintió.

—A Evelyn no le habría gustado verme tan mal. Imagino lo que me diría: «¡Por el amor de Dios, sal de la cama, vístete y deja ya de sentir tanta lástima de ti misma!»

—Es verdad —dije—; me parece estar oyéndola.

Se quitó las gafas de leer y abrió un cajón que había en la mesa baja.

—Antes de que se me olvide —dijo—, tengo algo para ti, de Evelyn.

—¿Qué dices? —pregunté—. ¿Te dio algo para mí?

—He ido esta mañana a su casa —dijo—. Su familia está retirando sus pertenencias. He encontrado esto.

Me entregó un sobre manila de 5 × 7, cerrado con una cinta adhesiva protectora y con mi nombre escrito.

La miré desconcertada.

—¿Qué es? —pregunté.

Se encogió de hombros.

—No lo sé, cariño. ¿Por qué no lo abres?

Y se marchó. Entró en su dormitorio y cerró la puerta.

Dentro del sobre había una fotografía que me resultaba conocida. Era en blanco y negro, casi idéntica a la que estaba colgada en el pasillo de mi casa cuando yo era pequeña: Bee sentada sobre una manta en la playa, rodeada de amigos. Sin embargo, la foto que ahora tenía en mis manos había sido tomada inmediatamente después de aquella otra que yo conocía tan bien. Instantes después, sin duda, pues la mujer que estaba junto a Bee, la misma que le había dicho algo al oído un momento antes, miraba ahora a la cámara. Podía ver su rostro, su sonrisa, sus ojos hermosos, su mirada penetrante. En el acto comprendí que se trataba de la misma mujer de las fotos que había visto en casa de Henry y de Evelyn. Había una nota enganchada con un clip a la fotografía. La abrí con sumo cuidado:

Querida Emily:

He pensado que te gustaría tener una foto de Esther. Con todo mi amor,

EVELYN

Respiré hondo y fui a mi cuarto. Me temblaban los párpados. Sabía que era ella. Al apoyar el sobre encima de la mesa advertí que contenía algo más. Metí la mano y saqué una delicada cadena de oro con una estrella de mar también de oro. El collar de Esther. Sentí una punzada en el corazón.

No volvimos a hablar de nuestra visita a la vidente, al menos ni yo ni Rose, y Frances tampoco. Pero me tomé muy en serio su consejo y escribí mi historia, de principio a fin.

Las cosas volvieron a su curso normal. Por un tiempo. La salud de Bobby mejoró, mi sentimiento de culpa remitió y, aunque yo no pudiera forzarme en dejar de amar a Elliot, podía, en cambio, hacer lo posible por no pensar en él. Y en lo que hice. Frances también, quizá, porque me ofreció un cuarto en su casa en caso de que me decidiera dejar a Bobby y empezar una vida nueva. Pero le dije que me podía arreglar sola. Pensaba que lo tenía resuelto, es decir, eso pensaba hasta aquella noche en que todo cambió.

Bobby no me había dicho que venía el padre O'Reilly. Por eso me sorprendí al verlo cuando abrí la puerta y sentí las palmas de mis manos húmedas. La última vez que habíamos conversado, yo le había contado acerca de mi infidelidad y él me había dicho que se lo contara a Bobby, pero aún no lo había hecho.

—Buenas noches, señora Littleton —dijo fríamente—. He venido a ver a su esposo.

Quería decirle que se marchara, que regresara a su parroquia, pero en cambio lo hice pasar, con miedo, pues temía lo que podría llegar a decirle a Bobby.

—Padre O'Reilly —dijo Bobby desde el sofá—. Me alegro mucho de que haya podido venir.

Bobby me explicó que el sacerdote le había prometido una oración y se había ofrecido darle la bendición cuando se recuperara.

—Sí, es muy amable por su parte —dije con una sonrisa forzada.

—Esther —me dijo el cura—, si no tiene inconveniente, me gustaría conversar con Bobby a solas.

Asentí y reticente abandoné el salón para ir al dormitorio.

A los pocos minutos, escuché la puerta principal que se cerraba y el motor de un coche que arrancaba. Respiré hondo y me animé a regresar al salón, decidida a hacer frente a mi esposo, a mi infidelidad.

—¿Bobby?

Levantó la vista y me sonrió desde el sillón.

—Hola, cariño —dijo, invitándome a que me sentara a su lado—. El padre O'Reilly acaba de irse. Es un buen hombre, ha venido a rezar conmigo.

—Sí —dije, aliviada.

Entonces se oyó un golpe en la puerta.

—Iré a ver —dije.

Miré la hora.

—¿Una visita después de las ocho? ¿Quién será? —comenté mientras descorría el pasador.

Abrí prudentemente la puerta y encontré a Janice, nuestra vecina, en el porche.

Tenía los ojos enrojecidos, había estado llorando.

Sacudió la cabeza.

—No se lo ha dicho, ¿verdad?

Por la voz parecía desesperada, imprevisible.

Sentí que me latía con fuerza el corazón. Me acordé de que había visto a Janice a la salida de la iglesia. ¿Habría podido escuchar mi confesión? No. Imposible.

—No sé de qué hablas, Janice.

—Claro que lo sabes —dijo. Vi la furia en sus ojos. Alzó la voz—: No te quedes ahí con tu cara bonita, haciéndote la tonta. Has sido infiel a tu esposo. Lo sé porque te vi aquella noche en la playa, en la casa de Elliot Hartley. Te tocaba con sus manos en una actitud que no era cristiana.

Me volví para mirar a Bobby, quien estaba escuchando todo lo que decíamos desde el sofá, a escasos metros de distancia. Se puso de pie.

—Esther, ¿qué está diciendo Janice? Dime que no es verdad.

Bajé la vista.

—Bobby —dije—. Yo...

—¿Cómo has podido?

Estaba realmente conmocionado.

Corrí hacia él.

—Quería decírtelo, pero luego enfermaste y yo... Bobby, no era mi intención herirte. No he querido hacerte daño.

—Después de haberte dado todo mi amor, de haberte dado todo lo que has querido, ¿has sido capaz de entregarte como una puta barata?

Sus palabras herían, pero su tono, colérico, desesperado, lastimaban aún más.

Me acerqué al sillón y tendí mi mano hacia él, pero la apartó con violencia.

—Lo único que necesitaba era que me amaras como

yo te amaba. ¿Cómo has podido traicionarme así, Esther? ¿Cómo?

Bobby se sentó y hundió la cabeza en mi regazo. Empecé a acariciarle el cuello, pero al contacto con mis manos se puso muy tenso.

—¡No! —dijo, súbitamente enojado—. No acepto tu compasión. No la quiero. Si quieres estar con ese hijo de puta, vete, márchate de aquí de una vez. ¡No quiero estar casado con una puta! ¡Una puta mentirosa!

Me temblaban las manos. De pronto me di cuenta de que Janice seguía allí presenciando toda la fealdad de aquella escena desde la entrada.

Bobby se había puesto de pie. Iba y venía por la habitación y por primera en mi vida tuve miedo de él, miedo de lo que sería capaz de hacer. Me agarró por el codo y me llevó a nuestro dormitorio. Apreté los puños cuando me empujó sobre la cama. Yo lo miraba: tiró una maleta al suelo, luego abrió mi armario y metió dentro de la maleta algunos vestidos.

—Los necesitarás —dijo— para lucir súper especial para él.

Después abrió la cómoda y sacó mis camisones.

—Y estos —dijo—, para las noches románticas.

Cerró la maleta y dio unos pasos hacia mí. La dejó caer al suelo; por poco aterriza sobre mis pies.

—Aquí tienes —dijo—. ¡Vete!

—Pero, Bobby —me puse a llorar—. Yo no he dicho que me marchaba. Nunca he dicho que iba a dejarte.

—Lo hiciste cuando te acostaste con Elliot Hartley —dijo.

—Pero, la niña —dije—, nuestra hija. No voy a abandonarla.

—¡La criaré yo! —exclamó—. Y cuando sea lo bastante mayor como para entenderlo, le diré que su madre fue una puta, una puta que abandonó a su esposo y a su hija por otro hombre.

Otra vez la palabra, esa horrible palabra.

—¡Bobby, no! —grité, pero me agarró del brazo y me arrastró, llevando la maleta, hasta la puerta de la calle. Busqué mi bolso, donde guardaba mi diario a buen recaudo, y pude cogerlo antes de que Bobby me obligara a salir al porche.

—¡Adiós, Esther! —dijo.

Dio un portazo y cerró con llave.

Vi a Janice mirándome desde el interior de mi casa, pero, aunque estaba temblando, no le di el gusto de llorar. En lo único que fui capaz de pensar fue en lo que haría a partir de ese momento: ¿Adónde iría? ¿Qué se suponía que debía hacer? Miré la calle solitaria. ¿Debía regresar, llamar a la puerta y rogar a Bobby que me aceptara nuevamente? ¿Rogarle que me otorgara una segunda oportunidad? Cuando vi que hundía su cara en el hombro de Janice, supe que la respuesta era no. Entonces abrí la portezuela del Buick, metí mi maleta en el asiento trasero y puse en marcha el motor. Mientras maniobraba para salir de la rampa de entrada, sentí un dolor intenso en el corazón: por mi hija, por Bobby, por el fracaso de mi vida. Lo único que podía hacer era conducir. Y cuando cogí la carretera y aceleré, miré por el espejo retrovisor por última vez, consciente de que no volvería a ver aquella casita azul, donde una niña dormía profundamente en su cunita y un marido que alguna vez me había amado se lamentaba junto al fuego de la chimenea. Me sentí avergonzada, perdida.

Solo tenía un sitio adonde ir. Tenía la ilusión de que Elliot me estuviera esperando cuando yo llegara.

Conducía a gran velocidad por la carretera, haciendo caso omiso de los semáforos o las señales de tránsito. Dejé atrás el parque Fay y la vinatería y doblé por la carretera que conducía a la propiedad de Elliot. Aparqué el coche en la entrada y fui andando hasta la puerta. Llamé. Yo lo había rechazado, pero estaba segura de que él todavía me amaba. Fue lo que me dije a mí misma. Y que me iba a recibir con los brazos abiertos cuando le dijera que el hijo que llevaba en el vientre era suyo.

Pero no hubo respuesta. Esperé un rato, pensando que quizás estaría hablando por teléfono o durmiendo. Pero no se oía nada; ni rastro de Elliot, sólo el ruido del viento, que abrió la puerta mosquitera y volvió a cerrarla con tal fuerza que me asusté.

Pensé en dormir dentro del coche, allí, delante de su casa, pero hacía frío y no tenía manta. Me acordé del ofrecimiento de Frances, de que podía quedarme en su casa. Puse en marcha el motor.

Frances vivía más abajo, en la playa. Pude haber ido andando, pero no con la maleta. Además, soplaba un viento muy frío. Bajé en coche por el largo camino de entrada a su casa y sentí alivio cuando vi las luces encendidas. Bajé del coche y oí música en el interior.

Dejé la maleta en el coche y me acerqué al portal. Miré por la ventana y vi a Frances hablando con alguien en el salón. Parecía muy animada, más que de costumbre. Luego pude ver por qué: Elliot estaba con ella.

Frances iba a poner un disco en el gramófono cuando Elliot se acercó a ella. Yo me quedé mirando por la ventana, en el frío de la noche, cómo ellos bailaban y reían y bebían sus martinis. Me restregué los ojos, con la esperanza de que fuera un sueño. Es verdad que en el fondo yo sospechaba algo, pero verlos allí, en mi propia cara, ¡no podía creerlo! ¡No podía ser!

Una parte de mí quiso abrir la puerta, irrumpir en esa casa y que sintieran la misma vergüenza y la misma desesperación que yo sentía. Con los dedos de una mano giré el pomo de cobre y entreabrí la puerta muy despacio, pero la cerré inmediatamente, con más fuerza de lo que hubiera deseado. No. Todo aquello era demasiado. Tenía de marcharme, lejos, muy lejos de allí. Corrí al coche y arranqué a tal velocidad que los neumáticos resbalaron y chirriaron. Miré una vez más por el retrovisor y pude ver a Frances y a Elliot en el porche haciéndome señas para que me detuviera, para que volviera. Pero era demasiado tarde. Demasiado tarde.

Me dirigí al parque Fay. Una vez allí, aparqué y lloré como nunca antes había llorado. En una misma noche había perdido un marido, una hija, un amante y una amiga. Y lo único que ahora poseía era una maleta llena de ropa dispareja y una criatura creciendo en mi vientre.

Pensé en mi diario, ese libro que estaba escribiendo por consejo de la vidente. Pero, ¿para quién? ¿Qué he aprendido?, me pregunté después de leer sus páginas? ¿Que he fracasado en el amor y en la vida? Mi primer impulso fue encender una cerilla y quemarlo. Pero me contuve. Tal vez tuviera un valor, como había dicho la vidente.

Era consciente de las graves decisiones que debía

tomar esa noche. Una de ellas tenía que ver con Bobby y la otra con la pequeña. No habría última despedida de Bobby, él lo había expresado con toda claridad, pero yo ansiaba estrechar una vez más en mis brazos a mi dulce hijita, decirle que la amaba y asegurarle que no tenía opción.

Aquí doy por terminada mi historia. He amado y he perdido. Pero al menos he amado. Y en esta solitaria noche oscura, cuando todo se derrumba, este ínfimo hecho es mi único consuelo.

Y, ahora, ¿qué haré? En el fondo de mi corazón, yo sé lo que hay que hacer.

Volví la hoja, pero estaba en blanco, y también la siguiente.

¿Por qué un final tan repentino? No es el que se supone que tiene que tener. En realidad, no era un final. Faltaba el final. Abrí el cajón de la mesilla de noche, con la esperanza de que hubiera podido desprenderse alguna hoja del lomo, pero no vi otra cosa que polvo.

Tuve una sensación de pérdida cuando cerré el diario. Acaricié su desgastada cubierta de terciopelo y luego lo coloqué con sumo cuidado en su sitio, en el cajón donde lo había encontrado. La vida me parecía más vacía sin Esther.

14 de marzo

—Te echo de menos —dijo Jack al otro lado del teléfono, a la mañana siguiente.

—También yo te echo de menos —respondí enredando el cable entre mis dedos, con la ilusión de que fueran sus dedos entrelazándose en los míos—. He estado muy ocupada con Bee después del funeral de Evelyn.

—Está bien —dijo—. Me preguntaba si te apetecería ir hoy conmigo a hacer un picnic. Hay un sitio que me gustaría enseñarte.

Un picnic. Qué adorable. En toda mi vida nunca un hombre me había invitado a ir de picnic. Miré por la ventana las nubes grises que se avecinaban y el mar picado, que, a juzgar por la fuerza con que las olas golpeaban contra el malecón, se me antojó muy encrespado. No era precisamente el día ideal para ir de picnic, pero no me importó.

—¿Qué puedo llevar? —pregunté.

—Solo a ti.

Después de desayunar, me aislé en la galería con mi ordenador portátil, a punto de empezar algo —una historia o el comienzo de una historia—, más de lo que había estado en años. Permanecí largo rato mirando la pantalla y dejando que mi mente regresara a Esther, que era adonde quería ir. «¿Se fue en su coche, rumbo a la puesta de sol, a empezar una nueva vida en Seattle y no volver nunca más a la isla Bainbridge? ¿Dio marcha atrás y volvió para encarar a Frances y a Elliot? ¿Los perdonó? ¿Lo perdonó a él? ¿Y qué pasó con Frances?» Yo deseaba que esa historia tuviera un final feliz, pero en el fondo me temía lo contrario. Una densa oscuridad la acechaba en aquella última noche. Podía sentirla a través de las páginas.

Esa mañana no escribí nada, ni una sola palabra. Pero no me preocupaba. Dentro de mi corazón se gestaba una historia y yo sabía que desarrollarla llevaría su tiempo. Esperaría. Sería paciente.

Antes del mediodía, me vestí para acudir a mi cita con

Jack. No aclaró si debíamos encontrarnos en la playa o si pasaría a buscarme, pero en ese momento oí el timbre. Bee tocó a mi puerta:

—Jack está aquí —dijo sin mirarme.

—Gracias —contesté—. Voy enseguida.

Me puse un jersey y agarré mi chaqueta, por si acaso, luego fui al salón, donde me esperaba Jack. Me alegré pues no me pareció que estuviera nervioso en presencia de Bee.

—Hola —dijo, y cogió mi bolso de la mesa baja.

Me tendió la mano.

—¿Lista?

—Sí —contesté.

—¡Oh! —dijo, mostrando algo que llevaba debajo del brazo, envuelto en un papel marrón atado con un cordel, como esos paquetes que se ven en las películas viejas en blanco y negro. Ya nadie usa cordel en nuestros días—. A punto he estado de olvidarlo —dijo, mirando a Bee—. Mi abuelo desea entregarle esto.

Bee parecía sorprendida, azorada, inclusive, cuando Jack le dio el paquete. Lo sostenía en sus manos como si tuviera la sospecha de que contenía explosivos.

Yo me moría de ganas de saber qué había dentro, pero Bee lo dejó sobre la mesa baja.

—Bueno, no os quiero demorar más —dijo.

En el coche, le pregunté a Jack por el paquete.

—¿Tienes idea de lo que tu abuelo le ha dado a Bee?

—No —dijo—. Quiso dárselo él mismo el día del funeral, pero no tuvo ocasión de conversar con ella.

—Fue un día durísimo para ella —dije, recordando que Bee se había encerrado en su coche durante la ceremonia en el cementerio—. Siento haber perdido la ocasión de conocer a tu abuelo.

—Él también quería conocerte —dijo, riendo—. Fue

de lo único que habló cuando regresamos a casa. Me dijo que eras muy bonita. Me encantaría que vinieras conmigo a visitarlo.

—Sería estupendo —dije—, pero, ¿cuándo?

—Mañana tengo una reunión con un cliente, pero ¿qué te parece pasado mañana? Pienso ir por la tarde. Podrías venir conmigo.

—Sí —dije sonriendo—. Trato hecho.

Jack se dirigió hacia el extremo oeste de la isla. Yo nunca había ido allí antes, ni siquiera en los veranos de mi infancia. Llegamos a un sitio que semejaba un parking, pero en realidad estaba poblado de zarzamoras y había grava suficiente como para que aparcaran dos o tres coches. Abrió el maletero y sacó una cesta de picnic. Era como las de antes, de mimbre y forrada con una tela a cuadros blancos y rojos y ribete rojo oscuro. «Es perfecta.»

—¿Adivinas adónde te estoy llevando? —dijo riendo con picardía.

—Sinceramente —respondí—, no tengo la menor idea.

Nos abríamos paso entre la maleza y las ramas me rasgaban la ropa.

—Tendría que haber traído mi machete... —bromeó Jack—. Me parece que ya nadie va.

—¿Adónde?

—Ya lo verás.

Oscurecía a medida que nos internábamos bajo la densa bóveda de los árboles. Pero, entonces, justo delante alcancé a ver una mancha de luz.

—Casi hemos llegado —dijo Jack, mirándome y sonriendo, como diciéndome, para tranquilizarme, que nuestra marcha a través de la jungla acabaría pronto. Pero yo no sentía la menor inquietud. El paraje era hermoso, como para pintarlo: viejos árboles altísimos arraigados en un suelo cubierto por una alfombra de musgo verde claro.

Apartó unos arbustos y me cedió el paso.

—Primero tú.

Pasé entre las matas y de pronto nos encontramos en una cala circundada por una colina rocosa. El agua era de color esmeralda. No podía entenderlo, puesto que las aguas del estrecho eran totalmente grises. Un hilo de agua —una suerte de cascada, pero no fuerte, apenas un goteo— bajaba serpenteando por una ladera del acantilado a un charco que se había formado abajo. Los pájaros gorjeaban en estéreo.

Había un pedacito de arena sin piedras, llenas de percebes, como las que había en la playa frente a la casa de Bee. Jack extendió la manta.

—¿Qué te parece? —preguntó orgulloso.

—Es increíble —dije sacudiendo la cabeza—. ¿Cómo es posible que el agua tenga este color?

—Son los minerales de la roca —contestó.

—¿Cómo has descubierto este lugar?

—A esta laguna solía traer mi abuelo a las chicas —dijo, riendo—. Me trajo aquí cuando yo tenía dieciséis años; un rito de iniciación familiar. Me hizo jurar que nunca se lo enseñaría a nadie, ni a un alma, a menos que esa alma fuera de mujer.

—¿Y por qué tanto secreto? —pregunté.

Se encogió de hombros.

—Él y un amigo suyo lo descubrieron de niños y jamás compartieron el secreto con nadie. Supongo que querían preservarlo para ellos solos.

—Ya me figuro por qué —dije admirando la asombrosa belleza de la cala.

Jack echó un vistazo al contenido de la cesta y yo me senté a su lado.

—Me encantan las historias de tu familia —dije—. Ojalá la mía no fuera tan reservada con las suyas.

—No creas, la mía también tiene sus secretos —replicó—. En realidad, hay una cuestión que me gustaría entender.

—¿Qué es? —pregunté perpleja.

—Bueno, poco antes de la muerte de mi abuela descubrí una caja con recortes de periódicos viejos en el altillo.

—¿Qué clase de recortes?

Me acordé de la carpeta que el perro de Jack había mordisqueado.

—Oye, mira —dijo Jack, señalando el cielo y cambiando ostensiblemente de tema.

No protesté. Sabía que, si había alguna cosa rara en la historia de su familia, él me lo contaría cuando llegara el momento.

Se avecinaban los nubarrones, pero justo encima de nosotros brillaba un rayo de sol, como si hubiera salido expresamente para nosotros, para alegrar nuestro picnic.

Jack me presentó la cesta.

—¿Tienes hambre? —preguntó.

—¡Sí! —exclamé.

Sacó dos platos, tenedores, cuchillos y servilletas, y varias fiambreras de plástico.

—Tenemos ensalada de patatas y pollo frito, ensalada de col, y ensalada de fruta con menta, crece como maleza en mi jardín, ah, y pan de maíz.

Era un banquete y yo comí descaradamente, llenando mi plato dos veces. Cuando me harté de comer, me eché sobre la manta y suspiré.

Jack sirvió el vino —rosado— para ambos, y yo apoyé mi espalda contra su estómago, como para reclinarme en él, como si fuera mi sillón.

—¿Jack? —dije al cabo de unos minutos.

Apartó un poco mi cabello y me dio un beso en el cuello.

—¿Sí?

Me volví para mirarlo.

—El otro día —dije—, fui al centro y te vi con una mujer.

Su sonrisa se desvaneció.

Me aclaré la garganta.

—En el bistró. La noche que me dijiste que me llamarías.

Jack no respondió y yo me miré las manos.

—Lo siento, hago mal, parezco una esposa celosa.

Me cogió la manos.

—Escucha —dijo—, no pareces una celosa. No hay nadie más, te lo aseguro.

Asentí, pero era evidente que su explicación no me satisfacía.

—Oye —dijo—, es una clienta. Me ha encargado un cuadro para su madre. No hay nada más.

Me acordé de cuando la mujer dejó un mensaje en su contestador y cómo había reaccionado él. Jack tenía secretos. Pero decidí confiar en él. Cuando abrió la boca otra vez, yo puse mi mano sobre sus labios y lo empujé al suelo. Me coloqué encima de él y lo besé como hacía tiempo que deseaba hacerlo.

Con sus manos empezó a desabotonar mi blusa y, a medida que ésta se abría y se deslizaba por mis brazos, yo sentía el tibio contacto de sus dedos en la piel de mi torso tratando de abrir la cremallera de mis tejanos hasta conseguirlo.

—Vayamos a nadar —me dijo al oído.

—¿Ahora? —pregunté sintiendo frío sólo de pensarlo.

—Vamos —dijo—, yo te abrigaré.

Me reí y me quedé mirándolo mientras se desnudaba quedándose en calzoncillos y yo me quitaba los tejanos. Me cogió de la mano y me llevó a la orilla, donde toqué recelosa el agua con la punta del pie.

—Brrr —musité—. Está muy fría. No hablas en serio.

Pero Jack me envolvió en sus brazos, pegó su frente contra mi espalda y entramos juntos. A cada paso que dábamos la sentía menos fría y más tentadora, y cuando a mí me llegaba al pecho y a él a la cintura, Jack me dio la vuelta y me apretó contra su cuerpo, para que yo sintiera cada parte de él y él cada parte de mí.

—¿Tienes frío? —preguntó suavemente.

—Estoy perfectamente bien.

Era de noche cuando Jack me condujo a casa de Bee. Cuando entré aún tenía el cabello mojado y pegoteado por el agua salada. Bee levantó la vista de su libro.

—Te ha llevado a la laguna, ¿verdad?

Lo dijo con la mayor naturalidad, como cuando alguien dice: «Ha hecho frío hoy, ¿no?»

—Sí —dije—. ¿Cómo lo sabes?

Bee se limitó a sonreír y apoyó el libro.

—Creo que necesitas un baño caliente. Ven, te prepararé uno.

15

15 de marzo

Aún estaba sentada a la mesa del desayuno, leyendo el periódico y comiendo pedacitos de gofres rehogados en jarabe de arce, cuando entró Bee del jardín, con las mejillas sonrosadas por el aire fresco de la mañana y un ramito de salvia recientemente cortada en la mano.

—Buenos días —dijo.

Esa mañana, precisamente, yo había decidido despejar la atmósfera y hablarle a Bee del cuaderno. Además, deseaba preguntarle por Esther, deseaba saber si la había conocido.

—Bee —dije—, necesito hablar contigo de una cuestión.

Puso la salvia en el fregadero y abrió el grifo.

—Dime, querida.

—Necesito preguntarte acerca... de una mujer —hice una pausa para ordenar mis pensamientos—. Una mujer que vivió en esta isla en 1943. Se llamaba Esther.

Observé a Bee de pie ante el fregadero. No levantó la vista, siguió enjabonándose rítmicamente las manos con el jabón de lavanda que tenía cerca del grifo. Transcurrieron varios minutos, pero ella seguía enjabonándose, una y otra vez, como en trance.

—¿Bee? —repetí—. ¿La conociste?

Dejó el jabón en su sitio y enjuagó lentamente sus dedos en el agua tibia durante lo que se me antojó una eternidad. Luego cerró el grifo y los levantó para examinarlos a contraluz.

—Nunca encuentro un par de guantes que no me dejen tierra pegada a los dedos —comentó.

—Bee —repetí mientras ella abandonaba la cocina—. ¿Has oído lo que acabo de preguntarte?

Antes de alejarse por el pasillo, se volvió, me miró y dijo:

—Recuérdame que compre otro par de guantes, querida, cuando vayamos al centro.

Esa mañana, algo más tarde, oí que alguien llamaba a la puerta. Miré por la ventana y vi a Greg.

—Hola —saludó como un chico—. Perdona que me presente sin llamar, pero pasaba por aquí y...

Se interrumpió y me mostró una bolsa de papel marrón que llevaba en la mano. *Billy*. Me trajo a la memoria el amor adolescente de Esther y pensé que mis sentimientos por Greg eran idénticos a como Esther describía en su diario los suyos por Billy.

—He venido a darte esto —añadió, entregándome una carpeta sin etiqueta.

—¿Qué es? —pregunté.

—La otra vez me pareció que te interesabas por el antiguo propietario de mi casa y anoche, mientras ordenaba algunas carpetas, encontré estos papeles. Los he fotocopiado para ti.

—¡Greg, qué detalle! ¡Increíble! —dije sonriendo—. Muchas gracias.

—No es nada —respondió, y se dirigió a la puerta. A punto estaba de salir, cuando me dijo—: Espero que encuentres lo que buscas.

—También yo —dije.

Abrí la carpeta y me puse a revisar toda aquella documentación. Eran las actas de venta de la casa de Greg. Me detuve en los hechos esenciales: Había sido edificada en 1901, luego vendida en 1941 a una mujer llamada Elsa Hartley. «Hartley —pensé— es el apellido de Elliot. ¿Pudo haber sido su esposa? Entonces, ¿la historia de amor entre Elliot y Esther no existió?»

Pasé a la hoja siguiente y comprobé que la casa no había vuelto a ser vendida hasta 1998, cuando la compró Greg. El nombre del vendedor era William Miller. Me sentí abatida. ¿Qué había sucedido con Elsa Hartley? ¿Y con Elliot?

Corrí a la puerta y vi que el coche de Greg estaba a punto de dejar el largo camino de entrada a casa de Bee.

—¡Espera! —grité haciéndole señas con la mano.

Bajó la ventanilla y yo corrí hasta el coche.

—¿Puedes llevarme al centro?

—Claro.

—Gracias —dije—. Necesito hacer algunas averiguaciones.

Greg me dejó en el ayuntamiento, a la altura de la calle Main. En el mostrador de recepción había una mujer mayor, de unos setenta años, quizá más, que me miró detrás de sus gafas con montura negra.

—Hola —dije—. Quisiera consultar los archivos; busco información acerca de una persona que vivió en la isla.

Me miró de manera curiosa, como si yo estuviera un poco loca y no supiera que a los locos no se les entrega información sobre los isleños.

—¿Qué es lo que busca exactamente? —preguntó.

Había sospecha en su voz. Pero tampoco yo estaba muy segura de lo que buscaba.

—Bueno, he venido a averiguar si una persona que vivió en la isla aún vive.

El hecho de expresarlo en voz alta hizo que se me pusiera la piel de gallina.

—Rellene este formulario —dijo suspirando—, y le enviaremos los documentos que podamos hallar dentro de seis u ocho semanas.

Sentí que se me caía el alma a los pies, literalmente.

—¿De seis a ocho semanas? No puedo esperar tanto. Tiene que haber otra forma.

La mujer se encogió de hombros. Era una pared de ladrillos.

—Son las normas —dijo.

Suspiré y me dije que esperar era mejor que no saber nunca. Acto seguido, rellené el formulario con los nombres «Esther Littleton» y «Elliot Hartley», y puse mi dirección de Nueva York para que me enviaran la información.

—Gracias —dije.

La mujer se limitó a mover la cabeza.

Me dirigía a la salida cuando de pronto, detrás de mí, oí la respiración dificultosa de alguien.

—¡Aguarde! —casi gritaba—. ¡Señorita —repitió más alto—, aguarde!

Me volví y vi a la mujer detrás del mostrador haciéndome señas con los brazos.

—Creo que puedo ayudarla —dijo.

Abrí mucho los ojos y apoyé mi bolso sobre el mostrador.

—Lo siento —dijo como apenada—, acabo de leer su formulario y, verá usted, yo conocí a Elliot Hartley.

Me acerqué un poco más.

—¿Lo conoció?

—Sí —dijo, y, nostálgica, añadió: ¡Era alguien especial! Todas las chicas de la isla pensábamos lo mismo. Todas deseábamos que Elliot Hartley se fijara en nosotras.

—¿Y se fijó? —pregunté—. ¿Salió usted con él?

Negó con la cabeza.

—Ojalá. Pero en el corazón de Elliot había una sola mujer. Todo el mundo lo sabía. Pero ellos tenían problemas, entonces...

—¿Qué clase de problemas?

—No lo sé con exactitud, pero peleaban mucho. Rompían y se reconciliaban todo el tiempo. Una vez, sin embargo, fue la definitiva. Elliot quedó destrozado. Se puso a beber. Empezó a salir con un montón de mujeres, hasta yo bailé con él en una ocasión. ¡Ah, qué noche! Pero luego se marchó a la guerra.

—¿Volvió?

La mujer se quedó callada, como si estuviera reflexionando. Yo deseaba que me dijera que sí, que había vuelto, como constaba en el cuaderno, que se había reunido con Esther, quizá para siempre, y que la última parte de la historia no era cierta.

—Sí, volvió, pero no fue el mismo, sobre todo porque la mujer que amaba se había casado con otro.

—Y esa mujer —dije—, la que él amaba, se llamaba Esther, ¿no?

La mujer movió la cabeza.

—Lo siento, querida —dijo—. No lo recuerdo. Pudo haber sido Esther, pero hace tanto tiempo. Mi memoria ya no es la que era.

—Pero, ¿se acuerda usted de ella, de la mujer que Elliot amaba? Un detalle, cualquier cosa.

La mujer apoyó su espalda en el respaldo de la silla y miró al cielo raso, como si estuviera tratando de rememorar un momento, un pensamiento, una conversación mantenida muchos años atrás.

—Era hermosa —dijo—. De eso me acuerdo. Todas las mujeres de la isla la envidiaban.

—¿Sabe qué fue de ella?

La mujer sacudió la cabeza.

—No, me temo que no. Cuando terminé la secundaria, me trasladé en compañía de mis padres al Medio Oeste. Hace quince años que vivo aquí, nada más. Esto ha cambiado mucho. ¿Vio que han abierto un MacDonald's en la isla?

Nerviosa, me puse a jugar con las borlas de mi bolso. No quería que cambiara de tema, quería que siguiera hablando de Elliot y Esther.

—Es terrible —comenté, recordando haber visto sorprendida los arcos dorados desde el coche, la primera noche, cuando Bee me llevaba a su casa.

Carraspeé.

—Me pregunto si no sabrá usted con quién podría yo conversar sobre esto. ¿Habrá alguien que pueda saber algo más acerca estas personas?

—Bueno, puede consultar los periódicos en el archivo de la biblioteca pública —dijo—. Algo tiene que haber sobre Elliot.

—Gracias —dije, algo decepcionada.

Revisar todos los periódicos archivados, uno por uno,

no me parecía la forma más rápida de llegar del punto A al punto B.

—Ah —dije, recordando las actas de venta de la casa de Greg—. ¿Conoce a una persona llamada Elsa Hartley?

—Sí —dijo—. Era la hermana de Elliot.

«Tiene sentido —pensé—. Fue a la casa de su hermana, a su jardín, a buscar el tulipán para Esther.» Tenía que encontrar su nueva dirección, ir a visitarla.

—Espere, ¿dijo que «era» la hermana de Elliot?

La mujer asintió con la cabeza.

—Falleció hace varios años, y William, su marido, también. Mi nieto solía cortar el césped de su jardín.

—Ya veo —suspiré. «Otra pared de ladrillo»—. De nuevo, gracias.

—No hay de qué —dijo con nostalgia. Y añadió—: Hace mucho tiempo que no he sabido nada de Elliot Hartley. —Sonrió, como quien se acuerda de un buen vino—. Pero voy a averiguar, y si encuentro algo, ¿a qué número la llamo?

Anotó mi número de móvil en un papel.

—Por cierto —dijo—, ¿cómo ha dicho que conoció usted a Elliot?

—Es una larga historia —contesté.

La isla Bainbridge cuenta con una sola biblioteca: un edificio grande y hermoso construido por la Fundación Carnegie a comienzos del siglo XX. Cuando abrí la puerta, tres niños salieron en tropel y casi me arrancan el bolso del brazo.

—Finny, ¿no te he dicho que esperes a tu mami? —gritó una mujer más o menos de mi edad, irritada y nerviosa, a su hijito de cuatro años, evidentemente muy testarudo.

Sonreí, pero para mis adentros pensé: «Por favor, que me maten si alguna vez llamo Finny a un hijo mío.» Entré en la biblioteca y me dirigí a una bibliotecaria.

—Hola —dije—, ¿podría decirme dónde se encuentra el archivo de periódicos en microfichas?

—Tiene suerte —dijo—, este mes hemos terminado de recatalogar todos los periódicos de Seattle y el *Bainbridge Island Digest*. A partir de ahora se pueden consultar *on line*. ¿Qué es lo que busca?

—No estoy segura —dije—, pero creo que es mejor que empiece por el año 1943.

Me miró impresionada.

—¡Vaya! ¿Qué es lo que le interesa acerca de la década del 40 en la isla?

—Pues —contesté—, unir las piezas de un misterio que no consigo desvelar.

Abrió los ojos.

—Usted es escritora, ¿no?

—Bueno, sí —dije—, pero...

Estuve a punto de decirle que no tenía nada que ver con mi trabajo de escritora, que se trataba de un proyecto personal, pero ella me interrumpió.

—Aguarde, ¿cuál es su nombre? Conozco su cara, me resulta familiar. Estoy segura de haberla visto en la solapa de un libro.

—Hummm... Emily Wilson.

—¡Ahhhhhh! —gritó—. Emily Wilson, ¿la autora de *Llamando a Alí Larson*?

Dije que sí con la cabeza. No me gustaba nada que me reconocieran, por muy contadas veces que ello me ocurriera.

—¡Dios mío, no puedo creerlo! Usted. Aquí. ¡En la isla de Bainbridge! Es una gran oportunidad. Voy a buscar al director para que baje a saludarla y, quién sabe, tal vez podríamos improvisar una «lectura».

Yo tiraba con fuerza del borde de mi jersey, nerviosa, pero ella no parecía darse cuenta.

—Mira quién está aquí —le dijo a un hombre que estaba sentado a una mesa ubicada a su derecha—. ¡Una gran autora de la ciudad de Nueva York!

Casi chillaba de placer. Yo no deseaba estropear su alegría, pero una lectura no era precisamente lo que en esos momentos ocupaba mi mente. Y, para ser sincera, ya no me sentía como Emily Wilson, la autora de *Llamando a Alí Larson*. Aquellas semanas transcurridas en la isla lo habían cambiado todo. Ese libro ya no era la cima de mi carrera. Intuía que el futuro me reservaba cosas mucho más importantes.

—Lo siento —dije—, de veras se lo agradezco, pero no es un buen momento. Realmente necesito adelantar mi trabajo. Tal vez en otra ocasión, ¿le parece?

Sonrió.

—Claro. La entiendo perfectamente. Permítame acompañarla a la sala de los ordenadores.

Me guio por una escalera antigua al subsuelo. Las paredes estaban revestidas con madera y la atmósfera olía diferente, no sólo a libros simplemente, sino a libros y humedad. Me señaló una estación de trabajo y me enseñó a navegar por las bases de datos útiles para mi investigación.

—Gracias —le dije.

—Si necesita ayuda, llámeme.

Miré dos veces por encima de mi hombro y me temblaron las manos cuando tecleé el apellido de Elliot. Casi pego un grito de alegría cuando aparecieron seis coincidencias. La primera, del *Bainbridge Island Sun*, era un comentario sobre su *touchdown* ganador en un partido de fútbol del Bainbridge Island High. Incluso había una foto ilustrando el artículo de Elliot vestido de futbolista, rodeado de sus compañeros de equipo y una animadora que lo miraba con adoración. Era muy guapo, tal como lo había descrito Esther, y más aún en aquella fotografía de periódico en que se notaba mucho el grano.

Pinché en la segunda. Era una breve noticia sobre su graduación en la Universidad de Washington. Luego pinché en la siguiente: su nombre aparecía en una larga lista de soldados que volvían de la guerra.

Me quedaba una sola por pinchar. «Ojalá sea la pista que necesito», pensé.

Era, en efecto, una pista: un anuncio de boda, fechado el 2 de junio de 1949. «Elliot Hartley contrajo matrimonio con Lilian Appleton en una pequeña ceremonia en Seattle a la que concurrieron amigos y familiares. La novia, hija de Susan y Theodor Appleton, es graduada del Sarah Lawrence College. El novio es hijo de Adam y Suzanne Hartley, y es graduado de la Universidad de Washington y empleado de la firma de inversiones Hadley, Banks & Morgan. La pareja se instalará en Seattle.»

«¿Qué? No tiene sentido. ¿Cómo pudo casarse con otra? No es así como se suponía que acabaría esta historia. Está todo equivocado. ¿Cómo pudo casarse con alguien que no fuera Esther? ¿Y qué pasó con Esther?» Su destino empezaba a preocuparme. Volví a mirar la fecha de la boda, 1949, y tuve miedo. «¿Qué sucedió en los seis años que transcurrieron después de que Esther escribiera su historia? ¿Acaso él la esperó? Y si lo hizo, ¿adónde fue Esther?»

Con la esperanza de descubrir algo, cualquier cosa, referente a Esther, escribí «Esther Littleton», pero no obtuve ningún resultado. ¿Tendría otro nombre, distinto al que usa en la historia? Pero, entonces, ¿por qué Elliot iba a figurar con su verdadero nombre y Esther con uno ficticio? Me pasé la mano por el cabello, como suelo hacer cuando estoy nerviosa o me atasco con una frase, lo cual, en mi reciente vida de escritora, me sucedía continuamente.

Entonces me acordé. La foto de Elliot en el partido de fútbol. La animadora que lo miraba embelesada. «¿Podía ser Esther? ¿Hay alguna leyenda al pie de la foto?»

Escribí nuevamente el apellido de Elliot y pinché en el artículo sobre el partido. La leyenda decía: «De izquierda a derecha: Miembros del equipo de fútbol: Bobby McFarland, Billy Hinson, Elliot Hartley y la animadora Esther Johnson.»

Se me pusieron los pelos de punta. «Tiene que ser ella» Y al contemplar aquella fotografía me di cuenta de que estaba mirando a la autora de la historia del diario de tapas de terciopelo rojo.

Pero, ¿quién era?

Emprendí una nueva búsqueda por «Esther Johnson» y salieron por lo menos dos docenas de artículos: MUJER DE BAINBRIDGE DESAPARECIDA. BÚSQUEDA POLICIAL: NADA EN LA CASA NI EL COCHE. ESPOSO INTERPELADO EN EL CASO DE LA MUJER DESAPARECIDA. CEREMONIA EN RECUERDO DE LA MUJER DESAPARECIDA.

Los leí todos. Cada palabra. Esther había desaparecido misteriosamente en la noche del 30 de marzo de 1943. Su coche fue hallado abandonado en un parque de la isla, con una maleta en el interior. No había testigos oculares ni pistas, y su cuerpo jamás fue encontrado.

Pero, por muy inquietante que fuera aquella información, había un detalle, el más espeluznante de todos, que me afectó enormemente. El marido de Esther, leí en uno de los artículos, era Robert Hanson. Así se llamaba... ¡mi abuelo!

Salí de allí corriendo; necesitaba respirar aire puro para no desmayarme en la biblioteca. Y además necesitaba hablar con alguien. Marqué el número de Annabelle.

Su teléfono sonó varias veces. «Por favor, cógelo; vamos, cógelo.» Pero saltó su buzón de voz.

Insistí. «Annabelle, contesta. Por favor, contesta.» Entre ambas teníamos como norma que si volvíamos a llamar significaba que era importante, y la acatábamos. Contestó. Yo sabía que lo haría.

—Hola —dijo—. ¿Qué sucede?

Me faltaba el aire, y dije:

—Lo siento mucho, pero necesito hablar. ¿Te pesco en medio de algo?

Bajó la voz.

—Estoy con Evan —dijo.

—Ah, perdona, Annie. Es que, sabes, creo que he topado con un secreto muy oscuro que mi familia mantenía bien oculto.

—Vale, cálmate, cariño. ¿De qué estás hablando?

—Mi abuelo —dije— estuvo casado con otra mujer antes de casarse con mi abuela Jane, y yo...

Dios mío, ¿podía ser que Jane fuera... Janice?

Al acordarme de la vecina de Esther, tuve que hacer una pausa para respirar.

—... creo que pudo haber sido la verdadera madre de mi madre. Y, Dios mío, Annie, pienso que pudieron haberla matado.

—Emily, ¿estás segura? ¿Qué te hace pensar en algo así?

Ahora todo cobraba sentido. La abuela Jane no era mi abuela. Mi verdadera abuela era Esther. Lo que Bee le había contado a mi madre hace muchos años, ¿no sería que la abuela Jane no era su verdadera madre? ¿Habría llegado tan lejos como para implicar a mi abuelo en su asesinato? ¿Fue por eso que se fueron de la isla?

—Bueno —dije con la voz entrecortada—, el cuaderno que encontré en el cuarto de invitados, del que te hablé la vez pasada.

—Sí.

—Creo que acabo de descubrir quién lo escribió.

—¿Quién?

—Mi abuela, que no conocí nunca.

Le conté, lo mejor que pude, acerca del libro y los cabos sueltos que había atado: la mujer del ayuntamiento y los artículos de periódico.

—¿Y este Elliot? —preguntó—. ¿Pudo haber juego sucio?

—No, no —dije—. De ningún modo. La amaba demasiado. Y ella estaba embarazada de él.

Súbitamente recordé un detalle importante: él no sabía que Esther estaba embarazada.

—¡Qué lío! —dije, y me senté sobre la hierba, en frente de la biblioteca, sin darme cuenta de que el césped estaba húmedo, pero, aunque lo hubiera sabido no me habría importado—. ¿Qué se supone que debo hacer?

Annabelle se aclaró la garganta.

—Vas a hacer lo que has ido a hacer a la isla —sentenció.

Me pasé la mano por el pelo.

—Ni siquiera me acuerdo para qué vine.

—Para curarte, Em.

Asentí.

—Pero, ¿y todo esto? A lo mejor estoy metiendo la nariz en cosas que no hay que tocar. A lo mejor debería dejarlo todo como está.

Annabelle permaneció un rato callada y luego preguntó:

—¿Es eso lo que tu corazón te pide?

Sacudí la cabeza y pensé en la vidente de la historia, la mujer que le había advertido a Esther acerca de la importancia que tendría en el futuro lo que ella fuera a escribir.

—No —dije—. Y es que, Annie, por primera vez en mucho tiempo, sé lo que mi corazón me está diciendo que haga.

Nunca antes había deseado tanto hablar con Bee. Ahora que disponía de elementos en bruto, ansiaba conocer ciertos detalles que faltaban para completar la historia. Evelyn me había dicho que no hablara con Bee del cuaderno hasta que llegase el momento oportuno. Y ese momento había llegado.

Cogí un taxi y fui a casa de Bee. Después de pagar al chófer, me precipité a la puerta principal, que Bee jamás cerraba con llave.

—¿Bee?

Mi voz era fuerte, decidida.

Miré en la cocina, pero no se encontraba allí, tampoco en el salón. Fui a su dormitorio y golpeé, pero, como no hubo respuesta, entreabrí la puerta para mirar. Y tampoco estaba.

—Bee —llamé nuevamente, esta vez más fuerte, pensando que podía estar en su galería.

Entonces vi la nota encima de la mesa del desayuno.

Querida Emily:

Una vieja amiga mía, que también fue amiga íntima de Evelyn, me ha llamado para invitarme a quedarme esta noche en su casa, en Seattle. Hemos pensado que quizá podríamos recordarla mirando fotos y charlando. He intentado llamarte a tu móvil, pero seguramente estabas sin cobertura. Me habría gustado que vinieras conmigo, pero se ha hecho tarde. Espero que no te importe quedarte sola esta noche. La nevera está repleta. Estaré de vuelta en casa mañana por la tarde.

Un beso,

BEE

Puse la televisión. Escuché música. Leí mis correos en el ordenador. Pero no podía acallar mis pensamientos con nada. Eran como una canción que se repetía constantemente. Una canción pésima.

Una noche horrible para estar sola. Por eso, cuando se puso el sol y la casa empezó a crujir, como hacen las casas viejas cuando es de noche y sopla el viento y estamos solos, cogí el teléfono y llamé a Jack.

No esperaba encontrarlo en su casa. Me acordé de que me había dicho que estaría ocupado todo el día. Pero estaba en casa; bueno, «ella» estaba. La mujer que se puso al teléfono. Antes de oír su voz, oí como trasfondo la risa de un hombre: la risa de Jack. Y también música, una música suave y romántica.

—Residencia de Jack —dijo la mujer.

Parecía muy segura de sí misma, como si estuviera acostumbrada a coger las llamadas en aquella casa. Miré mi reloj: 21:47 horas. ¿Qué estaba haciendo esa mujer allí a las diez menos cuarto de la noche?

—¡Oh, disculpe! —dije, turbada—. Quería hablar con Jack.

Se rio.

—Bueno, está algo ocupado ahora mismo. ¿Quiere que le dé su recado?

—No —dije—. Está bien. Está todo bien. Estoy bien.

En aquel momento sentí la misma rabia que había sentido Esther por Elliot, la rabia que Jane había sentido por André en *Años de gracia*. Entendí por qué Esther había arrojado el anillo al desagüe. Entendí por qué se había casado con otro. La indignación se agitó en mi corazón como las olas que veía por la ventana y que presagiaban tormenta. No quería acabar como Esther, pero no iba a quedarme de brazos cruzados mirando cómo otro hombre me engañaba.

16

16 de marzo

A la mañana siguiente me desperté temprano, demasiado, pues me había pasado la mitad de la noche en vela preguntándome si no habría un fantasma en la casa. Cuando sonó el teléfono, pasadas las ocho, casi me da un infarto.

—¿Diga?

—Hola, ¿con quién hablo?

Era un hombre, con una voz cavernosa y grave, de persona mayor, que no reconocí.

—Deseo comunicarme con la señorita Emily Wilson —dijo.

—Habla usted con ella —contesté—. ¿Quién es?

Carraspeó.

—Elliot Hartley.

Por poco se me cae el teléfono. Pero sujeté el receptor, como si se me fuera en ello la vida, temerosa de que desapareciera nuevamente entre las hojas del cuaderno, donde se había quedado para siempre.

—Sí —dije—, soy Emily.

—Espero no molestarla, pero...

—No, no —dije—, no me molesta en absoluto.

—Bien —dijo—; la llamo para saber si podríamos vernos. Me gustaría hablar con usted personalmente.

«¿Cómo me ha encontrado? ¿Dónde está? ¿Vive Esther todavía? ¿Se habrá enterado de que estoy leyendo el libro? ¿Se lo habrá dicho Evelyn?»

No me pareció apropiado hacerle esas preguntas por teléfono.

—Muy bien —dije—, quiero decir, excelente, me parece una excelente idea. Tenía la esperanza de que alguna vez nuestros caminos se cruzaran.

—¿Puede venir a visitarme hoy? —preguntó—. Querría conversar con usted sobre algunas cosas.

—Sí —contesté rápidamente.

Me dio su dirección. En Seattle.

—Cogeré el próximo ferry —dije.

—Emily, aguarde —dijo—, usted sabe quién soy yo, ¿verdad?

—Sí, Elliot, lo sé. Usted es el hombre que amó mi abuela.

El taxi me dejó en la terminal de transbordadores y al llegar al muelle me di cuenta de que no le había avisado a Jack de que ese día no lo acompañaría a visitar a su abuelo. Pero, después de lo sucedido por teléfono la noche anterior, me pareció que no tenía importancia.

Cuando me encontré a bordo, pensé mucho en Esther. «¿Habría huido? Si fue así, entonces, ¿dónde estaba? De lo contrario, si las circunstancias de su muerte —tragué saliva— habían sido turbias, ¿por qué nadie encontró su cadáver?»

Repasé mentalmente la lista de personas que rodeaban

a Esther. Mi abuelo, sin duda, tenía un motivo: rabia, venganza, celos, quién sabe. Pero, por mucho que intentara atar cabos, no veía cómo podía haberlo hecho. ¿Y la pequeña, probablemente mi madre, la dejó sola cuando salió a perseguir a Esther? Era posible, aunque no probable.

No cabía pensar en Frances ni en Rose, aunque, ¿por qué no? Hacia el final de la historia había algo poco claro referente a la relación de Esther con Frances, y la última noche, cuando Esther vio a Frances con Elliot, tal vez sucediera algo terrible bajo la luz de la luna. «A lo mejor Frances la había agredido.» Quién sabe.

El ferry entraba a puerto y yo me uní a los demás pasajeros que hacían cola para desembarcar. Cuando bajé del barco tenía el estómago revuelto de los nervios ante la perspectiva de conocer finalmente a Elliot.

Le hice señas a un taxi y le di la dirección al chófer. Elliot me había dicho que el Hogar de Ancianos Reina Ana no quedaba lejos del centro. Era cierto. Cinco minutos después, pagué y me encontré frente al edificio. No estaba muy lejos del lugar adonde Greg solía llevarme en verano. Me había invitado a mi primer café con leche en una cafetería situada a una manzana de allí.

—Vengo a ver al señor Elliot Hartley —le dije al hombre sentado detrás del mostrador de la recepción, en el vestíbulo.

Miró en una tabla sujetapapeles y se mostró desconcertado.

—Lo siento, señora, pero no hay nadie aquí con ese nombre —me explicó.

Sentí que las palmas de mis manos se humedecían y que me latía con fuerza el corazón.

—¿Qué quiere decir? Debe de haber un error. Acabo de hablar con él y me ha dicho que vive aquí, en —miré el número de la habitación que llevaba anotado en un papelito— la habitación 308.

El hombre se encogió de hombros.

—Me gustaría poder ayudarla —dijo—, pero su nombre no figura en esta lista.

«¿Se estará alguien burlando cruelmente de mí?»

—Aguarde —insistí, sin ánimo de renunciar—, ¿puede volver a comprobarlo?

En ese momento salió una mujer de detrás de un tabique.

—Ed —dijo—, ¿hay algún problema?

El hombre volvió a encogerse de hombros.

—Pregunta por un residente que no vive aquí.

Se acercó al mostrador y me miró inquisitivamente.

—¿A quién busca?

—Se llama Elliot Hartley —contesté.

—Bien; veamos.

Le quitó a Ed la tabla de las manos y la revisó durante unos segundos antes de mirarme nuevamente, con el ceño fruncido.

—El problema es que han vuelto a tocar mi archivo Excel. Han impreso este por error. Y falta la última hoja. Debe de estar aún en la impresora.

Suspiré aliviada al ver que había esperanza.

—Gracias por verificarlo —dije.

Regresó al cabo de unos instantes con un papel en la mano y una sonrisa en la cara.

—Sí, está aquí —dijo—. Habitación 308. Ed es nuevo y aún no conoce a los residentes por sus apellidos. Además, el señor Hartley no se registró conmigo, probablemente porque aquí todo el mundo lo llama Bud.

—¿Bud? —dije.

—Una de las enfermeras le puso el sobrenombre y le quedó —explicó la mujer.

—Puedo acompañarla hasta su apartamento, si lo desea —dijo Ed.

Probablemente se sentía avergonzado por el error que había cometido.

—Muchas gracias —dije.

Fuimos por un largo pasillo hasta un ascensor. Ed apretó el botón «3» y el viejo ascensor se elevó a la tercera planta. Cuando la puerta se abrió, Ed bajó, pero yo no me moví.

—Señora —dijo—, aquí es.

—Lo sé —dije—, creo que estoy un poco nerviosa.

—¿Por qué, si solo viene a visitar a su abuelo? —preguntó desconcertado.

Moví la cabeza y di un paso para salir del ascensor, como si fuera me aguardara un peligro. El vestíbulo olía a libros y a olla quemada.

—No es mi abuelo, pero supongo que podría llamarlo así.

Ed volvió a encogerse de hombros. Debió de pensar que yo estaba loca. Pero ¡vaya!, en cierto sentido también yo creía haberme vuelto loca.

Señaló una puerta.

—Trescientos ocho —dijo—. Buena suerte.

Me quedé un rato delante del apartamento 308, incapaz de llamar a la puerta. Lo único que atinaba a pensar era que me encontraba allí, en el umbral de la casa de Elliot Hartley. ¿Qué aspecto tendrá? Cerré los ojos un instante y vi el rostro de Jack. Se me ocurrió pensar que durante todo el tiempo que había estado leyendo aquel diario me había representado a Elliot con la cara de Jack. Me estremecí y levanté la mano para llamar a la puerta.

Oí movimientos en el interior y alguien que se acercaba. La puerta se abrió, despacio, y apareció un hombre.

261

Era apuesto, pero no como cuando uno lo dice refiriéndose a un hombre de ochenta años muy bien conservado, sino simple y llanamente apuesto, incluso a pesar de su escaso cabello gris y su piel arrugada.

—Me alegro mucho de que haya venido —dijo.

Se apoyó en el marco de la puerta y se quedó mirándome, con sus ojos oscuros, cálidos, como probablemente miraba a mi abuela.

—Cuando la vi en el cementerio supe que usted era su nieta —dijo—. No fue necesario que Jack me lo dijera. Lo supe en el acto.

Sentí que me ardían las mejillas. «Claro, Elliot es el abuelo de Jack. ¿Cómo no até cabos desde el principio? ¡Qué estremecedor, maravilloso y desconcertante era todo!»

—El parecido es notable —dijo, demorándose unos instantes más—. Es como si la estuviera mirando a «ella».

Sonreí, nerviosa, pero me callé.

—¡Pero, qué barbaridad, yo aquí hablando —dijo—, pase, por favor!

Su apartamento era pequeño y limpio. Disponía de cocina y un diminuto comedor contiguo al salón, con espacio suficiente como para que hubiera un sofá pequeño y dos butacas. Del otro lado había un dormitorio y un baño.

—Tome asiento, por favor —dijo señalando la butaca junto a la ventana.

Pero yo me dirigí a una pared cubierta de fotos enmarcadas, en su mayoría eran fotografías de niños pequeños y retratos de la familia, pero me llamó la atención un retrato de boda en blanco y negro, el de Elliot con su prometida, una mujer que a todas luces no era Esther.

—Su esposa —le dije—. ¿Aún vive?

Dijo que no con la cabeza.

—Falleció hace once años.

No pude detectar en su voz nada que me dijera si la había amado, o si la echaba de menos, pero, a decir verdad, yo solo le había hecho una pregunta y él me había contestado.

—Lo que querría usted saber en realidad es si yo amaba a mi esposa —dijo—, si la amaba como amé a su abuela.

Era precisamente eso lo que quería saber, pero no me atrevía a preguntárselo.

Asintió.

—Amé a Lillian, sí. Pero con ella fue distinto. Era mi compañera. Su abuela era mi alma gemela.

Se me antojó que estaba mal, que era una blasfemia, inclusive, hablar así de una esposa muerta. Me preguntaba si Lillian había llegado a aceptar el hecho de que, después de Esther, ella ocupaba el segundo lugar. Si yo no hubiese leído el diario y comprobado por mí misma la profundidad de aquel amor, supongo que no lo habría entendido.

Antes de sentarme, me fijé en un estante de la biblioteca. Entre una Biblia y una novela de Tom Clancy vi el lomo azul oscuro de un libro. Me dio un vuelco el corazón cuando estiré la mano para cogerlo.

—¿Me permite? —pregunté mirando a Elliot.

Antes de ver las letras doradas del título sobre el lomo, ya sabía que era *Años de gracia*.

—Ella adoraba ese libro —dijo Elliot, y su voz sonó distante—. Después... bueno, después de que sucediera todo aquello, lo leí muchas veces. Pensé que si llegaba a comprender a los personajes, tal vez podría comprender a Esther —suspiró—. Pero luego todo se mezcló, se volvió borroso, como sucede con una historia cuando uno la lee muchas veces, demasiadas, a lo largo de la vida.

—Elliot —dije, sentándome en el sofá—. ¿Qué ocurrió? ¿Qué le pasó a mi abuela?

—Sé que usted desea comprender —dijo—, y es la razón por la que le he pedido que venga aquí hoy.

Se puso de pie y se dirigió a la cocina.

—¿Un té?

—¡Cómo no! —contesté.

Llenó con agua una tetera eléctrica y la enchufó.

—Permítame empezar diciéndole que nadie podía hacer cambiar de idea a su abuela. Era apasionada y muy tenaz. Determinada. Cuando se le ponía algo en la cabeza, no había vuelta atrás.

Me enderecé en mi asiento. Pensé un segundo en Jack y en lo sucedido la noche anterior. ¿Y si yo lo había interpretado mal? ¿He sacado conclusiones precipitadas, como hizo Esther? ¿Estoy genéticamente programada para repetir la historia?

—Su abuela y yo estábamos comprometidos —prosiguió Elliot—. Reduje mis gastos, ahorré dinero y me endeudé hasta el cuello para comprarle aquel anillo. Pero hubo un malentendido. Creyó que yo salía con alguien, con otra mujer, en Seattle.

—¿Era cierto?

Me miró horrorizado.

—De ninguna manera. La mujer con quien ella me vio era una vieja amiga, dueña de un apartamento en Seattle. Se había comprometido para casarse y me lo iba a vender muy por debajo del precio de mercado. Su abuela siempre quiso tener un piso en Marion Street, con ventanales y un montaplatos. Aquel piso era algo especial. Yo quería darle la sorpresa el día de nuestra boda, pero se me adelantó.

—¿Por qué no se lo explicó? ¿Por qué no le contó lo de la sorpresa?

—Lo intenté —contestó—. Pero no había manera de razonar con Esther.

Recordé la escena descrita en el diario, la ira en la voz de Esther, la desesperación en sus ojos, allí, en la calle. O fue así como yo la imaginé.

—Entonces, ¿ella rompió el compromiso y todo se acabó?

—Sí, así fue como sucedió.

Lo vi abatido, como si tuviera aún la herida abierta, como si, después de sesenta y cinco años, siguiera sin entender qué fue lo que salió mal y por qué, y si hubiera podido hacer algo para cambiar el curso de los acontecimientos.

—¿Y se casó con otro hombre?

—Lo hizo —repitió, mirándose las manos, apoyadas una encima de la otra, sobre sus rodillas—. Estuve enfadado con ella durante mucho tiempo y se lo hice pagar. Salí con la mitad de las mujeres de Seattle y las llevaba a la isla para pavonearme con ellas, con la esperanza de que Esther me viera o lo supiera. Pero ni se enteró, y yo me alisté y partí a la guerra. Sin embargo, tampoco allá podía escapar de ella. Me atormentaba el corazón en el Pacífico Sur. Ella era en lo único que yo pensaba. Era mi único sueño. La llevaba en cada fibra de mi ser.

—Pero usted le envió cartas desde el frente, ¿verdad?

—Una sola vez —dijo, la voz ahogada de emoción—. Me preocupaba que su marido pudiera encontrarlas. No quería inmiscuirme, pero tenía que explicarle cuáles eran mis sentimientos, en caso de que yo no fuera a regresar.

—Sé lo que sucedió cuando usted volvió —dije.

—¿Lo sabe?

—Sí —contesté—. Leí la historia.

—¿Qué historia?

—La historia de su vida, la que ella escribió en su diario de tapas de terciopelo rojo. ¿No lo sabía?

—No —respondió—. Pero no me sorprende. Esther escribía historias muy bonitas, todo el tiempo. Anhelaba ser escritora. Una escritora profesional —hizo una pausa, y añadió—: Esa historia, ¿puedo verla?

—No la traje conmigo —dije—, pero le puedo enviar una copia.

—¿Lo haría?

—Por supuesto. No veo por qué ella no hubiera querido que usted la leyera. Ella lo amaba, incluso después... —me asaltó la duda de si debía o no contarle algunos pormenores—. Tal vez usted pueda ayudarme a resolver la cuestión de las personas involucradas en la historia.

—Lo intentaré, Esther.

Me quedé muda.

—Elliot, acaba de llamarme Esther: soy Emily.

Sacudió la cabeza.

—Lo siento —dijo, como regañándose a sí mismo—. Es que, con tantos recuerdos...

—Está bien —respondí—. En el diario, a sus mejores amigas las llama Frances y Rose. ¿Podrían ser, tal vez...?

—Evelyn es Rose —dijo Elliot sin titubear—. ¿No vio usted el programa de su servicio fúnebre? Su segundo nombre es Rose. En aquella época todo el mundo la llamaba así. Y Frances es...

—Mi tía —dije—. Es mi tía, ¿no?

—Sí —dijo—. En esa época ella usaba el nombre de Frances, que es el suyo. Empezaron a llamarla Bee muchos años más tarde.

—Entonces, usted... —hice una pausa para medir mis palabras— ¿usted y mi tía fueron...?

Sabía exactamente de lo que estaba hablando y no hizo nada por negarlo. El silencio, que se prolongó unos instantes, mientras él ordenaba sus pensamientos, me confirmó que entre ellos había habido una cuestión complicada. Empecé a entender, en pequeña medida, el bagaje emocional que mi tía había cargado durante tantos años. Lo estaba viendo descargarse ahora, en los ojos de Elliot.

Suspiró, como deseando que nuestra conversación no fuera sobre Bee, ni tener, dado que su nombre había surgido, más remedio que contarme toda la historia.

—Para mí no existía ninguna otra mujer más que Esther. Todas las demás eran puro teatro. Pero Frances... —hizo una pausa—. Frances era diferente. No se parecía en nada a Esther y durante cierto tiempo me dejé llevar por eso. Su tía no tuvo la intención de enamorarse de mí, ni yo de ella tampoco. Me dijo un millón de veces que la horrorizaban sus sentimientos por el pretendiente de su mejor amiga. Ella quería muchísimo a Esther —prosiguió, y súbitamente una sombra de dolor apareció en su rostro—. Ambos la queríamos.

Calló y se miró las manos. Luego me miró y dijo:

—Su tía sufría con los altibajos entre Esther y yo, lo único que ella deseaba era nuestra felicidad. Puso a un lado su propia felicidad. Así era su tía. Pero hubo una época...

—¿Qué época?

—Cuando Esther rompió conmigo definitivamente, pensé, y como su tía estaba allí, yo permití que sucedieran cosas que no debieron suceder.

El silencio en la habitación era tan impresionante que podía oír el ruido de sus dedos al pasárselos por la barba que no se había afeitado en varios días.

—Fue la noche en que ella desapareció —dijo, y sus ojos se llenaron de lágrimas—. Ella fue a casa de su tía y nos vio por la ventana —cerró los ojos con fuerza—. Aún la veo allí. Puedo distinguir su rostro. Sus ojos. Su tristeza. Nuestra traición reflejada en su mirada.

—Lo sé —dije.

—¿Cómo lo sabe?

—Está todo en su diario —me acerqué a su butaca y me arrodillé a su lado—. No se culpe —le dije.

—¿Cómo no culparme? —dijo a través de las lágrimas—. Yo la traicioné. Pero, créame, si hubiera tenido la más mínima esperanza de que ella volvería conmigo, de que deseaba vivir conmigo... bueno, nunca habría estado allí. Aquella noche, aquella noche horrible. Todo habría sido tan distinto. Pero nuestros tiempos no coincidieron. Nuestros tiempos nunca coincidían.

Hundió la cara entre sus manos.

—Elliot —dije suavemente—, necesito saber lo que ocurrió aquella noche.

Movió la cabeza.

—Perdóneme —dijo—. Creí que podría hablar de todo esto. Creí que podría sacarme todo esto del pecho, pero no sé. No sé si puedo.

Miré mi regazo y me fijé en mis puños cerrados.

—Algo malo pasó aquella noche, ¿no es verdad, Elliot?

Movió la cabeza.

—Tiene que decírmelo —dije—. Por Esther.

Se miró las manos.

—Elliot —dije—. Solo respóndame. ¿Le ocurrió algo a ella esa noche? ¿Alguien le arrebató la vida a mi abuela?

Se cubrió la cara con las manos.

—¡Sí! —gritó—. Sí. Fui yo. Fuimos Bee y yo.

17

En ese momento hubiera debido marcharme, o tal vez salir corriendo y llamar a la policía desde mi móvil. Me preguntaba qué impresión le habría causado a la operadora del 911 mi llamada: «Hola, llamo para denunciar el asesinato de mi abuela ocurrido en 1943.»

Pero lo que Elliot había dicho acerca de su participación y la de Bee en la muerte de Esther no tenía sentido. ¿Cómo habría podido matar a la mujer que amaba? Posiblemente me había dejado estupefacta con su declaración, tan definitiva, de que Esther estaba muerta. Sí, «muerta». Esa palabra no encajaba con la vida que yo había soñado para Esther. En el fondo de mi corazón aún abrigaba la esperanza de que estuviera viva en otra parte, muy lejos de aquí. Tal vez Elliot se había mantenido en contacto con ella y habían seguido viéndose, y que esas citas secretas obviamente no podían figurar en las páginas de su historia.

Si solo...

—Un momento, Elliot —dije—. ¿Está diciendo que usted la mató?

Se quedó callado un rato largo.

—No —contestó—. Pero es como si lo hubiese hecho.

Tener que contarte todo esto, querida Emily, tener que decirte que soy responsable de su muerte, es el momento más penoso de mi vida. Tu tía y yo somos responsables de su muerte.

—No entiendo —dije intrigada.

—Cuando la vimos alejarse de casa de Bee conduciendo su coche —prosiguió—, nos quedamos aterrados pensando en adónde podría ir o, peor aún, qué sería capaz de hacer.

—¿La siguieron?

—Sí —contestó.

—Pero, ¿por qué?

—Bee quería disculparse, y yo... bueno, supongo que yo deseaba abrazarla y decirle, antes de que fuera demasiado tarde, lo mucho que la amaba, que sólo la amaba a ella y a nadie más.

—¿Demasiado tarde?

Sus ojos se enturbiaron cuando volvió a hablar.

—Bee conducía el coche y yo inspeccionaba y observaba cada sitio por donde pasábamos. No estábamos seguros de adónde se había dirigido, de manera que fuimos primero a la terminal de transbordadores, pero como no vimos su coche allí, nos dirigimos a Main Street y recorrimos la calle de punta a punta. Entonces me di cuenta. Sabía dónde estaba. El parque. Habíamos estado allí un montón de veces. Le encantaba el parque Fay.

—¿La encontraron allí?

—Sí —dijo, sacudiendo la cabeza como para expulsar los recuerdos dolorosos que se agolpaban en su mente—. Fue todo tan rápido.

—¿Qué?

—Vi sus ojos, apenas un destello, en su espejo retrovisor. Vi su mirada. Aquella última mirada. Sigue detenida en mi mente. Cada noche, antes de cerrar los ojos, cada maldita noche de mi vida durante los últimos sesenta años, veo su rostro. Esos ojos, tan tristes, tan desamparados.

Las manos de Elliot empezaron a temblar por la tensión que le suponía la evocación del pasado.

—Cuénteme, Elliot, lo que sucedió después —dije suavemente—, necesito saberlo.

Respiró hondamente.

—Allí estaba, dentro del coche, en medio del aparcamiento. Bee y yo bajamos del nuestro. Le supliqué a Bee que se quedara en el coche. Yo necesitaba estar a solas con Esther, pero no quiso saber nada. Me siguió hasta donde se encontraba Esther, pero cuando nos acercamos a la puerta del acompañante, Esther puso en marcha el coche... y ella...

—Elliot, ¿qué? ¿Qué hizo?

Las lágrimas caían ahora por sus mejillas.

—Estaba oscuro. Estaba muy oscuro, y la niebla. La niebla.

—Elliot, quédese conmigo —susurré.

—Aquellos faros, y el coche —sollozó, cada palabra ahogada por capas y capas de dolor—. Cuando el resplandor nos cegó, en ese momento, ella avanzó con el coche y se despeñó por el acantilado. Directamente al vacío. Delante de nosotros.

Tragué saliva. ¿Y su embarazo? ¿Y el bebé?

—Me precipité tras ella, corrí hasta el filo del acantilado —continuó, tratando de recobrar la compostura—. Pensé que, si había sobrevivido a la caída, iba a poder salvarla. A punto estuve de saltar, pero su tía me persuadió de que no lo hiciera. Nos quedamos allí, en la ladera, mirando su coche destrozado y el motor que se había prendido fuego.

Todo lo que Bee atinó a decir fue: «Se ha marchado, Elliot. Se ha marchado. Deja que se vaya.»

—¿No llamaron a la policía ni pidieron una ambulancia?

Negó con la cabeza.

—Bee dijo que no. Pensó que podrían acusarnos de asesinato o decir que la habíamos empujado y su coche había caído al vacío.

—Pero, ¿y si sobrevivió? ¿Si estaba en la playa agonizando? ¿Si usted hubiera podido salvarla? Elliot, ¿y si fue por eso que se tiró con el coche por el acantilado? ¿Si quería que usted la salvara?

Me miró con unos ojos que parecían suplicar perdón.

—Me iré a la tumba acosado por esas mismas preguntas. Pero, el coche, yo vi cómo quedó; por horrenda que sea la imagen, es lo único que me da un poco de paz. Nadie sobrevive a un choque como ese. Bee tenía razón. Irnos, aquella noche, era nuestra única opción. En aquella época nos hubieran condenado sin pruebas. Las cosas eran así. Como nosotros habíamos presenciado lo sucedido, cualquier jurado habría llegado a la conclusión de que nosotros la habíamos empujado.

Suspiré.

—¿Y Bee? ¿Usted cree que ella tiene remordimientos?

—Sí —dijo—. Una parte de ella murió esa noche. No ha vuelto a ser la misma. Es la razón por la que no hemos sido capaces de volver a mirarnos a la cara, aun después de tantos años. Hay demasiada historia entre nosotros, demasiada angustia. No podemos mirarnos uno al otro sin recordar aquella noche y sin recordar a Esther.

De pronto me acordé de algo que había leído en un artículo sobre la muerte de Esther. Habían encontrado la carcasa del coche al fondo del precipicio, pero no había ningún cuerpo.

—Elliot, he leído que nunca recuperaron el cadáver de Esther. ¿Cómo puede ser?

—Sí —dijo—, también yo leí eso.

Me preguntaba si había algo que no me había contado. ¿Cómo era posible que su cadáver desapareciera milagrosamente después de aquel choque horrendo? ¿Había bajado alguien a rescatarla? ¿Había salido ella indemne del coche? «Imposible», me dije.

— Y usted, ¿qué cree que ocurrió?

—Me gustaría decirle que yo creía que había sobrevivido. Como no encontraron el coche sino al día siguiente, algunos especularon con que Esther se había ahogado en aquellas hermosas aguas que tanto amaba —hizo una pausa para considerar esa idea y se estremeció—. Otros creyeron que sobrevivió. Y yo mentiría si dijera que no había un solo fragmento de mi ser que no abrigara esa esperanza. Pero ha transcurrido demasiado tiempo. Si hubiera sobrevivido, ¿no habría regresado a la isla, a su hogar? ¿No habría regresado para reunirse con su hijita? ¿Acaso no lo habría hecho por mí?

Entonces me di cuenta de que Elliot no sabía que Esther llevaba un hijo suyo en el vientre. Me pareció cruel e injusto darle la noticia, decirle «¡usted va a tener un hijo!» sesenta años demasiado tarde. Me callé. Dentro de poco lo leería en el diario, y tal vez fuera así como debía descubrirlo.

—Pero hay algo —dijo, con un fugaz destello de esperanza en los ojos.

—¿Qué?

—Bueno, puede que no sea nada. Pero, esa noche, efectivamente, cuando Bee y yo salíamos del parque, vimos un automóvil que entraba.

—¿Reconoció a alguien?

—No estoy seguro —dijo—, pero siempre he sospechado que era Billy... bueno, Billy Henry Mattson; ahora se hace llamar Henry.

—Un momento... —dije—. Henry, ¿el hombre que vive en la playa, cerca de la casa de Bee?

—Sí, ¿lo conoce?

Asentí. «Así que Billy es Henry.» Pensé en su reacción cuando nuestra conversación se desvió a mi abuela y a la foto de la mujer que estaba encima de la repisa de la chimenea, y que al día siguiente había desaparecido misteriosamente. Esther, en su diario, lo consideraba su amigo. Pero él siempre aparecía de improviso, lo cual, a mi juicio, era extraño. «¿La espiaba?» Sentí un escalofrío. «No», me dije para tranquilizarme. Aunque Henry hubiera estado loco por ella, no habría podido extraer su cadáver del coche ni cargarlo para sacarlo de allí. Pero empecé a dudar: «Las personas no siempre son lo que parecen.» Me acuerdo de la vez que Annabelle y yo escuchamos, sin quererlo, la conversación entre dos mujeres visiblemente pijas en un elegante restaurante de Manhattan. Iban enjoyadas a más no poder y tenían ese aspecto típico de las personas de la alta burguesía. Una de ellas abrió la boca y dijo: «He probado todas las marcas, pero adoro el Copenhagen. Me gusta masticarlo fuera, en la terraza, después de que los niños se han ido a la cama.»

Nos quedamos con la boca abierta. Esa mujer masticaba tabaco, igual que los obreros de la construcción que nos habían lanzado piropos groseros cuando veníamos por Broadway. Era como enterarte de que el padre de tu mejor amiga, el entrenador de fútbol, era un travesti. Nada que ver.

«Pero, no, Henry no.» Quise apartar de mí aquel pensamiento, pero era muy tenaz. La isla de mi infancia había capeado las nubes y las lluvias, pero ahora estaba negra de secretos.

Pensé en lo que a mí me estaba sucediendo en la isla en aquellos momentos y dije:

—Elliot, sé lo que se siente cuando no podemos ir al fondo de una historia. —Me interrumpí al notar la preocupación en sus ojos y, tras una pausa, añadí—: ¿Qué le dice su corazón acerca de Esther, después de tantos años?

Apartó la mirada.

—He pasado la mayor parte de mi vida procurando darle un sentido a todo esto. Lo único que sé, y que será probablemente lo único que sabré, es que aquella noche Esther se llevó mi corazón. Se lo llevó para siempre.

Como temía haberlo presionado demasiado, le dije:

—No se preocupe. Haré todo lo posible por encontrar las respuestas, por usted y por Esther. —Miré la hora en mi reloj y me puse de pie—. Ha sido un verdadero honor conocerlo. Gracias por todo lo que usted ha compartido conmigo.

—Ha sido un placer —respondió—. Jack vendrá esta tarde. Si lo desea, puede quedarse a esperarlo.

—¿Jack?

—Sí —dijo—. ¿No se lo dijo?

Su pregunta me tomó por sorpresa.

—Humm, sí, claro, pero tengo que coger el ferry; Bee me está esperando.

—¡Qué pena, no me gusta verla marcharse tan pronto!

Pensé en quedarme, pero me mantuve firme en mi decisión al recordar a la mujer que se había puesto al teléfono en casa de Jack.

—Lo siento —dije—. Realmente, no puedo...

Parecía decepcionado, pero aceptó.

—Perdone —dije, haciendo una pausa para pensar en lo que iba a decir—. No quiero parecer una entrometida, pero

¿sabe usted si hay alguien, una mujer, hospedada en casa de Jack? ¿Una amiga o alguien de la familia?

Me miró desconcertado.

—Es que... —me toqueteaba nerviosa el jersey— es que llamé a su casa anoche y se puso una mujer. Me pareció raro, es todo.

—Ah, sí, creo que mencionó a una mujer, una nueva.

—¡Ah! —dije con la mirada en blanco.

Elliot me guiñó un ojo.

—No entiendo cómo va a hacer este muchacho para sentar cabeza con tantas mujeres bonitas en su vida.

—Cierto —dije.

A lo mejor lo dijo como un cumplido, pero sus palabras me hirieron profundamente. De repente desfilaron ante mis ojos las dos últimas semanas junto a Jack como las escenas de un novelón barato que yo, incauta, me había creído. «¿Cómo he podido ser tan ingenua? ¿Cómo no lo vi venir? ¿Cómo he podido darle importancia a lo que no la tiene?»

Le agradecí mucho y me marché, con un peso en el corazón y una larga lista de preguntas sin respuesta.

«Adiós al verdadero amor —pensé mientras el taxi me conducía a la terminal de transbordadores—, al menos en mi vida.»

Cuando llegué, muy tarde, a casa de Bee, se sentía contenta, pero también preocupada. ¿Cómo haría para abordar el tema? Por mucho cuidado que pusiera seguiría siendo tan irritante, tan chocante, como coger una botella de vino muy añejo y muy caro y hacerla añicos en el suelo delante de las personas que la habían guardado para celebrar sus bodas de oro.

—Hola, cariño —dijo—. ¿Has ido al centro?

—No —contesté tomando asiento en el sofá, frente a ella, que estaba ocupada con sus crucigramas—. He ido a Seattle esta mañana.

—Ah —dijo—, ¿de compras?

—No, he ido a visitar a alguien.

Levantó la vista sorprendida.

—No sabía que tuvieras amigos en Seattle, cariño. Debiste decírmelo la última vez que fuimos. La hubiéramos invitado a comer con nosotras.

—Probablemente él no habría aceptado —dije.

—¿Él?

—Sí, él. Elliot Hartley.

Bee dejó caer su pluma y me miró como si yo acabara de decir algo imperdonable.

—Bee —dije—, creo que es necesario que hablemos de ciertas cosas.

Movió la cabeza como diciendo que tarde o temprano ese momento llegaría.

Las palabras salieron de mi boca como un torrente:

—Sé lo de mi abuela, mi verdadera abuela. Lo encontré, Bee, el diario que ella escribió, y lo he estado leyendo desde mi llegada. Es la historia del último mes de su vida, hasta el último instante. Y por fin esta mañana he podido identificar a todos los personajes; tú y Evelyn, y también Henry están allí. Elliot me puso al corriente.

Hablé atropelladamente, con una suerte de pánico en la voz, como si quisiera meter toda una vida de secretos en un solo párrafo. Era consciente de que disponía de poco tiempo antes de que Bee se replegara en sí misma y se marchara, como siempre que alguien saca un tema que no le place.

—¿Y tú le has creído?

—¿Por qué no, Bee? Mi abuela lo amaba.

Percibí en sus ojos la tormenta que se avecinaba.

—También yo —dijo con una voz lejana—. Y mira cómo han acabado las cosas.

—Bee —dije con suavidad—, sé lo que ocurrió la última noche que ella vivió en la isla, sé que os vio juntos y cómo fuisteis tras ella en tu coche. —Hice una pausa, preocupada por lo que iba a decirle—: Sé que la dejaste allí, Bee, abandonada. ¿Cómo pudiste hacerlo? ¿Y si estaba herida?

El rostro de Bee se había puesto blanco y, cuando abrió la boca para hablar, casi no reconocí su voz.

—Fue una noche terrible —dijo con una voz apenas audible—. Cuando Elliot vino a casa, yo sabía que él no debía estar conmigo. Ambos lo sabíamos. Pero tu abuela había roto definitivamente con él y yo deseaba saber qué sentiría Elliot al abrazarme. Había pensado en ello un millón de veces desde que nos conocimos en el instituto, pero Esther siempre acaparaba su atención, hasta esa noche en que parecía que sólo me deseaba *a mí*. —Movió la cabeza como si la sola idea fuera una ingenuidad, una tontería—. ¿Sabes tú algo de esos sentimientos?

Me mantuve callada.

—Me dije a mí misma que estaba bien —prosiguió—, me convencí diciéndome que ella lo aprobaría.

—Pero entonces os vio y...

—Y supe, ambos supimos, que era un error.

—Entonces fuisteis tras ella.

Asintió y hundió el rostro entre sus manos.

—No —dijo poniéndose de pie—. No quiero. No, no estamos hablando de eso.

—Bee, aguarda —dije—. El diario... ¿lo has leído?

—No —repuso.

—Pero, ¿cómo llegó aquí?

Me miró furiosa.

—¿Qué quieres decir con «aquí»?

—Aquí, a esta casa —dije—. Lo encontré en mi cuarto. En la mesilla de noche.

—No lo sé —dijo—. No he entrado en ese cuarto en treinta años. Era su habitación preferida. La pinté de rosa, para ella y para la pequeña. Yo sabía que ella iba a dejarlo, a tu abuelo.

—Entonces, si no ibas a contarme nada acerca de mi abuela, ¿por qué me has dado su cuarto, Bee?

Parecía agotada, como si se hubiera quedado sin respuestas.

—No lo sé —dijo—. Supongo que pensé que te correspondía ocuparlo, estar rodeada de su presencia.

—Tienes que leer el diario de Esther —imploré—. Así comprenderás que ella te quería, y que te perdonó.

—¿Dónde está? —dijo asustada o espantada, o ambas cosas a la vez.

—Iré a buscarlo.

Fui a mi habitación y regresé con el cuaderno de tapas de terciopelo rojo.

—Aquí lo tienes.

Lo cogió en sus manos, pero en su mirada no había afecto, ni reconocimiento, solo ira, y entonces brotaron las lágrimas.

—No entiendes —dijo—, tú no entiendes.

No sabía a qué se refería.

—¿Qué es lo que no entiendo, Bee?

Se enjugó las lágrimas.

—Lo que nos hizo. Lo que nos hizo sufrir.

Me acerqué a ella despacio y le puse una mano en el hombro.

—Cuéntamelo, Bee, creo que ya es hora de que yo sepa la verdad.

—La verdad está enterrada —dijo respirando hondo. La

rabia bullía ahora en sus ojos—. Debo destruir esto —dijo, y se marchó a su habitación.

—Bee, aguarda —dije yendo tras ella, pero cerró la puerta y pasó el pestillo.

Esperé largo rato delante de su dormitorio, con la esperanza de que saliera y se desahogara de todo ese dolor que la atenazaba, y pudiéramos hablar de mi abuela con franqueza y honestidad por primera vez en la vida.

Pero no salió. Permaneció encerrada en su habitación toda la tarde. Y cuando las gaviotas empezaron a chillar, como hacen siempre en torno a la hora de cenar, creí que Bee aparecería y se pondría a trajinar en la cocina. Pero no lo hizo. Y cuando el sol se puso, me dije que se daría por vencida, que vendría a la galería a prepararse un trago. Pero tampoco lo hizo.

Entonces abrí una lata de sopa, leí el periódico de cabo a rabo y traté de concentrarme en uno de esos dramones de la televisión, pero, a eso de las nueve de la noche, me puse a bostezar y a pensar en el mes de marzo. Hacía por lo menos tres semanas que había llegado a la isla y me habían sucedido muchísimas cosas, y muchas habían salido *mal*.

Le había prometido a Elliot y a mi abuela que hallaría las respuestas. Sin embargo, no me había detenido a pensar un solo instante en que tal vez mi abuela había querido, lisa y llanamente, irse de este mundo. ¿Quién era yo para remover el pasado, para remover *su* pasado?

Por lo demás, me sentía descorazonada pensando en todo aquello. Jack había dejado dos mensajes en mi móvil, pero no lo llamé. Estaba harta de sus secretos, de los secretos de Bee, de los de Esther. Así que cogí el teléfono y llamé a la compañía aérea para cambiar mi fecha de regreso. Ya era hora de volver a Nueva York. En el fondo de mi corazón yo sabía que si algo tenía que aprender de la historia de Esther era que debía quedarme y pelear: por la verdad y por el amor. Pero en ese momento me sentía demasiado cansada para eso.

18

17 de marzo

—Vuelvo a casa.

Le dije a Annabelle por teléfono a la mañana siguiente. En mis palabras había más derrota y frustración de lo que yo quería admitir.

—Emily —dijo—, te prometiste a ti misma un mes.

—Lo sé —repuse—, pero las cosas se han puesto muy difíciles. Bee ya no me habla y no tengo nada más que decirle a Jack.

—¿Qué es lo que ha pasado con Jack?

Le conté acerca de mi visita a su abuelo y lo que este me había dicho sobre la otra mujer.

—¿No se te ha ocurrido pensar que tendría que ser él mismo quien te lo explique?

—No, después de todo lo que he sufrido con Joel. No lo soportaría. No puedo volver a pasar por ello, Annie.

—Quiero decir que tal vez estés exagerando. Tal vez no sea nada —insistió.

—Bueno, yo no diría que el comentario de Elliot sea «nada».

282

—Tienes razón —replicó—. No parece muy atractivo que digamos. Pero ¿y todo este asunto de la historia de tu abuela? ¿Vas a dejarlo?

—No —dije, consciente de que era en cierta forma lo que estaba haciendo—. Puedo ocuparme de ello estando en Nueva York.

—Pienso que deberías quedarte —dijo Annabelle—. Te queda mucho por hacer.

—¿Hacer?

—Sí, por ella y por ti —hizo una pausa—. Yo sé que todavía no lo has superado. Estoy segura de que no has llorado.

—Es cierto —dije—. Pero quizá no lo necesite.

—Sí, lo necesitas.

—Annie, lo único que sé es que he venido a esta isla en busca de mi historia familiar, en busca de la verdad. Pero lo único que he obtenido es dolor, para mí y para los demás.

Annabelle suspiró.

—Creo que estás huyendo de algo que debes afrontar. Em, estás abandonando la maratón cuando sólo te faltan unos metros.

—Tal vez —dije—, pero ya no puedo seguir corriendo.

Al asomarme fuera de mi cuarto, eché un vistazo al pasillo y vi que la puerta del dormitorio de Bee seguía cerrada. Me quedé muy sorprendida cuando, un rato más tarde, la encontré sentada a la mesa del desayuno poniendo flores en un florero.

—¿No son magníficos estos narcisos? —dijo con un timbre alegre en la voz, como si ambas sufriéramos un ataque de amnesia y no recordáramos nada de lo ocurrido la víspera.

Dije que sí con la cabeza y me senté a la mesa con miedo de abrir la boca.

—Eran las flores preferidas de tu abuela, sabes, después de los tulipanes —dijo—. Amaba la primavera, especialmente el mes de marzo.

—Bee —dije con la voz dolida por la tristeza y el arrepentimiento. Lamentaba la pérdida de mi única conexión con mi abuela y su escritura—. ¿Lo has destruido?

Me miró con muda intensidad.

—Henry tiene razón —dijo—. Te pareces mucho a ella, en casi todo, especialmente cuando te cabreas.

Se dirigió a su silla, en el salón, y regresó trayendo el cuaderno.

—Aquí está —dijo al entregármelo—. Por supuesto que no lo destruí. Pasé toda la noche leyéndolo, hasta la última palabra.

—¿De veras?

Sonreí de tal manera que Bee no pudo por menos de sonreír a su vez.

—Sí.

—¿Y qué piensas?

—Mientras lo leía me acordaba de lo alocada, impulsiva y maravillosa que era tu abuela, de cuánto la quise y cuánto la he añorado.

Hice con la cabeza un gesto de satisfacción, segura de que esa satisfacción no me abandonaría aunque Bee no volviera a pronunciar jamás una palabra sobre mi abuela.

—Quería contártelo, cariño —prosiguió—. Quería contártelo todo, como quise contárselo a tu madre. Pero cada vez que iba a hacerlo, el dolor me lo impedía. Durante todos estos años no he querido volver a revivir el año 1943. No he querido recordar absolutamente nada.

Me acordé de las violetas en la casa de Henry.

—Aquellas flores en el jardín de Henry —dije, deteniéndome un instante para leer la emoción reflejada en su rostro—, te hicieron pensar en Esther, ¿verdad?

—Sí, cariño —asintió—. Ambos pensamos en ella. Fue como si —miró en derredor y respiró profundamente—, como si ella estuviera allí, con nosotros, diciéndonos que se encontraba muy bien.

Estiré mi mano para coger la suya y le acaricié suavemente el brazo. Las esclusas se habían abierto y los recuerdos salían a borbotones. Yo sentí que podía hacerle cualquier clase de preguntas. Y las hice.

—Bee, el cuadro que me regalaste, es sobre ti y Elliot, ¿verdad?

—Sí —dijo—. Es la razón por la que te lo di. Verlo me resultaba insoportable. Era una ventana abierta a una vida que nunca he tenido, y acabó representando todo lo que salió mal hace muchos años, con tu abuela.

Sentía en mi cuerpo el peso de la pena que invadía la habitación.

—Es por eso que mi relación con Jack te ponía incómoda, ¿verdad?

No respondió, pero con su mirada me dijo que sí.

—Te comprendo, Bee.

Parecía perdida nuevamente en sus pensamientos.

—Tú deseas que te explique... lo de aquella noche, ¿no?

Asentí con un movimiento de cabeza.

—Me equivoqué —dijo— cuando creí que yo podía ocupar el lugar de Esther en el corazón de Elliot. Fui una estúpida. Y jamás me perdonaré haberme ido de allí sin saber si hubiéramos podido ayudarla, salvarla. Me siento culpable de su muerte y me lo reprocho cada día.

—No, no, Bee —dije—. Todo sucedió muy rápido y tú trataste de proteger a Elliot. Yo lo comprendo.

—Pero yo protegía a Elliot por motivos egoístas —dijo

incapaz de mirarme a los ojos—. Yo estaba protegiendo mis propios intereses. Temía que la policía lo acusara de asesinato y lo apartara de mi lado. Así que huí de allí a toda velocidad, tan rápido como pude. Me dije que Esther había decidido despeñarse con el coche, era su elección. Yo estaba furiosa con ella, furiosa porque había hecho algo de tal magnitud solo para herirlo. Elliot estaba en estado de *shock* y yo quise protegerlo. No es una explicación que merezca el perdón de Esther, o el tuyo. Pero quiero que sepas que si hay que culpar a alguien de las cosecuencias de aquella noche, cúlpame a mí.

Nos sentamos y permanecimos calladas.

—¿No crees que es extraño que no hayan encontrado su cadáver? —pregunté al cabo de unos minutos.

—Pensé mucho en eso durante mucho tiempo —dijo—. Pero ya no. Su cuerpo debió de haber caído al mar después del choque. El estrecho fue su lugar de reposo definitivo. Así tenía que ser. Aún hoy, cuando oigo las olas en la orilla, pienso en ella allí fuera. La dama del mar. Está donde deseaba estar, Emily. Amaba el estrecho y sus delicadas criaturas. Sus cuentos y sus poemas se inspiraban casi siempre en aquella orilla —señaló la playa por la ventana—. Es la única forma que he encontrado para hallar algo de paz después de tantos años.

Asentí.

—Solo una cosa más, Bee... —dije—. Elliot me ha dicho algo acerca del coche de Henry, que le pareció verlo entrar al parque aquella noche.

Me miró perpleja.

—¿Qué quieres decir?

—¿Tú no lo viste?

—No —respondió en tono algo defensivo—. No, es imposible que estuviera allí.

—Pero, ¿y si estaba? —dije tratando de ver su cara—, ¿no crees que él podría saber algo?

—No sabe —afirmó—. No sé lo que te ha contado Elliot sobre Henry. Seguro, estuvo enamorado de tu abuela, pero Henry estaba tan conmocionado como el resto de los habitantes de la isla cuando se enteraron de su muerte.

—Sí, claro —repuse—. Pero me gustaría hablar con él. Tal vez sepa algo.

Bee sacudió la cabeza.

—Yo no me inmiscuiría en sus recuerdos, cariño.

—¿Por qué?

—Es muy doloroso para él —dijo.

Me preguntaba si ahora no protegía a Henry como antes había creído proteger a Elliot, aquella noche fatídica.

—Esther «lo afectó», Emily —dijo—. Sería demasiado duro para él desenterrar el pasado. No sé si te has percatado, pero cada vez que te ve se comporta como un caballo espantado. Tú se la recuerdas.

—Entiendo —dije—. Te parecerá una locura, pero tengo la extraña sensación de que mi abuela hubiera querido que yo hablara con él. Creo que sabe más de lo que dice.

—No —dijo Bee—. Déjalo estar.

—Lo siento —dije—. Debo hacerlo.

Se encogió de hombros. Bee, en el fondo, era una persona razonable.

—Emily —dijo—, debes recordar que lo hecho hecho está. El pasado no se puede cambiar. No me gustaría que, por culpa de todo esto, pierdas de vista tu propia historia. —Y, tras una pausa, añadió—: ¿No es por lo que has venido a la isla?

Hice ademán de agradecer su preocupación.

Permanecimos sentadas en silencio. Solo se oía el frenético aletear de las gaviotas por encima del tejado de la casa. Me armé de valor y le dije a Bee que me marchaba.

—Regreso a Nueva York.

Bee, dolida, me miró.

—¿Por qué? Pensaba que te quedarías hasta fin de marzo.

—Eso pensaba yo también —dije mirando por la ventana, hacia el estrecho, dudando de mi decisión. «¿He dedicado suficiente tiempo a todo esto?»—. Pero todo se ha vuelto, en fin, muy complicado.

Bee asintió.

—La navegación no ha sido precisamente tranquila, ¿verdad?

—Han sido unas semanas maravillosas, Bee, un período de transformaciones, y lo debo a tu hospitalidad y a tu amor —dije—. Pero creo que es hora de marcharme. Creo que necesito tiempo para procesar todas estas vivencias.

Se me antojó que se sentía traicionada.

—¿Y no lo puedes hacer aquí?

Negué con la cabeza. Mi determinación se fortaleció aún más al pensar en Jack.

—Lo siento, Bee.

—Está bien —dijo—. Pero no olvides que esta es tu casa. No olvides lo que te he dicho. Es tuya hoy y lo será oficialmente cuando yo me vaya...

—Que no será nunca —dije forzándome en reír.

—Pero ocurrirá, más temprano de lo que tú y yo creemos —dijo sin mostrar la menor emoción.

Sentí una punzaba en el corazón que me avisó de que Bee decía la verdad.

Un día entero transcurrió sin que yo no hiciera otra cosa más que pensar: en Esther y Elliot, en Bee, en Jack. También pensé en mi madre y, al día siguiente, arrellanada en el sofá de la galería, marqué su número, que tan bien conocía.

—¿Mami?

—¡Qué bueno oír tu voz, tesoro! —dijo.

Me di cuenta de que probablemente nunca comprendería las actitudes de mi madre, pero, inesperadamente, el hecho de haber ahondado en la historia de Esther había sido provechoso: ahora la veía bajo una luz nueva. Al fin y al cabo ella era solo una criatura cuando perdió a su madre.

—Mami, hay algo de lo que tenemos que hablar —dije.

—¿Es Joel?

—No —dije y, tras una pausa para considerar la forma de decirlo, añadí—: De... tu madre.

Guardó silencio.

—Sé acerca de Esther, mami.

—Emily, ¿de dónde has sacado eso? ¿Te ha contado algo tu tía? Porque...

—No. Yo encontré algo, algo que perteneció a tu madre; un diario que ella escribió sobre su vida. Lo he leído y sé lo que le ocurrió, al menos hasta el último día.

—Entonces sabes que nos abandonó, que me abandonó —dijo y noté cierto enfado en su voz.

—No, mami, ella no te abandonó, bueno, al menos no creo que fuera su intención abandonarte. El abuelo la echó de su casa.

—¿Qué?

—Sí, la obligó a marcharse. Para que pagara por lo que

le había hecho. Y, mami, se produjo una tragedia aquella noche, la noche en que ella desapareció. Estoy tratando de desenterrar las respuestas, por ti, por mí, por Elliot y por...

—Emily, ¿por qué? ¿Por qué lo haces? ¿Por qué no puedes dejar de revolver todo eso?

Decía lo mismo que Bee, acaso por las mismas razones. Ambas sentían miedo.

—No puedo —repuse—. Tengo la sensación de que soy yo quien debe encontrar las respuestas, por ella.

Silencio del otro lado de la línea.

—¿Mami?

—Emily —dijo por fin—. Hace mucho, mucho tiempo, también yo traté de hallar esas respuestas. Lo que más quería en el mundo era encontrar a mi madre, conocerla, pero, sobre todo, preguntarle por qué se había marchado, por qué me había abandonado. Lo intenté, créeme que lo intenté. Pero mi búsqueda fue infructuosa; nada, solo vacío y sufrimiento. Tuve que optar por dejar de buscarla. Tuve que dejarla marcharse. Y cuando lo hice, en lo más profundo de mi corazón, sabía que yo también tenía que marcharme de la isla.

En ese momento me hubiera gustado poder mirarla a los ojos, porque sabía que vería esa parte de ella que se había perdido hacía muchísimo tiempo.

—Mami, justamente —dije—, tú abandonaste la búsqueda, pero yo puedo recomenzarla donde la dejaste.

Exhaló un profundo suspiro.

—Yo nunca he querido que tú supieras esto, Emily —dijo—. He querido protegerte de todo esto. Me preocupaba comprobar cómo te parecías a ella: tu talento para la creación, tu inteligencia, incluso tu aspecto físico. También la abuela Jane se daba cuenta, como yo, de que eras el vivo retrato de Esther.

Las palabras de mi madre eran como una aguja que cosía a la perfección las distintas telas de mi vida. Me acordé de aquella tarde fatídica, años atrás, en que la abuela Jane me tiñó el cabello, y por primera vez me di cuenta de que no era a mí a quien ella despreciaba; me despreciaba porque me parecía a Esther. Eso la perturbó y la asustó tanto que quiso transformar mi apariencia. ¡Qué poder tenía Esther sobre todos ellos!

—El velo —dije al recordar cómo me hirió el desdén de mi madre cuando le dije que quería lucir esa reliquia de familia el día de mi boda—, ¿por qué no quisiste que me lo pusiera?

—Porque no correspondía —dijo—. Que lo llevara Danielle era distinto. Pero yo no podía permitir que fueras al altar con aquel velo puesto, con el velo de la abuela Jane, no tú, que eres la personificación de Esther. Lo siento mucho, tesoro.

—Está bien, mami —dije.

—Yo solo deseaba, y mucho, que tú fueras feliz.

Callé, tratando de encontrar las palabras.

—Mami, hay algo más.

—¿Qué?

Sentí la carga de lo que estaba por decirle y me estremecí.

—Esther estaba embarazada la noche que se marchó, la noche del accidente.

La oía respirar entre lágrimas.

—No lo puedo creer —dijo.

—Esperaba un hijo, el hijo de Elliot, el hombre que ella amaba, la noche en que desapareció. Está en su diario. Sé que debe de ser muy duro tener que escuchar esto, mami, lo siento.

Se sonó la nariz.

—Durante todos estos años he estado tan enfadada con mi madre, la mujer que supuestamente me abandonó cuando yo era un bebé, ¿quién abandona a su bebé?, pero ahora, en cierto modo, lo único que deseo saber es: ¿me amaba? ¿Me amaba mi madre?

—Te amaba —dije sin vacilar.

Era lo que Esther hubiera querido que yo le dijera, pensé, y era lo que mi madre necesitaba oír.

—¿Lo dices de veras, tesoro?

El tono de su voz —primario, honesto, sin pretensiones— modificó para siempre la idea que yo me hacía de mi madre. Dentro de sí misma era solo una niña pequeña que añoraba un vínculo maternal. Cómo hizo para ocultar toda una vida de angustias y de sentimientos de abandono, nunca lo sabré, pero ahora lo tenía todo a flor de piel, y yo la admiraba por ello, como yo no sabía que era capaz de admirarla.

—Sí —dije llevándome la mano a la nuca—. Y he encontrado algo que creo que te gustaría tener.

Me desabroché el collar con la estrella de mar y lo sujeté en mi mano. A Esther le hubiera gustado que su hija lo tuviera.

Disponía de una hora antes de que Bee me llevara a la terminal de transbordadores para ir a Seattle a coger mi avión. Metí en la maleta todos los tesoros que había reunido en la isla. Pero, después de colocar encima del neceser de cosméticos el cuaderno de dibujo de mi madre, lo pensé mejor. No pertenecía a Nueva York. Pertenecía a la isla, debía quedar allí para que mi madre volviera a encontrarlo. Ella volvería, sabía que lo haría, y cuando lo hiciera, tenía que ser ella quien lo descubriera.

Me acordé de la foto que Evelyn me había dejado y no se me ocurrió mejor lugar donde dejarla que entre las hojas de aquel cuaderno. Lo abrí y busqué la última hoja. Estaba en blanco, salvo que había un recuadro con cuatro ángulos negros donde pegar una foto y una palabra escrita a mano, adornada con flores: «Madre.» Con cuidado coloqué la foto en su lugar y cerré el cuaderno. Luego lo guardé en el cajón de la mesilla de noche. Hubiera deseado ser yo quien se lo entregara, pero en el fondo sabía que lo tenía que encontrar ella sola.

—Vuelvo en veinte minutos —le dije a Bee instantes más tarde.

Cerré la puerta trasera a toda prisa, antes de que ella pudiese protestar.

Mis pensamientos eran como las ominosas nubes henchidas y grises que amenazaban la playa. «¿Cómo responderá Henry a mis preguntas? ¿Vio a mi abuela con vida aquella noche funesta? ¿Qué le dijo antes de despeñarse por el acantilado?»

Subí los escalones chirriantes que conducían al porche de su casa. La última vez que había estado allí no me había percatado de las telas de araña en las ventanas ni del marco torcido y astillado de la puerta. Respiré hondo y golpeé. Y esperé. Y seguí esperando.

Después del segundo golpe, creí oír algo o alguien en el interior, de manera que me acerqué a una de las ventanas y escuché: pasos. Eran pasos, ciertamente, pasos apresurados.

Por la ventana podía ver el salón, que estaba vacío, y el recibidor de la puerta trasera. Miré con más atención y observé movimientos en dirección a la parte de atrás de la casa, seguidos del ruido de una puerta al cerrarse. Di la vuelta a la casa a toda prisa. De nuevo vi las violetas, que, sabias, observaban y esperaban, mientras el coche de Henry salía como un bólido del garaje y tomaba el camino de grava. Le hice señas y grité, con la esperanza de que se detuviera, pero avanzó a gran velocidad y una nube de polvo envolvió su coche. Nuestros ojos se cruzaron un instante en su espejo retrovisor, pero no se detuvo.

—Adiós, querida —dijo Bee; las lágrimas corrían por sus mejillas cuando me dejó en la terminal—. Habría preferido que no te marcharas.

—También yo —dije.

Aunque dejaba dos historias sin terminar en la isla, la mía y la de Esther, debía marcharme. El aire estaba demasiado cargado de recuerdos y secretos y me costaba respirar.

—¿Vendrás pronto, verdad? —dijo Bee con ojos muy tristes.

—Claro que vendré —repliqué.

No estaba muy segura de ello, pero Bee necesitaba esa respuesta. La estreché con fuerza antes de reunirme con los demás pasajeros para embarcar. Lo último que hice en la isla fue poner una copia del diario de Esther, que previamente había fotocopiado en el centro, dentro de un sobre dirigido a Elliot, y meterlo en un buzón.

Me marchaba de aquella isla que amaba y, como tal vez había hecho mi abuela, o no había hecho, muchísimos años atrás, me iba sin saber si volvería alguna vez.

19

20 de marzo

Me desperté al día siguiente en mi cama de Nueva York, de vuelta a mi vida en Nueva York y a mis viejos problemas de Nueva York. Me parecían frívolos comparados con los acontecimientos desconcertantes de la isla Bainbridge: un misterio familiar sin resolver y una historia de amor pendiente. Además, no había ningún mensaje de Joel en mi contestador. Una historia de amor «terminada».

Si en algún momento pensé que al llegar a casa Annabelle me daría una alegre bienvenida, estaba equivocada.

—No debiste marcharte, Em. Tienes que regresar.

Ninguna otra amiga me habría hablado de ese modo.

—He pensado que aquí puedo pensar mejor —dije—; y escribir, quizá.

—Detesto ser tan directa, querida —su «querida» contenía un deje de sarcasmo—, pero, ¿no es lo que vienes diciendo en los últimos, cuántos, cinco años?

Me miré las manos y me puse a tirar de mi dedo meñique, como suelo hacer cuando estoy nerviosa.

—Perdona —dijo—. Sabes que lo único que quiero es verte contenta.

—Lo sé muy bien.

—Vale —se detuvo un instante y me miró con cierta malicia—; porque la dama de honor de mi boda tiene que estar contenta.

Me quedé con la boca abierta.

—¡Annabelle! ¡Venga ya! ¡Tú y Evan!

—Yo y Evan y Herbie Hanock —dijo levantando orgullosa su mano para enseñarme el anillo—. No sé lo que ha pasado, Em. Estas últimas semanas nos hemos entendido divinamente. Me llevó al *show* de Herbie Hanock y en el entreacto me propuso matrimonio. Y yo dije ¡sí!

Me alegraba por ella, muchísimo, pero por dentro sentí un ligero temblor. La felicidad de Annabelle arrojaba toda su luz sobre mi soledad.

Sonreí.

—¿Y cómo vas a resolver el hecho de que Evan no es precisamente el nombre más apto para el matrimonio?

—¡Al diablo con eso! —dijo—. Asumo el riesgo. Y, por otra parte, legalmente él podría cambiar de nombre y llamarse Bruce.

Cogió su chaqueta.

—Perdona, pero debo irme. Evan me espera para cenar en Vive esta noche.

A mí también me hubiera gustado ir con alguien a cenar a Vive esa noche.

—Pásalo bien —dije.

—Ah, sí, antes de que me olvide, hay una caja con tu correo sobre la mesa de la cocina.

—Gracias —dije, y cerré la puerta tras ella.

Pero, una vez que se marchó, no fui a mirar mi correo. Transcurrió una hora, y dos, y tres. Me había recostado en el sofá, sin molestarme en quitarme el abrigo y los zapatos. Me tapé solo con una manta de lana, la que había tejido la tía de Joel como regalo de boda y que yo siempre había detestado sin nunca atreverme a tirarla. Era demasiado pequeña y la lana me picaba en la piel, pero tenía frío. Me cubrí con ella hasta la boca, apoyé la cabeza en el cojín de cuero frío, y me puse a pensar en Jack, en lo bonito que hubiera sido que estuviera allí conmigo.

21 de marzo

A la mañana siguiente, el teléfono sonó más temprano que de costumbre. Su timbre, pensé, era como el matrimonio de un pitido y una alarma de incendio. Miré el reloj: 8:02 A.M.

—¿Diga?

—Em, soy yo.

Era una voz conocida, pero ¿quién? En la bruma de mi despertar me tomó solo unos segundos recordar dónde la había oído. ¿En el café? ¿En una película? Entonces me di cuenta de quién era y se me heló el corazón. Cuando lo pienso, creo que la tierra se detuvo un brevísimo instante al reconocer su voz.

—¿Joel?

—He oído decir que estabas de vuelta —dijo con prudencia.

—¿Qué quieres decir con que has oído decir? ¿Cómo sabías que me había ido?

—Oye —dijo, ignorando la pregunta—. Sé que te puede parecer una locura. Sé que deseas colgar ya mismo, pero, Emily, la verdad es que he cometido un terrible error. Tengo que verte. Necesito verte.

Parecía sincero, y triste. Me clavé las uñas en el brazo, como para asegurarme de que lo que estaba oyendo era real. «Joel todavía me desea, entonces ¿por qué yo no siento nada?»

Me senté y sacudí la cabeza.

—No, no puedo hacer esto —dije, recordando a la... como se llame—. Para empezar, tú estás casado —esa palabra me dio en el corazón—. Ah, por cierto, gracias por esa bonita invitación a la boda. Muy amable de tu parte.

Pero mi sarcasmo fue recibido con perplejidad.

—¿Invitación a la boda?

—No te hagas el tonto —dije—. Sabes que me la enviaste.

—No —dijo—. No, debe de haber un error. Yo no la envié. —Y añadió tras una pausa—: Stephanie, debe de haberla enviado ella. Ha tenido que ser ella. No puedo creer que se haya rebajado tanto. Pero debí darme cuenta antes. No es la persona que yo creía que era, Em. Desde que nos trasladamos a vivir juntos, está paranoica, por todo, especialmente por ti. Piensa que yo todavía te amo, y, bueno, yo...

—Joel, basta.

—Concédeme media hora —suplicó—, sólo un trago. A las siete, esta noche, en el sitio que está en la esquina de... —tragó saliva— casa.

Apreté fuertemente el auricular.

—¿Por qué diablos tendría yo que...?

—Porque yo... porque yo aún te amo —dijo.

Me pareció por su voz tan vulnerable que le creí.

Tiré de los hilos de la manta; todo me decía que no debía ir, que debía resistir a la tentación, pero algo en mi corazón me decía que fuera.

—De acuerdo —contesté.

Era una buena razón para ducharme, ponerme sandalias de tacón alto e ir a encontrarme esa noche con él para beber «un cóctel solamente». Uno solo.

Cuando entré en el bar donde nos habíamos citado, me sentía guapa, más de lo que me había sentido en mucho tiempo. Puede que fuera el efecto de la isla en mí, o quizás el hecho de que Joel quisiera volver conmigo. En cualquier caso, muchas cosas habían cambiado desde la última vez que nos habíamos visto y me preguntaba si él lo notaría.

Lo divisé en el bar, de pie, exactamente como estaba el día que nos conocimos, varios años atrás: ligeramente encorvado, apoyándose en un codo, sonriendo con aquella sonrisa tan típica de Joel. Igual de guapo, igual de peligroso. Cuando sus ojos se toparon con los míos, me serené y avancé para encontrarlo. Podía volver a poseer a ese hombre, pero, por un segundo, la sola idea me asustó.

—Hola —dijo, y me dio un beso en la mejilla rodeando con el brazo mi cintura.

Por su manera de besarme y por mi manera de actuar a su lado, se me antojó que habíamos encendido un piloto automático o que nos movíamos al dictado del músculo de la memoria.

—Estás guapísima —dijo, y me señaló una mesa en un rincón del bar, que no era realmente un bar sino uno de esos clubes nocturnos a la moda adonde Joel siempre quería que lo acompañara cuando a mí lo único que me apetecía era pedir la cena por teléfono y pasar la noche en la cama con él viendo *SNL*.

—¿Tienes hambre? —preguntó con delicadeza, como con miedo de decir algo que pudiera hacer que me fuera.

—No —contesté, algo sorprendida por la franqueza de mi tono de voz—. Pero beberé ese trago que te he prometido.

Sonrió y recitó de memoria a la camarera: martini sucio con muchas aceitunas. Tomamos asiento y eché un vistazo a mi alrededor. Había mujeres por todos lados, hermosas, muy bien vestidas, de cabellos perfectos y cuerpos perfectos. Pero, por primera vez en, bueno, no sé en cuánto tiempo, Joel tenía los ojos puestos solo en mí.

Cuando llegaron los tragos, bebí el mío a sorbos, lentamente. Si iba a ser nuestro último trago, me dije, mejor hacerlo durar.

—Bien, pues, ¿y cómo está Stephanie? —pregunté.

Bajó la vista, se miró las manos, que mantenía apoyadas sobre las rodillas, y luego me miró.

—Se acabó, Emily —lo dijo con cuidado de que sus palabras no fueran a herirme—. He sido un tonto al creer que eso era el amor. Pues no lo era. Yo no la quería, y nunca habría podido quererla. Cuando tomé esa decisión estaba obnubilado. Ahora lo comprendo. Cometí un terrible error.

No sabía qué decir, de manera que al principio no dije nada, pero, pasados unos instantes, la ira se apoderó de mí. Apoyé violentamente las manos sobre la mesa.

—¿Qué esperas que diga, Joel? ¿La escogiste a ella, y piensas que puedes venir tan campante a decirme: «Uf, la he fastidiado. Mira, me lo he pasado bomba y aquí me tienes»? No funciona así, Joel.

Parecía muy turbado.

—Nunca me perdonaré lo que he hecho, mientras viva —carraspeó—. Stephanie pertenece al pasado. Te quiero. Te necesito. Nunca he estado tan seguro de algo en toda mi vida.

No era la súplica de un tío que había cambiado de idea por puro capricho. En aquel momento lo entendí. Era el ruego de un hombre que sabía que había perdido lo único verdadero. Y, por esa razón, decidí escuchar lo que él tenía que decirme.

—¿No lo ves? —prosiguió—. Podría ser nuestra segunda oportunidad, nuestro segundo acto. Podríamos salir más reforzados, más enamorados que nunca... si solo pudieras perdonarme.

—Eh... —dije observando las lágrimas en sus ojos—. Ya está bien. —Incliné un poco la cabeza y le sonreí—. He decidido que te perdonaba antes de venir aquí.

Sus ojos brillaron.

—¿De verdad?

—Sí —dije.

Buscó mi mano y yo dejé que la cogiera.

—¿Qué dices, Em? —preguntó con los ojos muy abiertos y vulnerables—. ¿Me dejas que vuelva a casa?

Pensé en Esther y Elliot, en la acera delante del hotel Landon Park, muchísimos años atrás, en cómo ella lo había dejado. ¿Era esa la lección que yo debía aprender? ¿Que debía volver a intentarlo? Entonces, por la forma como me miró, lo supe: podíamos capear esta tormenta. Podíamos seguir adelante. Podíamos volver a intentarlo. Muchas personas pasaban de las infidelidades, no seríamos los primeros ni los únicos. Pero de pronto tuve la revelación: yo tenía en mis manos el mejor de los finales, pues «yo no quería». En cierta forma, yo me había curado durante las semanas pasadas en la isla Bainbridge, aunque en su momento no lo supiera. Ahora lo sabía.

—Te he perdonado y siempre te perdonaré —dije con dulzura—; pero, Joel, nuestro matrimonio se ha acabado.

Me miró perplejo.

—Pero...

—He pasado a otra cosa —dije—. Era preciso hacerlo. —Miré mi copa de martini. Estaba vacía. Le había prometido un solo trago—. Debo irme —dije suavemente—. Lo siento.

—Aún no —dijo—. Un trago más.

Alzó el brazo para llamar a la camarera.

—No —dije, y me puse en pie—. Es hora de despedirnos.

Puso un billete de cincuenta dólares sobre la mesa y me siguió afuera.

—He leído el libro —dijo ya en la acera, frente al restaurante.

Me volví y lo miré.

—¿Qué libro?

—*Años de gracia* —dijo—. Finalmente lo he leído. Ojalá lo hubiera hecho hace años, habría sabido por qué te gustaba tanto. Habría sabido... cómo arreglar lo nuestro.

Sentí un pinchazo en el corazón al verlo allí, con su hermoso rostro iluminado por las luces de la calle. El mentón bien marcado, con esa tenue sombra de barba sin afeitar que lo hacía siempre tan atractivo, aquellos grandes ojos pardos y el rubor en sus mejillas. Era una típica noche de marzo en Nueva York, una noche tranquila. En la acera no había nadie más que nosotros, y los olmos.

—Nos estábamos convirtiendo en Jane y Stephen, los personajes del libro —dijo, aprovechando mi silencio—. Yo pensaba que tú ya no me amabas, que habías cambiado. Por eso yo...

Otra vez «Stephanie. Stephanie». El obstáculo que yo no podía superar. Pero ahora me daba cuenta de que Stephanie era intrascendente para el último acto de nuestra historia.

—Debí haber sabido —prosiguió—. Debí...

Con ternura pasé mi brazo por su hombro.

—Joel... —le dije con suavidad—. No te culpes, por favor.

—Podríamos haber tenido todo: los niños, las bodas de oro, la casa en el campo. Lo habríamos conseguido, juntos, como Jane y Stephen. Aún podemos... —dijo con solemnidad.

Moví la cabeza negándolo. Joel y yo no éramos Stephen y Jane. Cierto era que el matrimonio de ellos había vacilado y que se habían recompuesto y llegado al final anclando sus corazones con belleza y sacrificio en las virtudes del compañerismo, el respeto y la admiración. No, Joel y yo no éramos Stephen y Jane. Éramos Jane y André, cuyo amor no resistió la prueba del tiempo.

—Sí —dije con calma—, Jane y Stephen lo lograron. Pero nosotros... no estábamos hechos para eso, Joel. ¿Lo comprendes? No era así como acabaría nuestra historia.

Buscó mi cara para mirarme con sus grandes ojos llenos de tristeza.

—¿Qué puedo decir? ¿Qué puedo hacer para que cambies de idea?

—Lo siento, pero no hay nada que hacer.

Entonces me cogió por la cintura, atrayéndome hacia él. Sentí el calor de su cuerpo contra el mío mientras me besaba. Cuando cerré los ojos, otorgándole a aquel momento el respeto que merecía, vi a Jane y Stephen, a Esther y Elliot. Estaban allí conmigo. Pero, inesperadamente, apareció el rostro de Jack y algo tembló en mi corazón.

—Lo siento —dije apartándome.

Hizo con la cabeza además de que lo entendía, pero me estaba mirando como si yo fuera la única mujer que importaba en el mundo. Así deseaba recordarlo.

—Jamás renunciaré a ti —dijo.

Aquellas palabras me helaron el cuerpo. Era, por supuesto, lo que André le había dicho a Jane, muy al comienzo, en *Años de gracia*; palabras que había pronunciado deliberadamente, con amor, tal una promesa. Pero, en lugar de hablarme al corazón, como había sido la intención de Joel, dieron mayor certeza a mi decisión.

—Adiós, Joel —dije.

El viento que soplaba entre los olmos sofocó mis palabras. Los árboles movían sus ramas como si ellos también se unieran a nuestro dramático adiós. Ambos sabíamos que nos estábamos despidiendo para siempre.

Fui andando a casa. Hacía años que no me sentía tan ligera, y es que por fin había despejado el espacio en mi corazón, tan cargado durante tanto tiempo. Antes de subir, miré el buzón —nada—, pero recordé que Annabelle había dicho algo acerca de una caja en la cocina.

Ya en mi apartamento, dejé mi abrigo sobre un sillón, coloqué una silla delante de la mesa y empecé a seleccionar el correo: una pila de facturas, otra de propaganda y otra con los sobres dirigidos a Joel. Entre dos ofertas de tarjetas de crédito había un sobre amarillo. Junto al sello actual había otro de tres céntimos que semejaba una reliquia del pasado. Había una dirección de remitente y alguien había escrito recientemente la mía con un bolígrafo.

Abrí el sobre tan deprisa que su delicado papel casi se desintegra en mis manos. En el interior había una sola hoja escrita con la caligrafía en tinta más hermosa que había visto en mi vida:

31 de marzo de 1943

Querida:

Te escribo sin saber quién eres o dónde estás, o de qué manera estamos vinculadas. Sin embargo, sé que nuestros corazones, por un motivo inexplicable, se han cruzado, y que una fuerza nos impulsa a compartir este instante en el tiempo, a pesar de los años que pudieran haberlo interrumpido. A estas alturas ya debes de haber leído el diario, que no era otra cosa que las divagaciones de mi corazón. No sé lo que significará para ti, o para cualquiera, pero una persona sabia me dijo que un día alguien necesitaría leerlo; espero que esa persona seas tú. Haz con él lo que te plazca, pues puede que yo ya no sea de este mundo cuando tú leas sus páginas.

Te dejo con un pensamiento, un pensamiento sobre el amor que a mí me ha costado tantos fracasos conseguir: el gran amor soporta el tiempo, la pena y la distancia.. Y aun cuando todo parece perdido, el verdadero amor perdura. Yo, ahora, lo sé, y espero que tú también lo sepas.

Desde muchos años atrás, con amor,

ESTHER JOHNSON

Me llevé la mano al corazón. «El verdadero amor perdura.» Para Jane, en *Años de gracia*, era verdad, y también era verdad para Esther, mi abuela. Sentí en la mejilla la caricia de una corriente de aire que entró por la ventana y un escalofrío me recorrió el cuerpo. Qué curioso es el tiempo, pensé. Toda una vida había transcurrido desde que ella había escrito esa carta, hasta llegar a mí. Ella había creído que, muchísimos años después, sería yo quien leyera sus palabras, y ella tomó las disposiciones necesarias para que yo las descubriera. Mi corazón estaba henchido de agradecimiento y de amor hacia esa abuela que no había conocido. «Pero, ¿quién me ha enviado esta carta? ¿Y su hija, mi madre? ¿Era simplemente una víctima? ¿Una víctima del amor?»

Pensé en lo que Esther había dicho acerca del gran amor: que perdura. Sus palabras resonaban como un eco de las palabras de Elliot. «Pero, ¿cómo podían seguir amándose después de tantos años de separación? ¿Después de tantos malentendidos? ¿Después de todo lo ocurrido?»

Volví a revisar el correo y noté que en el fondo de la caja había quedado un sobre manila, grueso, dirigido a mí. El timbre de correos decía ISLA BAINBRIDGE. Extraje su contenido y abrí la hoja doblada que contenía.

Querida Emily:

Estarás ya en tu piso, en Nueva York, y yo quería que, cuando llegaras, recibieras estas cartas. Son de Esther, tu abuela. Esperaba entregártelas durante tu estadía en la isla, pero no estaba seguro de que hubieras terminado de leer el diario. Evelyn me había dicho que lo estabas leyendo. Me complace que lo hayas encontrado. Sabía que lo encontrarías. Desde aquella noche en que te vi, en la terminal, cuando llegaste, sabía que tú eras la persona indicada, la persona que debía leer las palabras de Esther. Y después de haber esperado tantos años una señal, allí estabas tú. Por eso, a la mañana siguiente, mientras dormías en el sofá, me acerqué a la casa de tu tía. Mientras ella se encontraba ocupada en su jardín, entré furtivamente a tu cuarto y dejé allí el cuaderno, para ti. Si Bee hubiera conocido mis inten-

306

ciones, me lo habría prohibido. De manera que no le dije nada.

Debí haber hablado de todo esto contigo, en persona, y espero que puedas perdonar mi flaqueza. Te pareces tanto a ella, Emily. Estar contigo me la recordaba, me acordaba de lo mucho que la amé, pero, sobre todo, de cómo ella nunca correspondió a ese amor.

Probablemente te estarás preguntando qué sucedió la noche de su desaparición, y si un día te enteras de que aquella noche yo estuve con ella, podrías pensar que tengo las manos manchadas de sangre. Es hora de aclarar las cosas. Nunca se lo he dicho a nadie, ni a tu tía, ni a Evelyn, ciertamente tampoco a Elliot, pero tú debes saberlo. Estoy envejeciendo —todos lo hacemos— y esto es un secreto que no debe morir conmigo, lo he decidido, aunque no sea lo que tu abuela deseaba. Pero es hora de que la verdad salga a la luz. Esther hubiera deseado que su historia perdurara.

Aquella noche, en 1943, había ido a visitar a un amigo que vivía cerca de la casa de Bobby y Esther. Cuando me dirigía a mi coche, oí gritos y luego vi a Bobby que daba un portazo dejándola a ella fuera, en el porche. Me dolió verla en ese trance. Parecía desamparada y me partió el corazón. Cuando se marchó había desesperación en su mirada y su coche zigzagueaba por la calle. Me preocupaba lo que era capaz de hacer, por eso la seguí hasta la casa de Elliot, y luego a casa de Bee, y más tarde al parque. Me dijo que se marchaba de la isla, pero que deseaba hacerlo de manera que nadie nunca la hallara de nuevo.

Se le había ocurrido una gran idea para poner su muerte en escena de forma que ninguno, especialmente la feliz pareja, Elliot y Bee, pudiera encontrarla después de que se hubiera marchado. Quería empezar de cero. Se inspiró en el «gallina», un juego temerario de los chicos de la isla cuando iban al instituto: con sus coches viejos daban un bandazo justo antes de chocar con el otro coche que venía de frente. En la versión ideada por Esther, ella se arrojaría con el coche por el acantilado y saltaría justo antes de que este cayera al precipicio. Le supliqué que no lo hiciera. De haber querido ella, yo habría huido esa misma noche con ella. La quería mucho.

Pero Esther tenía otros planes: una salida dramática; irse de la isla lastimando a todas las personas que amaba y empezar una nueva vida, sola.

Yo aguardaba dentro de mi coche, aparcado a la entrada del parque, protegido por las sombras y muy nervioso, mientras ella ponía en marcha el motor y aceleraba. En ese momento llegaron Elliot y Bee. Me intranquilizó pensar en cómo reaccionaría Esther cuando los viera.

Lo que sucedió luego sigue siendo tan confuso como lo fue aquella noche. Elliot se apeó del coche y se quedó paralizado, con la boca abierta. Lo que acto seguido hizo Esther me heló los huesos. Guio el coche directamente al precipicio. Así sin más. Se había ido.

Elliot, paralizado, empezó a gritar. No lo olvidaré nunca. Pero, por mucha tristeza que Bee sintiera por Esther, la aparcó a un costado por Elliot. Tu tía es una buena mujer, Emily. Estoy seguro de que ya lo sabes. Aquella noche lo más importante para ella fue impedir que a Elliot lo acusaran de asesinato. De manera que lo obligó a subir al coche y se marcharon de allí a toda velocidad. Nunca podré borrar de mi memoria el rostro de Elliot deformado por el dolor. Me costó muchísimo, años, aceptar lo que sucedió, y he terminado por compadecerlo. ¿Presenciar cómo la mujer que amas se quita la vida, antes de que tú puedas hacer algo por salvarla? Estoy seguro de que la escena se reproduce en su cabeza todas las noches; es su castigo, por todo.

Porque ella sobrevivió.

Cuando salí de mi coche y corrí al lugar, me asomé al precipicio para ver el coche siniestrado. Oí algo en la maleza, a mi izquierda, y allí, entre arbustos, con algunas contusiones y rasguños, estaba tu abuela. Se las había ingeniado para saltar del coche justo antes de que este se despeñara. Lo había hecho tal como lo había planeado. Puedes imaginarte mi alegría y el alivio que sentí al verla.

Me pidió que la condujera al ferry. Se proponía comenzar una nueva vida, «empezar de cero», como ella dijo. Me entregó el diario de tapas de terciopelo rojo y me explicó su importancia. Me hizo prometerle que lo conservaría hasta que llegara el momento oportuno, entonces me lo llevé a casa y lo guardé durante todos estos años.

Le supliqué a tu abuela que se quedara, pero me dijo que había tomado una decisión, y cualquiera que conociera a Esther sabía que no lo reconsideraría.

Transcurrieron varios meses antes de que yo recibiera noticias de ella; pensé en lo peor, debo admitirlo. Pero entonces empezaron a llegar las cartas, con cuentagotas, primero de Florida y luego de lugares más exóticos, como España, Brasil, Tahití. Me decía que se había cambiado el apellido, teñido el cabello y, lo más chocante, quizá, para mí, fue la carta en la que me contó acerca de Lana, la niña a la que había dado a luz.

Aparté los ojos de la carta de Henry, mi corazón latía con fuerza. Lana. Me acordé instantáneamente del nombre. Era la mujer que Jack había mencionado: su clienta. «Eso» explicaba su interés en Jack y en su obra artística. «Debe de haberse puesto en contacto con Jack para llegar hasta Elliot.» Las piezas del puzle encontraban ahora su lugar; todo encajaba. Seguí leyendo:

Preguntaba por su hija, tu madre, por supuesto, y, como yo había permanecido en contacto con tu abuelo, al menos hasta que se marchó de la isla con Jane, su nueva esposa, podía darle noticias actualizadas, lo cual la reconfortaba mucho, estoy seguro.

Ella no deseaba que nadie supiera que estaba viva, pero, hacia el final, me pidió que transmitiera su amor y buenos deseos a Bee y a Evelyn, y también a Elliot, que les dijera que ella los quería y que a menudo había pensado en ellos a través de los años. Me avergüenza decir que nunca transmití esos mensajes. No tenía fuerzas para hacerlo. No pensaba que ellos fueran capaces de aceptar la verdad, después de tantos años, y me preocupaba lo que pudieran pensar de mí por haber callado y guardado un secreto de tal magnitud. En el fondo de su corazón ellos ya la habían enterrado. Pero, si deseas una respuesta sincera, te diré que las cartas de Esther eran lo único que me queda para seguir vinculado a ella. Y no deseaba compartir eso con nadie. Ni con Bee ni con Evelyn, y mucho menos con Elliot. No quería compartir a Esther con ellos.

Las cartas cesaron hace varios años y las echo muchísimo de menos. Me pregunto dónde está, si se encuentra bien, si aún vive. Hacia el final ya no ponía remitente en los sobres. He hecho lo posible por encontrarla, pero siempre he fracasado. Me apena decírtelo, cariño, pero creo que ha fallecido.

Ahora te entrego a ti sus cartas. Confío en que disfrutarás leyéndolas tanto como yo, y que te ayudarán a conocer a Esther y a quererla, como yo siempre la he querido. Están llenas de vida, de esperanza, de expectativas, pero, entre líneas, percibirás también el arrepentimiento y la tristeza. Era una persona excepcional, lo verás, como lo eres tú.

Sinceramente,

HENRY

Me enderecé en mi silla y suspiré apretando la carta contra mi pecho. «Entonces, ella no murió aquella noche. Fue todo un montaje y Henry la ayudó.» Estaba impaciente por contárselo a Elliot, pero luego dudé, no sabía si realmente era necesario que él supiera que durante todos aquellos años ella le había escrito a Henry y no a él. «¿Lo entendería? ¿Podría perdonarla?»

Revisé una vez más el interior del sobre y vi que había algo cubierto con una cartulina rígida. Cuando lo abrí, comprobé que se trataba de una fotografía, la misma que yo había visto sobre la repisa de la chimenea de Henry. Llevaba pegada una nota:

«He pensado que te agradaría tener este retrato de tu abuela. Es así como yo la recuerdo y la llevo en mi corazón.»

Dejé la foto sobre la mesa y cogí nuevamente las cartas para leerlas, una por una.

—Hacía tiempo que no venías —dijo Bonnie, mi terapeuta, días más tarde, cuando retomé las sesiones. Insistía en que yo la llamara Bonnie y no doctora Archer, y yo la llamaba así, aunque con reticencias.

—Es cierto —repuse hundiendo mis nudillos en el sillón de sarga azul porque me sentía como me siento siempre con Bonnie: culpable—. Lamento haber faltado a nuestras entrevistas. Me marché de improviso.

Y le conté todo lo relacionado con la isla Bainbridge; hablé de Bee, Evelyn, el cuaderno, Greg, Jack, Henry, el encuentro con Elliot, y también de Joel. Y que había pasado los últimos días reflexionando en todo aquello.

—¿Te das cuenta —dijo cuando terminé— de que ya no me necesitas más?

—¿Qué quieres decir?

—Que tienes las respuestas —afirmó.

—¿Las tengo?

—Sí.

—Pero sigo sin poder escribir —dije—. No estoy curada.

—Sí, lo estás —replicó—. Vete a casa y lo verás por ti misma.

Bonnie tenía razón. Cuando volví a casa, a última hora de la mañana, encendí mi ordenador y me puse a escribir. Escribí sin parar durante todo el día hasta muy tarde en la noche, sin que me importara el ruido del tráfico que llegaba de la calle, ni la hora de la comida ni la hora de la cena. No me detuve hasta no haber terminado de transcribir íntegra la historia de Esther.

Esa noche, antes de apagar el ordenador, me quedé mirando la última frase. Era el final del diario, pero no el final de la historia. En el fondo de mi corazón, yo lo sabía. Respiré hondo y desplacé el cursor para empezar una página nueva. Puede que todavía no conociera el final de esa historia, pero estaba decidida a escribirlo. Por Esther. Por Elliot. Por Bee, Evelyn, Henry, el abuelo, la abuela, mamá. Por mí.

30 de marzo

Desde mi regreso a Nueva York, había tratado de no pensar en Jack, pero, mirara donde mirase, allí estaba. No podía liberarme de su presencia, y me preguntaba si eso no sería lo que Elliot y mi abuela querían decir cuando hablaban de amor perdurable.

Sin embargo, la historia de Esther no acabó como ella lo había planeado, y esa era la lección que yo debía aprender: tenía que aceptar el fracaso de este amor y seguir viviendo, guardándolo en mi corazón el resto de mi vida.

A mediodía llamé a Annabelle para convencerla de que saliera de la oficina a comer conmigo.

—Aún no hemos celebrado tu compromiso —dije.

Quedamos a la una en el restaurante situado muy cerca de mi apartamento. La camarera me ubicó en una mesa y yo aguardé hasta que llegó Annabelle, diez minutos más tarde.

—Perdona —dijo—. Ha llamado la mamá de Evan. Es muy habladora.

Me reí.

—Me alegro mucho de verte, Annie.

Sonrió.

—¿Qué tal tu viaje? Quiero decir, sé que han ocurrido muchas cosas allá, pero ¿estás contenta de haber ido?

—Sí —contesté.

—Entonces, ¿qué harás?

—Sé exactamente lo que me queda por hacer —dije con una amplia sonrisa.

—¿Qué?

—El libro —contesté—. Voy a acabar el libro.

—¿Qué quieres decir?

—Voy a acabar de contar la historia de Esther, para ella. Voy a escribir el último capítulo.

Annabelle sonrió.

—Esta historia ha estado embotellada demasiado tiempo —dije—, en cierto modo siento que mi responsabilidad es concluirla.

Estiró la mano sobre el mantel y cogió la mía.

—Y con ella le pondrás el fin a tu propia historia.

Asentí.

—Te lo debo a ti.

—No, cariño —dijo—. Yo sólo te empujé para que te montaras al avión. Tú has hecho el resto.

—Annie, estaba a punto de convertirme en una señora con gatos. ¿Te lo puedes figurar? ¿Yo, en aquel piso, rodeada de diecinueve gatos?

—Puedo —dijo, sonriendo—. Alguien tenía que salvarte de los felinos.

Nos reímos. Y entonces Annabelle bajó la vista.

—¿Cuándo te marchas?

—¿Marcharme?

—A Bainbridge.

En el fondo, sabía que me iría y Annabelle también, pero cuándo y en qué circunstancias, todavía no lo había decidido.

Sin embargo, el momento y la fecha ya habían sido fijados. Solo que yo aún no lo sabía.

Eran pasadas las tres cuando llegué a mi casa. La luz de mi contestador titilaba. Oprimí el *play*.

—Emily, es Jack.

Me quedé de piedra.

—Me llevó su tiempo dar con este número y darme cuenta de que te habías marchado. No podía entender por qué te habías ido de la isla sin despedirte de mí. Entonces, hablé con mi abuelo. Me contó tu visita y comprendí lo que había ocurrido. Últimamente le falla la memoria y si te ha dicho algo raro acerca de mí, no lo tomes al pie de la letra.

El mensaje se cortó y empezó otro.

—Perdona. Soy yo otra vez. Además, quería decirte algo acerca de la otra noche. Fuiste tú quien llamó, ¿verdad? Espero que no hayas tenido una impresión equivocada. Yo tenía las manos sucias de acrílico amarillo cuando ella cogió el teléfono. Por favor, créeme. No hay nada romántico entre nosotros. Emily, ella tiene como sesenta años. ¿Esto te aclara las cosas? Hizo una pausa. Pero hay algo que no te he dicho. Algo sobre lo que tenemos que hablar. Otra pausa. Emily, te echo de menos. Te necesito. Yo... te amo. Ya está, lo he dicho. Por favor, llámame.

Miré su número en la pantalla y lo marqué, tan apresuradamente como mis dedos podían darle a las teclas. «Me ama.» Pero el teléfono sonaba y sonaba. Entonces colgué e hice lo mejor que se me ocurrió: llamé a la compañía aérea y reservé un billete a Seattle para el día siguiente.

—¿Desea reservar la vuelta? —preguntó el empleado.

—Ida solamente —contesté sin detenerme a pensarlo.

Hice el equipaje deprisa, pero una vez que hube cerrado la maleta, me embargó la sensación de que me había olvidado de algo. Recorrí el apartamento repasando los objetos de mi lista mental y de pronto me acordé. *Años de gracia.* Había estado pensando en aquel libro desde que había regresado a Nueva York y deseaba releerlo a la luz de la historia de Esther.

El libro esperaba pacientemente en la balda del salón. Lo saqué, me hundí en el sofá y leí algunas páginas. Examiné el título con nuevos ojos y entonces noté algo que no había visto todas las veces que había leído el libro: la escritura de alguien, con tinta negra, muy débil y gastada, pero seguía allí. Acerqué la hoja a mis ojos y leí, claras como el día, estas palabras: «Este libro pertenece a Esther Johnson.»

20

31 de marzo

Me acuerdo de una historia que contaban en el instituto acerca de una chica que se había marchado a Seattle con amigos, pero perdió el transbordador que debía llevarla de vuelta a la isla, a tiempo para llegar a su casa antes del toque de queda de las diez de la noche. Como ella sabía que el próximo ferry tardaría una hora en llegar y que su padre era muy estricto y la castigaría prohibiéndole las salidas o algo peor, le entró pánico y cuando vio zarpar el barco de la terminal de Seattle, arrojó al suelo su bolso, se lanzó por la pasarela y saltó. Pero en vez de aterrizar en la cubierta del ferry, aterrizó en el agua. La llevaron a Urgencias y luego la enviaron a su casa con una muñeca rota y la barbilla contusionada. Krystalina. Así se llamaba. Me vino a la memoria en ese momento, justo cuando sonó la sirena del ferry, justo cuando llegué a la terminal y vi que el barco se apartaba del muelle, justo cuando se me fue el alma a los pies.

Había acampado en aeropuertos o cogido vuelos sin reserva en el último minuto, entonces, cuando llegué a la terminal de transbordadores contemplé la posibilidad de correr y saltar a la Krystalina cuando vi que había perdido el barco de las siete de la tarde por un pelo. Miré las aguas revueltas a mis pies y decidí que la isla podía esperar un poco más. Jack podía esperar. ¿Podía?

El barco atracó a las 20:25 horas. Nadie me estaba esperando. Solo había un taxi.

—¿Puede llevarme a Hidden Cove? —le pregunté al chófer.

Asintió y cogió mi bolso.

—Viaja ligera de equipaje —dijo—. ¿Una visita breve?

—Aún no lo sé —contesté.

Asintió nuevamente, como si comprendiera exactamente el sentido de mis palabras.

Le indiqué cómo llegar a la casa de Jack. Cuando llegamos, estaba oscuro, muy oscuro.

—No parece que haya alguien en casa —dijo el chófer, afirmando lo que era obvio. Me irritó que me sugiriera que nos marcháramos.

—Aguarde —dije—. Deme un minuto.

Aquel era el momento en que, en las películas, la mujer y el hombre se reencuentran, corren uno a los brazos del otro y funden sus labios en un beso.

Llamé a la puerta y esperé un minuto, más o menos. Luego llamé otra vez.

—¿Hay alguien en casa? —gritó el chófer desde el coche.

No le hice caso y volví a llamar. No oía más que los latidos de mi corazón. *Vamos, Jack, contesta.*

Al cabo de un minuto ya sabía que no vendría a abrirme. O podía ser que no estuviera en casa. De repente, sentí que era demasiado para mí. Me senté en el porche y oculté la cabeza en mis rodillas.

«¿Qué estoy haciendo aquí? ¿Por qué se me ha ocurrido amar a este hombre?» Reflexioné en un pasaje de *Años de gracia* que siempre había admirado: «El amor no era una flor de invernadero, obligada a echar un brote renuente. El amor era una hierba que inesperadamente florecía a la vera del camino.»

Sí, este amor no era obra mía. Era algo natural. Algo incontenible. Reconocerlo, allí sentada en el umbral frío y solitario de la casa de Jack, me sirvió de consuelo.

—Señorita —dijo el chófer—, ¿se encuentra bien? Si precisa un lugar adonde ir, llamaré a mi esposa. Puede prepararle una cama. No es mucho, pero tendrá un lugar donde pasar la noche.

Me conmovió: había una pizca de bondad en cada uno de los habitantes de la isla.

Lo miré y me calmé.

—Gracias —le dije—, es usted muy amable. Pero mi tía vive aquí cerca, en la playa. Iré allá esta noche.

Me dejó delante de la casa de Bee. Después de pagarle, me quedé mirando la casa con el bolso en la mano, preguntándome si regresar a la isla había sido una decisión correcta. Me acerqué a la casa y noté que las luces estaban encendidas. Entré.

—¿Bee?

La vi sentada en su silla, como siempre, como si yo no me hubiera marchado. Después de todo lo sucedido, era una visión muy reconfortante.

—¿Emily? —Se puso de pie y me abrazó—. ¡Qué sorpresa!

—Tenía que volver —dije.

—Sabía que lo harías —afirmó—. Y Jack, ¿es una de las razones?

Dije que sí con la cabeza.

—Acabo de ir a su casa, pero no está.

En la mirada de Bee había cierta gravedad.

—Es Elliot —dijo. La forma como pronunció su nombre me dio escalofríos—. Está enfermo. Jack ha llamado hace un momento para decírmelo —hizo una pausa, le temblaba la voz dejando traslucir su emoción—. Quería que yo supiera que Elliot está... bueno, que no está bien, cariño. Se está muriendo.

Tragué saliva.

—Va de camino al hospital. Acaba de salir para coger el ferry. Si sales ahora mismo, podrías alcanzarlo.

Bajé la vista.

—No lo sé —dije—. ¿Tú crees que querrá verme?

—Estoy segura de que querrá verte —afirmó—. Ve con él. Ella querría que tú fueras.

Se refería a Esther, desde luego. Fueron las palabras de Bee las que me empujaron a la terminal de transbordadores aquella noche. Fueron sus palabras las que cambiaron para siempre el curso de mi vida. Y estoy convencida de que, con sus palabras, ella se redimió y reparó todos sus errores. Se dio cuenta, y yo también. Y de algún modo tenía la sensación de que Esther estaba allí, presente, y la aprobaba.

—¿Me puedes dar las llaves de tu coche? —le pedí sonriendo.

Me las arrojó.

—Mejor que te des prisa.

Sentí que se me aceleraba el pulso.

—¿Y tú? —dije, recordando su historia con Elliot—. ¿No quieres verlo?

Me miró como si fuera a decirme que sí, pero negó con la cabeza.

—No es mi lugar —dijo.

Sus ojos se llenaron de lágrimas.

—Tú aún lo amas, Bee, ¿verdad?

—Tonterías —dijo, enjugándose una lágrima.

—Aquel paquete —dije—, el que te envió Elliot. ¿Qué era?

Sonrió.

—Era el álbum de fotos, el que me había regalado cuando volvió del frente. Yo se lo había devuelto después de todo lo que había pasado con tu abuela. Pero él lo conservó durante todos estos años.

Cogí su mano y la apreté.

—Ahora vete —dijo—. Vete con tu Jack.

Conduje el Volkswagen de Bee a toda velocidad, frenéticamente, como si mi vida dependiera de ello. No pensé en la policía ni en accidentes, solo en Jack. Cada minuto, cada segundo contaba.

Crucé la isla con el Volkswagen a toda pastilla, hasta que llegué a la terminal, y se me fue el alma a los pies cuando, al entrar al parking, oí la sirena del ferry que anunciaba su partida. Corrí a la pasarela pensando nuevamente en saltar. Pero el ferry ya había zarpado y se encontraba demasiado lejos. Lo había perdido. Había perdido a Jack.

Me aferré a las rejas de la entrada reprochándome mi tardanza. No era la primera vez que me sucedía en la vida. En los últimos años, había perdido una conexión tras otra. Me arrastré hasta la barrera donde la gente suele esperar a sus amigos o parientes que llegan de Seattle. Desde allí podía divisar el barco. Entrecerré los ojos tratando de reconocer a Jack entre sus pasajeros, pero estaba demasiado lejos como para distinguir las caras.

Entonces oí pasos detrás de mí. Alguien venía corriendo a la terminal. Me volví y allí estaba él, que se precipitaba en dirección a la pasarela con la maleta en la mano y expresión preocupada... hasta que me vio.

—¿Emily?

—Jack —dije.

El sonido de su nombre en mis labios me provocó una sensación deliciosa.

Dejó caer su maleta y corrió hacia mí.

—No tenía ni idea de que estuvieras aquí —dijo, apartándose el pelo de los ojos y acariciándome la cara con las manos.

Dejé hablar a mi corazón.

—Escuché tu mensaje —dije—, y he querido darte la sorpresa.

Sonrió.

—Pues lo has conseguido.

Me pareció que iba a decir algo cuando lo distrajo el ruido de una sirena a lo lejos. Otro ferry tocaba puerto antes de la hora prevista.

—He ido a tu casa —dije, tratando de ver algo, cualquier cosa, en sus ojos.

Me cogió de la mano y el calor de su contacto me recorrió todo el cuerpo.

—Bee me ha dicho que tu abuelo está enfermo —dije—. Lo lamento. Vas a verlo, ¿verdad?

Asintió.

—He pensado en viajar esta noche y quedarme a su lado, para que no esté solo. Lo van a operar por la mañana.

—¿Se pondrá bien?

—No estamos seguros —dijo—. Lo han sometido a dos cirugías de baipás en los últimos cinco años y los médicos dicen que si esta no resuelve el problema podría ser la última.

Me preguntaba si Esther sabía que el corazón del amor de su vida se rompía, literalmente.

—Debes correr a su lado —dije—. Nosotros podremos vernos mañana, cuando él salga de la sala de operaciones. —Me dirigí al ferry, del que estaban desembarcando los pasajeros, y a punto de proceder al embarque—. Vete, coge este ferry. Yo me quedó aquí, esperándote.

Movió la cabeza.

—¿Dejarte aquí, tan hermosa y adorable como estás? No, mi abuelo jamás lo aprobaría. ¿Por qué no te vienes conmigo?

Apoyé mi cabeza contra su pecho, como lo había hecho en casa de Bee la tarde aquella, en la galería.

—De acuerdo.

—No dejo de pensar en esa mañana —dijo mirándome nuevamente—, cuando te vi en casa de Henry.

—¿A qué te refieres? —pregunté, mirándolo con la esperanza de que me dijera lo que yo creía que iba a decirme.

—Esperé que un día acabáramos así.

Me sobrecogió un sentimiento que jamás había experimentado antes. Me sentí amada. Más aún. Me sentí adorada.

Jack metió la mano en el bolsillo y luego me cogió una mano.

—Emily —dijo, carraspeando—. Quiero darte algo.

Tenía una cajita en la mano y no pude dejar de pensar en la caja que Elliot le había entregado el día del funeral de Evelyn. «¿Qué habrá dentro?» Con dedos temblorosos levanté la tapa y vi algo que destellaba a la luz de las farolas.

Jack se aclaró la garganta antes de hablar.

—Mi abuelo me regaló un anillo que le había dado a

una mujer que amó hace muchísimos años. Me agradaría que tú lo llevaras.

Me quedé con la boca abierta. Se trataba de un enorme diamante en forma de pera engarzado entre dos rubíes. Me di cuenta en el acto. Era el anillo de compromiso de Esther. Tenía que ser. Instintivamente, me lo puse en el dedo.

Jack vio en mis ojos que yo lo conocía.

—Conoces la historia, ¿verdad?

—Sí.

—¿Cómo?

—He estado haciendo algunas averiguaciones este mes —dije enigmáticamente.

—Yo también —dijo—. He estado tratando de ubicar a Esther, por mi abuelo. Quería que volvieran a verse —pateó un guijarro que había en la acera—. Pero ya es demasiado tarde.

—¿Por qué piensas que es demasiado tarde?

Jack parecía preocupado.

—Me temo que ya murió.

El corazón me dio un vuelco.

—¿Cómo lo sabes?

Se restregó los ojos, como si estuviera cansado, o triste.

—Me lo dijo su enfermera. Fue la que se ocupó de ella y la cuidó durante los quince últimos años, cuando su salud se quebrantó. Era la mujer con quien me viste aquella noche en el centro, la misma que se puso al teléfono en mi casa cuando tú llamaste.

—Me dejas perpleja —dije—. ¿Cómo la encontraste?

—Ella se comunicó conmigo —contestó—. Me dijo que estaba cumpliendo la voluntad de Esther, quien al morir expresó su deseo de saber qué había sido de mi abuelo.

Suspiré.

—Entonces, murió.

—Sí —dijo Jack.

—No —repliqué—. ¡No puede ser verdad!

Mi corazón se negaba a creer que la historia tuviera semejante final.

—¿Como has dicho que se llama?

—Lana —contestó.

Sonreí aliviada.

—Eso lo explica todo.

Me miró perplejo.

—¿Qué?

—Jack, Lana no es su enfermera. Lana es su *hija*. La hija de Elliot.

Jack se pasó una mano por la frente.

—Pero, no tiene sentido —dijo.

—Lo sé. Pero es verdad. Y si Lana se puso en contacto contigo y no te dijo a ti la verdad acerca de su vínculo con Esther, puede que tampoco te haya dicho la verdad acerca de ella, y es posible que aún viva. Creo que trata de proteger a su madre.

—Espera —y seguí hablando antes de que Jack pudiera responderme—. Dijiste que esta mujer, Lana, te había encargado un cuadro. ¿Era el retrato que vi en tu taller, el de la mujer en la playa?

—Sí —dijo—. Dijo que era para su madre. Lo pinté a partir de una fotografía vieja.

—Jack —dije—, ¿no se te ha ocurrido que la mujer de la foto pudiera ser Esther, que ella quería regalarle a su mamá un cuadro pintado por alguien que lleva la misma sangre de Elliot?

Jack se quedó pensando un rato y luego sacudió la cabeza.

—Pero ella me dijo que su madre y *su padre* vivían en un hogar de ancianos en Arizona. Si lo que tú dices es cierto, ¿por qué iba a inventar una historia tan complicada para ocultar la verdad.

—Quiere evitar que a su madre la lastimen otra vez —dije.

Jack se encogió de hombros.

—Ojalá fuera así, Emily —dijo—. Pero yo no lo veo como tú. Ella me dio detalles acerca de la vida de Esther y de su muerte. Y todo era muy real.

Se levantó viento y Jack, instintivamente, me cobijó en sus brazos, como una manta.

—Ojalá hubiera terminado de otra manera para ellos —dijo, estrechándome con fuerza—. Pero nosotros podemos escribir nuestra propia historia, que no tiene por qué ser trágica.

Me besó suavemente en la frente, y en ese momento volvió a sonar la sirena del transbordador.

—Y pensar que casi huyo de ti y de todo esto —dije.

Apretó mi mano.

—Me alegro mucho de que no lo hayas hecho.

Fuimos andando al barco, tomados de la mano, y nos ubicamos en una cabina orientada a Seattle. A medida que nos acercábamos y veíamos la ciudad en el horizonte, percibía la inquietud de Jack por su abuelo. ¿Cómo se encontraría Elliot cuando nosotros llegáramos? ¿Estaría consciente? ¿Mi presencia lo pondría más triste aún, especialmente después de haber leído las páginas del diario que le había enviado por correo?

Llegamos al hospital y nos dirigimos directamente al mostrador del cuarto piso, donde preguntamos por Elliot.

—Me temo que no está bien —musitó la enfermera en

voz muy baja—. Se muestra combativo y desorientado desde esta tarde. Hacemos todo lo posible para que se sienta a gusto, pero los médicos dicen que no le queda mucho tiempo. Más vale que se despida de él, si lo desea, mientras aún está consciente.

Cuando nos acercamos a la puerta de la habitación de su abuelo, Jack se puso blanco.

—No puedo hacerlo solo —me dijo.

Entramos juntos a la habitación. Allí estaba, enchufado a un arsenal de cables y máquinas. Muy pálido y con la respiración débil.

—Soy yo, abuelo —dijo suavemente, hincándose a la vera de su cama—, Jack.

Elliot abrió despacio los ojos, apenas los entreabrió.

—Ella ha venido —susurró—. Ha estado aquí. La he visto.

—¿Quién, abuelo?

Cerró los ojos, que se agitaron un poco como si estuviera soñando.

—Sus ojos azules —dijo—. Tan azules como antes.

—Abuelo —dijo Jack en voz baja, con un brillo de esperanza en la mirada—. ¿Quién ha estado aquí?

—Me dijo que se iba a casar —dijo Elliot, abriendo nuevamente los ojos, pero era evidente que se había perdido en sus recuerdos, y pude leer la decepción en el rostro de Jack—. Me dijo que iba a casarse con ese idiota, Bobby. ¿Por qué casarse con él? Si no lo quiere. Nunca lo ha querido. Me quiere a mí. Nos pertenecemos el uno al otro. —Se sentó en la cama y súbitamente empezó a tirar del dispositivo intravenoso que tenía conectado al brazo—. Tengo que disuadirla. Tengo que decírselo. Nos escaparemos juntos. Eso es lo que haremos.

Jack parecía preocupado.

—Está alucinando —dijo—. La enfermera me lo advirtió. Es la medicación.

Elliot parecía enfurecido y desesperado. Con un brazo le dio un golpe al monitor del ritmo cardíaco y lo tiró al suelo antes de que Jack pudiera intervenir para calmarlo.

—Tranquilízate, abuelo, no irás a ninguna parte. —Y añadió mirándome—: Emily, llama a la enfermera.

Pulsé el botón rojo junto a la cama de Elliot e instantes después entraron dos enfermeras. Una nos ayudó a acostarlo nuevamente en su cama mientras que la otra le inyectaba algo en el brazo izquierdo.

—Esto le ayudará a descansar mejor, señor Hartley —dijo.

—Voy a buscar algo para beber. ¿Quieres algo? —le pregunté a Jack cuando Elliot se durmió.

—Café —murmuró, sin apartar los ojos de Elliot.

Bajé a la cafetería, contenta de que aún estuviera abierta, serví dos tazas de café torrefacto y me puse en el bolsillo una bolsita de azúcar y dos mini envases de leche. «¿Cómo toma Jack su café?» Me acordé de las investigaciones de Annabelle, pero inmediatamente deseché la ocurrencia y saqué la billetera para pagar dos dólares con veinticinco céntimos por el café.

Ya en el ascensor, volví a pensar en Elliot y en que parecía convencido, más bien perplejo, de haber visto a Esther. Me conmovía profundamente ver lo mucho que aún la amaba, incluso al final de su vida. Cuando estaba a punto de llegar a la puerta de la habitación de Elliot, oí que alguien se me acercaba por detrás.

—Disculpe, señora —dijo una mujer.

Me volví y vi a una de las enfermeras con un papelito en la mano.

—Una mujer ha llamado hace un momento diciendo que su madre se ha dejado un... —miró lo que llevaba anotado en el papel— un pañuelo de seda azul en la habitación cuando vino hoy, temprano, a visitar al señor Hartley.

Abrí los ojos.

—¿Le dio su nombre? ¿Ha dejado un número de teléfono?

La enfermera me miró.

—¿La conoce?

—Es posible —contesté, tragando saliva.

Miró de nuevo el papel.

—Bueno, es raro —dijo—. La enfermera del turno anterior cogió el mensaje. —Sacudió la cabeza—. No parece que le hayan dado un nombre.

Suspiré.

—Bien, si lo encuentra, tráigalo a la enfermería —dijo—. Tal vez vuelva a llamar. Disculpe la molestia.

—¿Cómo está? —le susurré a Jack cuando entré en la habitación.

Le di su café y le ofrecí azúcar y leche.

—Duerme —dijo, dejando a un lado el azúcar y eligiendo un vasito de leche, que vació en su taza. Yo hice exactamente lo mismo.

Le di un beso en la mejilla.

—¿Y eso por qué? —preguntó.

—Porque sí —murmuré.

Me acerqué a la cama de Elliot de puntillas y le puse la manta alrededor de los hombros. Cuando lo hice, algo me llamó la atención. Debajo de la manta aferraba algo con la mano: un pañuelo. Un pañuelo azul. Lo tenía apretado contra su pecho.

En ese momento lo entendí y se me escapó una lágrima.

—Estás llorando —susurró Jack.

—Estoy llorando —dije, sonriendo a través de las lágrimas que brotaban de mis ojos. «Por fin estoy llorando.» Deseaba contarle tantas cosas, era tanto lo que quería decirle, pero podía esperar. Lo único que sabía era que tenía los ojos llenos de lágrimas, de lagrimones que rodaban incontenibles por mis mejillas; no pensaba que hubiera tantas lágrimas en mis ojos. A medida que salían yo me sentía más liviana, más feliz, más entera.

Jack me atrajo hacia sí.

—Gracias por estar aquí conmigo.

Justo en aquel momento la enfermera abrió la puerta y susurró:

—Señora, tengo el nombre de la persona que llamó. Firmó en el mostrador de la recepción.

Jack regresó junto a la cama de Elliot cuando vio que se movía, y yo seguí a la enfermera al pasillo.

—Lana —dijo mostrándome un portapapeles donde estaba escrito su nombre—. Se llama Lana.

—Lana —dije, las lágrimas corrían por mis mejillas—. Claro.

Se me puso la piel de gallina.

Nunca sabría qué palabras salieron de sus labios cuando volvieron a verse después de toda una vida. ¿Se besaron? ¿Lloraron por los años que habían perdido? Pero, supongo que en realidad nada de eso importaba. «Tenía que ver a su hija. Tenía que ver a su Esther una vez más.»

—¿Se encuentra bien? —preguntó la enfermera poniéndome una mano en el hombro.

—Sí —dije sonriendo—. ¡Sí!

Me senté en una silla plegable de metal, en el pasillo, delante de la habitación de Elliot. Las luces fluorescentes silbaban por encima de mi cabeza y el ambiente olía a café viejo y a Lysol. Abrí mi bolso y saqué mi ordenador, con una determinación y una claridad en mis ideas que no había sentido en años. Miré el brillo del cursor sobre la pantalla en blanco. Pero esta vez era distinto. Ahora sabía cómo iba a terminar la historia de Esther. Sabía cómo empezaba y sabía cómo terminaba. Sabía cuáles eran las palabras, cada una de ellas.

Pero, cuando el reloj digital del pasillo marcó las 23:59 horas, me di cuenta de que antes tenía que escribir otra historia. Era primero de abril, un nuevo día, un nuevo mes y el comienzo de una nueva historia, mi historia, y no podía esperar, me moría por empezar a escribirla.

Agradecimientos

Este libro no sería un libro si no hubiera contado con la mirada experta de Elizabeth Weed, mi agente literaria, que vio un atisbo de algo especial en esta historia y revisó conmigo mil veces el manuscrito batallando con las correcciones hasta dejarlo impecable. Elizabeth, te doy las gracias por creer en mi proyecto y ponerme en las manos extraordinariamente capaces de Denise Roy, mi editora en Plume.

Denise: Elizabeth me dijo que tú serías la editora perfecta para mí, y tenía razón. Me has deslumbrado con tu brillante perspicacia como editora y la originalidad de tus ideas. No podía haber esperado trabajar con una persona más talentosa y generosa que tú, alguien con quien incluso una rutinaria sesión de revisión se transforma en algo divertido. ¿No podríamos repetirlo?

Deseo expresar mi más profundo agradecimiento a toda mi familia por su amor y por su apoyo: a mi hermana, Jessica Campbell, una auténtica gran amiga; a mis dos hermanos, Josh y Josiah Mitchell; y, sobre todo, a mis padres, Terry y Karen Mitchell, quienes siempre me alentaron para que escribiera (incluso aquel poco glorioso «periódico» manuscrito que yo distribuía entre mis vecinos cuando estaba en sexto grado): gracias por la devoción que siempre me habéis demostrado, aún en los años horrendos de la adolescencia. Y a la familia Jio, gracias por haber dado al mundo un hijo tan maravilloso, Jason, y permitido que yo pueda hoy inscribir vuestro apellido en la portada de este libro.

Doy las gracias a los editores, colegas autores y escritores que me alentaron y apoyaron de mil maneras distintas: Allison Win Scotch, Claire Cook, Sarah Pekkanen y las demás encantadoras mujeres de la Puesta de largo; Camille Noe Pagán, Jael McHenry, Sally Farhat Kassab, Cindi Leivi, Anne Sachs, Lindsey Unterberger, Margarita Bertsos y las maravillosas damas (y los caballeros) de *Glamour,* así como Heidi Cho y Meghan Ahearn de *Woman's Day.*

A Nadia Kashper y su extraordinario equipo entre bastidores de Plume, gracias por su intenso y magnífico trabajo. A Stephanie Sun, de Weed Literary, por haber sido una de las primeras en leer este libro; y a Jenny Meyer, mi agente para los derechos internacionales, por haber obrado para que mi primer libro se encuentre disponible en las librerías de Alemania y de otros países.

A la hermosa gente de la isla Bainbridge, quienes sin saberlo han abierto su mundo a lectores del mundo entero. Aunque en estas páginas se trate de una historia de ficción, la esencia de la isla permanece, así lo espero, intacta. En mi opinión, es imposible hallar lugar más perfecto en el mundo que esta isla de dieciséis kilómetros de largo.

A mis hijos, a quienes quiero con todo mi corazón, escribí este libro de noche, mientras vosotros dormías en vuestras camitas, pero un día seréis mayores y sabréis que vuestra madre es una escritora, y, entonces, espero que no os vaya a dar demasiado apuro.

Finalmente, doy las gracias a mi esposo, Jason, quien no sólo fue como un lector de pruebas para todos mis manuscritos, sino que fue capaz de cambiar de sombrero varias veces y ponerse el de vaquero o el de chico de las copias según las necesidades, y animarme cada vez que yo me sentía cansada, de mal humor o se me acababan las ideas, lo cual me ocurría a menudo. Gracias por ayudarme a perseverar, y por perseverar conmigo. Te quiero.